터무니없는
스킬로
이세계 방랑 밥

8 화덕 피자
× 생명의 신약

에구치 렌 지음
author · Ren Eguchi
마사 일러스트
illustration · Masa
이신 옮김

페르

롯테

드라 짱

스이

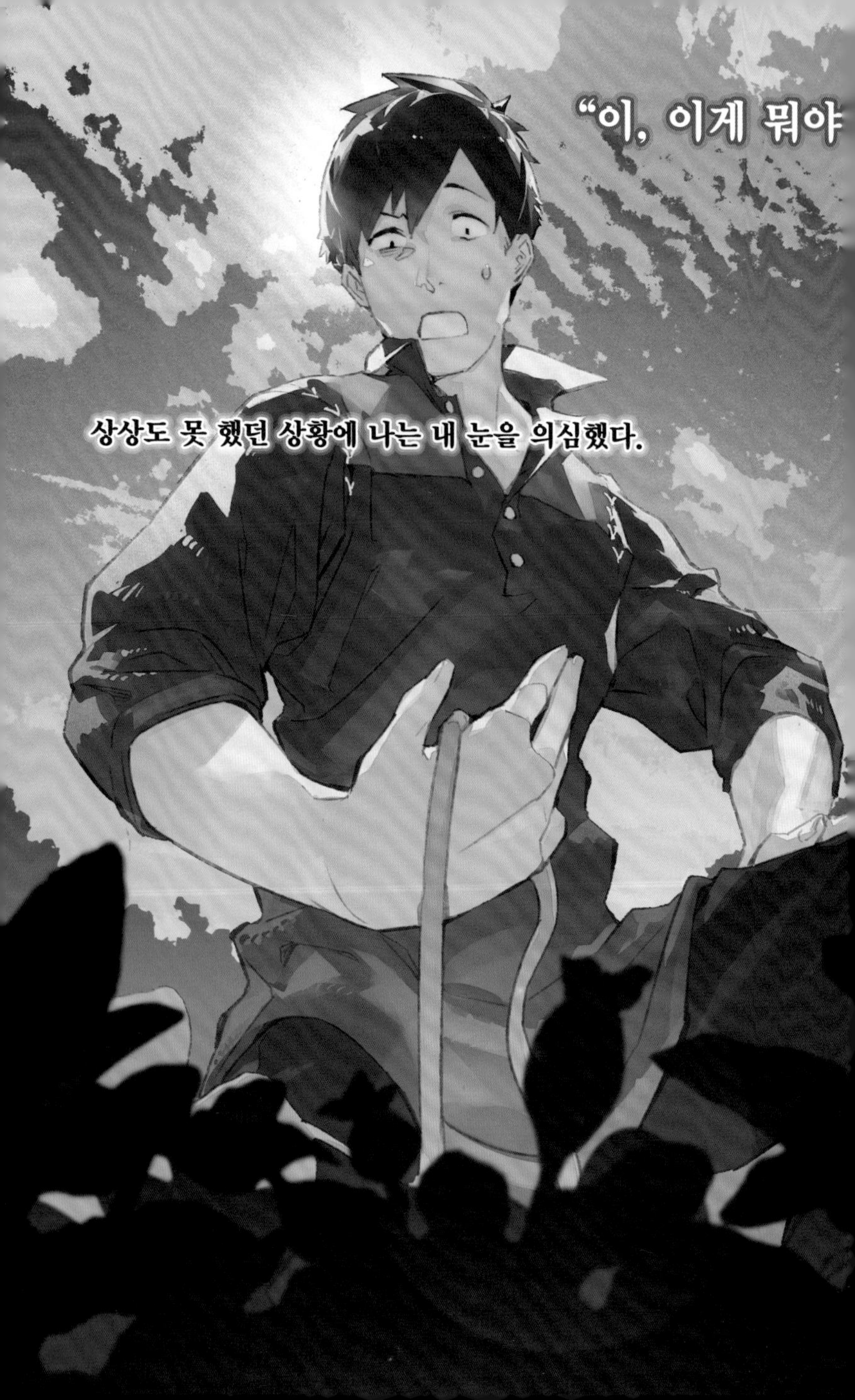
"이, 이게 뭐야
상상도 못 했던 상황에 나는 내 눈을 의심했다.

터무니없는 스킬로 이세계 방랑 밥

8

화덕 피자
✕
생명의 신약

에구치 렌 지음
author ⋅ Ren Eguchi
마사 일러스트
illustration ⋅ Masa
이신 옮김

인물 소개

무코다 일행

드라짱
사역마

보기 드문 픽시 드래곤. 작지만 성체. 역시 무코다의 요리를 노리고 사역마가 되었다.

스이
사역마

갓 태어난 슬라임. 밥을 준 무코다를 따르며 사역마가 된다. 귀엽다.

페르
사역마

전설의 마수 펜리르. 무코다가 만든 이세계 요리를 노리고 계약을 요구하여 사역마가 되었다. 채소를 싫어한다.

무코다
인간

현대 일본에서 소환된 샐러리맨. 고유 스킬 '인터넷 슈퍼'를 지녔다. 특기는 요리. 겁쟁이.

신계

루사루카
신

물의 여신. 공물을 노리고 무코다의 사역마인 스이에게 가호를 내린다. 이세계의 음식을 정말 좋아한다.

키샤르
신

대지의 여신. 공물을 노리고 무코다에게 가호를 내린다. 이세계 미용 제품의 효과에 매료되었다.

아그니
신

불의 여신. 공물을 노리고 무코다에게 가호를 내린다. 이세계의 술, 특히 맥주를 좋아한다.

닌릴
신

바람의 여신. 공물을 노리고 무코다에게 가호를 내린다. 이세계의 단것, 특히 도라야키에는 정신을 못 차린다.

◀ 다음

지금까지의 줄거리

수상쩍어 보이는 왕국의 '용사 소환'에 휩쓸려 검과 마법의 이세계로 오게 된
현대 일본의 샐러리맨 무코다 츠요시.
무코다는 어찌어찌 왕성을 나와 여행을 떠나게 되었으나,
고유 스킬 '인터넷 슈퍼'로 가져온 상품과 무코다의 요리를 노리고
'전설의 마수'부터 '여신'에 이르기까지 터무니없는 녀석들이 모여들더니
사역마가 되거나 가호를 내려주는 것이었다.
그러나 신들의 제멋대로인 행동을 안 창조신이 대분노!
창조신은 무코다에게 사과하고 신들에게 근신 처분을 내린다.
한편, 오랜만에 찾은 카레리나에서
마이 홈(대저택)을 구입하는 무코다.
집의 관리와 경비를 위해 노예들도 구입하고,
한동안 느긋하게 지낼 수 있으리라 생각했는데……?

고유 스킬
『 인터넷 슈퍼 』

언제 어디서든 현대 일본
의 상품을 구입할 수 있는
무코다의 고유 스킬.
구입한 식재료에는 스테이
터스를 높이는 효과가 있다.

목 차

8 × 장
1 × 한 담
1 × 번 외

다음 ▶

카레리나에서 장만한 호화 저택의 유지와 경비를 위해 노예도 사들이게 되었다.

람베르트 씨에게 "노예를 사는 게 제일"이라는 말을 들었을 때는 깜짝 놀랐는데, 이 나라의 노예 제도는 제대로 갖춰져 있는지 상상했던 것보다 훨씬 깨끗한 느낌이었다.

그런고로 토니 일가와 앨번 일가 두 가족, 거기에 더해 모험가였던 다섯 명과도 계약했다.

그리고 다음 날 아침, 모두에게 지급품으로 자명종 시계를 나눠주고 사용법도 설명해두었기 때문에 약속 시간인 아침 여덟 시에 모두 안채에 모였다.

좋아 좋아, 시간을 엄수하는 자세는 매우 좋은걸.

"그럼, 아침 식사를 하죠."

아침 식사는 내가 미리 만들어두었다.

메뉴는 채소 콩소메 수프와 달걀 프라이, 그리고 살짝 구운 식빵에 100퍼센트 오렌지 주스와 요구르트다.

페르, 드라 짱, 스이와 똑같이 아침부터 고기를 먹는 건 사절이라 아침은 언제나 이런 느낌이다.

나 혼자일 때는 수프는 인스턴트로 해결하는 경우가 많은데, 오늘은 제대로 만들었다.

말은 그렇게 해도 사실 엄청나게 간단하지만.

베이컨과 양배추와 당근과 양파를 1센티미터 크기로 자르고, 냄비에 올리브 오일을 둘러준 다음 가볍게 볶는다. 그리고 거기에 물을 부은 후 끓기 시작하면 고형 콩소메를 넣고 채소가 뭉근해질 때까지 익힌다.

마지막에 소금 후추로 간을 맞추면 채소 콩소메 수프 완성이다.

간단해서 아침으로 먹기 딱 좋은 수프다.

맛을 봤는데, 채소의 단맛도 제대로 배어 나와서 맛있었다.

다른 사람들의 도움을 받아 식당으로 아침 식사를 날랐다.

토니 일가와 앨번 일가 사람들은 아침부터 식탁에 달걀이 오른 것을 보고 눈을 반짝였다.

모험가 다섯 명도 서둘러 먹고 싶어 하는 눈치였다.

이 세계에서 달걀은 비쌀지도 모르지만, 인터넷 슈퍼에서는 싸거든.

달걀 열 개들이를 동화 두 닢 정도에 살 수 있다는 사실을 알면 깜짝 놀라리라.

생활용품이 어느 정도 갖춰지는 내일이나 모레쯤부터는 식사도 각자 준비해 먹게 할 생각이니, 지급할 식재료에는 달걀도 많이 넣어주어야겠다.

"그럼, 먹죠."

페르와 드라 짱과 스이에게는 이미 아침밥을 내주었다.

물론 언제나 그렇듯이 아침부터 고기다.

오늘 아침은 전에 만들어두었던 채소와 된장을 넣어 달고 짭짤하게 볶은 오크 고기를 올린 덮밥을 주었다.

우걱우걱 맛있게 먹고 있다.

그럼 나도 아침 식사를 해보기로 할까요.

오늘은 빵이니까 달걀 프라이에는 우스터소스를 뿌려야지……
아니, 다들 달걀 프라이에 아무것도 뿌리지 않고 먹고 있잖아?

테이블에 소금과 후추와 소스가 빠짐없이 놓여 있는데.

"거기 앞에 소금 후추와 소스가 있으니까 달걀 프라이에는 취
향대로 뿌리세요."

"후, 후추라고?! 아침부터 달걀을 먹을 수 있는 것만으로도 호
강인데, 후추도 써도 된다니……. 아침부터 그런 호사를 부려도
괜찮은 겐가?"

후추라는 말에 바르텔 씨가 놀랐다.

나머지 전 모험가들도 놀라고 있잖아.

토니 일가와 앨번 일가와 달리 나름대로 돈을 자유롭게 쓸 수
있었던 전 모험가들은 후추를 맛볼 기회도 많았을 테니 그 가치
를 아는 것이리라.

"그럼. 여기서는 비싸게 팔리고 있지만, 나는 예의 그 스킬로
사면 싸게 구할 수 있으니까."

내가 그렇게 말하자 그럼 어디, 하고 바보 쌍둥이가 소금 후추
를 달걀 프라이에 듬뿍 뿌렸다.

아니 아니, 아무리 그래도 너무 많이 뿌렸잖아.

그래서는 달걀 맛이 안 느껴질 거라고.

그렇게 생각했는데, 바보 쌍둥이는 맛있다 맛있다 해가며 달걀
프라이를 먹었다.

"저기 있지, 무코다 오빠. 롯테도 뿌려 먹어도 돼?"

"물론 되지. 소금이랑 후추, 그리고 이게 소스야. 내 추천은 소스인데, 이걸 고를 거라면 처음 맛보는 거니까 먼저 시험 삼아 살짝 뿌려서 먹어보는 편이 좋을 거야."

"알았어."

롯테가 달걀 프라이에 소스를 살짝 뿌렸다.

그리고 포크로 자른 달걀 프라이를 덥석 입에 넣었다.

"마시써!"

작은 입을 오물오물 움직이며 롯테는 그렇게 말했다.

아무래도 소스 맛이 마음에 드셨나 보다.

롯테의 말을 듣고서 코스티와 세리야에 올리버와 엘릭까지, 어린아이들은 차례차례 달걀 프라이에 소스를 뿌렸다.

그야 아이들은 먹어본 적 없는 새로운 맛에 흥미를 느끼기 마련이니까.

소스 맛은 아이들에게 대호평이었고, 소스를 뿌린 달걀 프라이를 모두 맛있게 베어 물었다.

"소스라는 것도 맛있나 봐."

"그러게."

쌍둥이들은 소스에 흥미를 느꼈지만, 이미 달걀 프라이에는 소금 후추가 뿌려져…… 아니, 먹는 게 빠르잖아.

쌍둥이의 달걀 프라이는 이미 남아 있지 않았다.

"나는 소스로 먹어봐야지."

타바사가 달걀 프라이에 소스를 뿌려 한입 가득 먹었다.

"응, 이거 맛있는걸. 신맛과 단맛과 짠맛이 딱 알맞게 어우러져서 좋은 맛이 나."

"맛있어 보여. 누님, 한 입만 주라."

"나도."

"무슨 소리야? 너희 몫은 이미 먹었잖아."

바보 쌍둥이의 요구를 타바사는 단칼에 거절했다.

"우으으."

"크읏."

…………어이, 거기 바보 둘, 이쪽 보지 마.

달걀 프라이는 더 안 줄 거야.

그렇게 말했지만, 이 바보 둘만이 아니라 바르텔도 페이터도 아직 부족해 보였다.

일단 식빵은 한 사람당 다섯 장씩 준비했는데.

어쩔 수 없으니 햄과 식빵(여섯 장 묶음)을 세 봉지 더 내주었다.

음식이 부족했던 면면들이 바로 몰려들었다.

"좋아, 다들 식사를 마쳤지? 지금부터 다 함께 외출을 하겠습니다."

사람이 살아가는 데 필요한 의·식·주 중에서 식과 주는 확보되었으니, 이번에는 옷이다.

토니 일가도 앨번 일가도 소지품이라고 할 만한 게 없었고, 입고 있는 옷이 가진 것의 전부라는 느낌으로 내게 왔다. 전 모험가 다섯 명도 무기와 방어구 종류는 일단 일을 위한 도구라서 갖고는 있었지만, 그 이외에는 토니 일가나 앨번 일가와 마찬가지로 입고 있는 옷이 전부라는 느낌이었다.

입고 있는 옷들은 누더기라고 할 정도는 아니었지만, 타진 부분이 눈에 띄었다. 신발도 상당히 낡아서 도저히 빈말로라도 깨끗하다고는 할 수 없었다.

지금 당장은 어쩔 수 없다고 해도, 앞으로 우리 집 일을 맡기려면 좀 더 단정한 차림을 해주어야만 한다.

"무코다 오빠, 어디 가는 거야~?"

"옷이랑 신발을 사러 가는 거야."

"옷이랑 신발?! 새 걸 사주는 거야?"

"맞아. 다들 옷이 조금 지저분해졌으니까."

"신난다!"

롯테가 새 옷이라는 말에 폴짝폴짝 뛰어오르며 기뻐했다.

"무, 무코다 씨. 옷은 비싸다고. 괜찮겠어?"

"우리 집에서 일하려면 좀 더 단정한 차림을 해줬으면 하니까. 물론 경비 담당인 타바사네도 마찬가지지."

자신들의 차림이 깔끔하다고는 할 수 없는 상태라는 것을 자각하고 있는지 타바사도 여기에는 대꾸할 말이 없는 모양이었다.

"자, 가죠."

나는 페르와 드라 짱과 스이를 호위로 삼아 열네 명을 이끌고서 쇼핑에 나섰다.

"안녕하세요. 람베르트 씨."

열네 명을 데리고서 가장 먼저 찾아간 곳은 람베르트 씨네 가게였다.

"오오, 무코다 씨 아니십니까. 오호, 벌써 노예를 구하셨군요."

"네. 도움을 주셔서 감사했습니다. 이것저것 신경 쓸 일이 많은 상황에 이렇게 여러 명이 들이닥쳐 죄송합니다."

람베르트 씨네 가게 주변을 어슬렁거리는 녀석들이 있기도 해서 어떻게 할까 고민했지만, 역시 신발을 사려면 람베르트 씨 가게가 제일이라고 생각했다.

"이것 참. 제대로 싸울 수 있는 노예도 사신 모양입니다. 제법 실력 있어 보이는 노예로군요."

"네. 람베르트 씨의 소개장이 있었던 덕분에 전 모험가인 좋은 노예를 소개받았습니다."

타바사와 바르텔은 전 B랭크였고, 바보 쌍둥이도 멍청하다고는 해도 전 C랭크, 페이터도 전 D랭크지만 유망주였다.

"그거 다행입니다. 예의 그 녀석들도 무코다 씨에 관해 알아낸 모양이니, 여기서 노예들을 보여주는 것도 괜찮다고 봅니다. 전투 가능한 노예가 있다는 걸 알면 저쪽도 진중해질 수밖에 없을 테니까요."

확실히.

그것이 타바사 일행 같은 실력 있는 전 모험가라면 더더욱 그러하리라.

"그래서, 오늘은 무슨 용건이신지?"

"그게 말이지요, 이 열네 명에게 신발을 새로 사줄까 해서요."

이 상태로 집에서 일하게 하기에는 아무래도 좀.

열네 명의 신발을 보고 람베르트 씨도 "아아" 하고 납득했다.

"확실히, 이래서는 그 훌륭한 집에 들이기 주저될 만하지요."

그런고로 람베르트 씨에게 모두의 신발을 보여달라고 부탁했다.

"이건 레드 보아 가죽을 가공해서 만든 겁니다. 가격은 조금 비싸지만, 물에도 강하고 튼튼해서 오래 가지요. 게다가 광택을 주는 가공을 해서 보기에도 좋고 어떤 옷에나 잘 어울립니다."

람베르트 씨가 꺼내 온 것은 레드 보아 가죽에 광택을 더하는 가공을 한 짙은 녹색의 끈 달린 가죽 구두였다.

모양도 좋고, 상당히 괜찮은 느낌이다.

금세 못 쓰게 되는 것보다는 조금 비싸더라도 오래 가는 편이 단연코 좋지.

"그럼 이걸로 부탁드립니다."

"네. 그리고 전 모험가들한테는, 이 부츠가 어떨까요? 방금 보신 것과 마찬가지로 레드 보아 가죽을 썼고, 발끝에 철판이 들어가 있어서 튼튼한 건 물론, 무기가 없을 때 공격에도 쓸 수 있습니다."

그렇게 말하며 람베르트 씨가 발끝 부분을 치자 콩콩하고 단단한 소리가 울렸다.

전 모험가 다섯 명도 람베르트 씨의 설명에 집어삼킬 듯이 부츠를 보고 있었다.

확실히 튼튼해 보이는걸.

게다가 철판이 들어가 있다면 이걸로 발차기를 했을 때 공격력이 상당할 것 같다.

"여기 전 모험가 다섯 명은 이걸로 부탁드립니다."

모두의 사이즈에 맞춰서 구입했다.

아이들 것은 앞으로를 생각해서 조금 큰 사이즈로 골랐다.

구두 같은 건 좀처럼 새로 살 수 있는 물건이 아닌지 모두 몇 번이고 감사 인사를 했다.

끈 달린 가죽 구두가 한 켤레에 금화 한 닢과 은화 여섯 닢, 철판이 들어간 부츠가 한 켤레에 금화 두 닢과 은화 네 닢.

열네 켤레에 합계 금화 스물여섯 닢과 은화 네 닢.

람베르트 씨가 나와의 친분을 봐서 금화 스물여섯 닢으로 깎아 주었다.

감사해라.

"람베르트 씨, 비누와 샴푸 등에 관한 일은 앞으로 이 사람들에게 맡기게 될 테니 잘 부탁드립니다."

"네, 알았습니다."

람베르트 씨의 이야기에 따르면 도매할 때는 람베르트 씨네 가게 쪽에서 마차를 보내 우리 집까지 가지러 오겠다고 한다.

예의 패거리에게 습격당하거나 하지 않을까 걱정했는데, 우리 집과 람베르트 씨네 가게 사이는 마을 중심가라서 나름대로 인적이 많기 때문에 목격자가 다수 나올 법한 길 한복판에서는 아무래도 습격해 오지 않을 거라고 했다.

"람베르트 씨, 만약 무슨 일이 생겼을 경우에는……."

무슨 일이 생겼을 때는 이 열네 명을 보호해달라고 부탁하자 람베르트 씨는 흔쾌히 받아들여 주었다.

　람베르트 씨에게는 신세만 진다.

　다음에는 감사의 표시로 뭔가 드려야겠다.

　"그럼 신세가 많았습니다. 아, 하나 묻고 싶은 게 있는데요. 옷을 사기 괜찮은 가게가 있을까요?"

　"그거라면, 이 길을 곧장 가다가 첫 번째 모퉁이를 왼쪽으로 돌아간 곳에 마르탱 옷 가게라고 있는데, 거기가 종류도 다양하고 괜찮습니다."

　우리는 람베르트 씨의 가게를 뒤로하고, 추천받은 마르탱 옷 가게로 향했다.

　"그렇다면 역시 이거죠."

　가게 주인이 내게 보여준 것은 빅토리안 메이드라고 할까, 발목까지 오는 검은색 긴 치마에 흰색 앞치마를 조합한 메이드복이었다.

　람베르트 씨 추천인 마르탱 옷 가게는 람베르트 씨가 말했던 대로 옷 종류가 다양했다.

　글쎄 가게 주인은 나도 가본 적 있는, 방직으로 유명한 클레르 출신이라고 한다. 그 연줄로 좋은 옷을 구한다는 모양이었다.

　가게에 들어가자 가게 주인이 바로 대응해주었다. 나는 가게 주인에게 이 열네 명이 노예이며, 토니 일가와 앨번 일가의 여성 진에게는 주로 집안 살림을 맡길 예정이고 남성진에게는 정원 손 질을 맡길 예정이라는 것. 그리고 전 모험가 다섯 명에게는 경비 를 담당시킬 거라고 설명한 뒤 어떤 옷이 좋을지 상담해보았다.

그리하여 여성진에게 어울릴 만한 옷으로 보여준 것이 조금 전 의 메이드복이었다.

"저택의 노예라고 하면 바로 이거죠. 격조 높고 보기 좋은 모습 에, 검은 옷은 더러워져도 눈에 띄지 않습니다. 또 더러워져도 이 이 앞치마를 교환하면 되지요."

과연.

메이드복은 메이드복이면서 실용적인 사양에 납득했다.

여성진에게는 갈아입을 것까지 포함해 이 옷을 한 사람당 세 벌씩.

앞치마는 자주 바꿀 것을 상정해서 여섯 벌 구입했다.

다섯 살인 롯테에게는 평범한 옷이 좋으려나 했는데, "롯테도 이게 좋아!"라는 본인의 간절한 바람에 따라 같은 메이드복으로 했다.

이 가게는 종류는 물론이고 크기도 다양해서, 어째선지 어린아 이용 메이드복도 구할 수가 있었다.

"남성진에게는 역시 이거죠."

가게 주인이 남성진에게 권한 것은 올리브색 오버올이었다.

천도 톡톡하고 튼튼해 보였다.

정원사이기도 했던 토니에게 물어보니, 전에도 작업복은 이런 종류였다고 한다.

그렇다면 이게 좋겠지.

오버올을 한 사람당 세 벌, 그리고 땀을 흘릴 테니까 셔츠는 좀 넉넉하게 여섯 장 구입했다.

"전 모험가에게는 이게 좋을 겁니다."

가게 주인이 보여준 것은 두껍고 짙은 회색 바지였다.

스틸 스파이더라는 마물의 실을 섞어 넣어서 짠 천으로 매우 튼튼하다고 한다.

나이프 정도의 날붙이라면 막을 수 있단다.

게다가 통기성도 발군이라 모험가에게도 인기 있는 물건이라고 했다.

어라? 이거 나도 갖고 싶은데.

조금 비싸기는 하지만, 이 다섯 명에게는 여차할 때 몸을 던져 지켜주길 바라니 이게 좋으리라.

바지는 한 사람당 세 벌, 셔츠는 여섯 장 구입했다.

물론 내 몫의 바지도 세 벌 샀다.

속옷류는 내가 참견하기 어려우니(특히 여성 건 말이지) 각자 알아서 다섯 장씩 고르게 했다.

"그럼, 전부 해서 금화 일흔일곱 닢입니다."

역시 옷은 제법 비싸구나.

값을 치르고 마르탱 옷 가게를 나섰다.

갈아입을 여벌 옷까지 사준다고 하는 좋은 대우에 어른들은 조금 당혹스러워했지만, 나로서는 조금 돈이 들어도 청결하게 지내주는 쪽이 단연코 좋단 말이지.

"갈아입을 옷도 제대로 샀으니까, 청결에 유념해줘."

그렇게 말하자 모두 진지한 표정으로 고개를 끄덕였다.

그러긴 했는데, 신발도 그렇지만 옷도 좀처럼 새로 사는 일은 없는지 모두 새 옷에 감격하고 있었다.

속옷과 양말 등은 나도 애용 중인 인터넷 슈퍼 물건을 건네줄 셈이다.

특히 속옷은 감촉도 가격도 인터넷 슈퍼 물건 쪽이 훨씬 좋으니까.

자, 이걸로 생필품은 어느 정도 갖춰졌지?

그렇다면 내일부터 일을 시작하게 해도 괜찮으려나?

그리고 직접 밥을 지어 먹도록 하는 것도.

좋아, 그러면 식료품 확보다.

고기는 내가 가진 걸 나눠주고, 채소류는 시장에서 조달해야겠다.

그렇다면 다음은 시장이다.

모두의 짐을 맡아서 아이템 박스에 일시 보관하고, 우리 일행은 시장으로 향했다.

◇ ◇ ◇ ◇ ◇

"이걸로 생활에 필요한 건 대강 갖춰졌다고 생각하니까, 내일부터 일을 해줬으면 하는데, 괜찮을까?"

그렇게 묻자 모두 괜찮다고 대답했다.

"그럼 식사 쪽도 내일부터는 직접 요리해서 해결해줬으면 하는데……."

토니 일가와 앨번 일가는 문제없을 테고, 문제인 건…….

"타바사 쪽도 괜찮겠어?"

그렇게 묻자 전 모험가 다섯 명이 서로 얼굴을 바라보았다.

"나는 요리는 통 못한다네."

"나도……."

"내가 할 수 있을 리 없잖아."

"마찬가지야."

바르텔, 페이터, 루크, 어빙이 차례차례 그렇게 말했다.

뭐, 이 네 사람에게는 기대하지 않았다.

"저기, 타바사는 어때?"

"무코다 씨, 누님이 요리할 수 있을 것 같아 보여?"

"그래, 맞아. 누님한테 요리를 기대해선 안 된다고."

루크와 어빙이 "전에 누님이 만든 수프는 엄청나게 맛없었다니까"라며 시끄럽게 구는 사이, 두 바보 뒤로 조용히 다가오는 그림자…….

꾸웅, 꽈앙.

바보 쌍둥이가 타바사에게 공격당했다.

이 녀석들 질리지도 않는구나.

"이렇게 되면, 밥은 아이야와 테레자한테 부탁할 수밖에 없겠는데. 부탁해도 될까?"

""네.""

다행히 두 사람 모두 주부 경력도 길고, 요리도 특기였다.

전 모험가 다섯 명분도 포함해서 아이야와 테레자가 협력해 열네 명분의 밥을 만들기로 정해졌다.

시장에서는 아이야와 테레자의 의견을 들어가며, 장기간 보존이 가능하고 자주 쓰는 채소를 중심으로 구입했다.

양배추, 당근, 양파, 감자.

각각을 커다란 자루로 세 개씩 구입.

그리고 오래 보관하기는 어렵지만 토마토와 비슷한 채소와 브로콜리를 닮은 채소, 거기에 버섯류도 구입했다.

얼마나 보존할 수 있는가 하는 점은 신경 쓰지 않아도 된다고 말했지만, 아무래도 두 사람 모두 주부다 보니.

상하면 아깝다고 하는 탓에 아무래도 오래 보존할 수 있는 것들이 많아졌다.

내가 가진 매직 백도 빌려줄 생각이니까, 신경 쓰지 않아도 되는데.

에이블링 던전에서 매직 백(특대)을 손에 넣었고, 드랭에서도 두 번째 던전에서 운 좋게도 매직 백(대)을 구했으니까 말이지.

매직 백(특대)은 사역마들이 사냥을 나갈 때 쓰니까, 매직 백(대)을 빌려줄 셈이다.

이 매직 백(대)은 상당히 많은 양이 들어가고 시간도 흐르지 않기 때문에 이게 있으면 채소나 고기 같은 신선식품도 상할 염려가 없다. 내가 여행에 나서도 굶을 걱정은 없을 것이다.

물론 내가 여행을 떠날 때는 어느 정도 식비를 주고 갈 생각이지만.

　시장에서는 채소류를 중심으로 샀고, 돌아가는 길에는 점심용으로 포장마차에서 레드 보아 꼬치구이를 샀다.

　페르네 몫도 포함이라 상당한 양이 되고 말았는데, 포장마차의 주인장은 예상치 못했던 대량 주문에 기뻐했다.

◇　◇　◇　◇　◇

　사 온 레드 보아 꼬치구이와 인터넷 슈퍼에서 산 식빵으로 점심 식사를 해결하고, 커피를 마시면서 한숨 돌리다가 그러고 보니 하고 떠올렸다.

　"그러고 보니, 토니네한테는 정원 손질을 부탁할 생각인데. 도구가 필요하지 않아?"

　모두에게는 사과 주스를 내주었는데, 그 주스가 담긴 머그잔을 내려놓으면서 토니가 "예" 하고 끄덕였다.

　"도구라면 제가 언제나 신세를 지고 있는 가게에서 구했으면 합니다만."

　그런가, 그렇다면 그 가게에서 구하면 되려나.

　아니, 잠깐. 혹시 어쩌면……

　나는 인터넷 슈퍼를 열어보았다.

　어디 보자, 원예용품, 원예용품…… 아, 있다.

　"토니, 잠깐 좀 봐줄래?"

토니에게 살펴보게 한 바로는, 인터넷 슈퍼에서 팔고 있는 원예용 도구들은 이쪽 세계에서 쓰는 도구와 거의 차이가 없다고 한다.

토니와 상담해가며 전정 가위, 원예용 가위, 원예용 삽, 낫(소)을 구입했다.

그 외에 필요하다고 여겨지는 도구는 잔디를 깎는 큰 낫과 작업용 각 사다리.

아무리 그래도 그런 것까지는 인터넷 슈퍼에 없었기 때문에 토니에게 사러 다녀와 달라고 했다.

토니의 이야기로는 가게에 부탁하면 상품을 배달해준다고 하니, 내가 따라갈 필요도 없을 것 같았다.

금화 네 닢이면 인원수만큼 갖출 수 있다고 하는데, 부족하면 곤란할 테니까 넉넉하게 금화 다섯 닢을 건네두었다.

"그럼, 호위로 루크와 어빙도 따라가 줘."

그렇게 말하자 바보 둘이 "어째서 우리인데?"라며 뭔가 불평을 했다.

"잔돈이 남으면 돌아오는 길에 군것질 정도는 해도 괜찮은데 말이야. 그럼 다른 사람한테……."

"잠깐 기다려! 간다고, 가겠습니다!"

"성심성의를 다해서 다녀오겠습니다!"

너희들 진짜, 처음부터 그렇게 말하라고.

"그럼, 토니. 이 두 사람을 데리고 다녀와 주겠어?"

"예."

세 사람을 배웅한 다음엔, 달리 더 필요한 생필품이 없는지 다른 이들에게 물어보았다.

"그렇다면, 커다란 냄비가 있었으면……."

매우 조심스럽게 그렇게 말한 것은 테레자였다.

열네 명분의 식사를 만들려면 지급한 냄비로는 조금 작은가 보다.

그러고 보니 지급한 건 작은 냄비와 중간 크기의 냄비였지.

프라이팬도 중간 정도 크기였으니까, 이쪽도 큰 걸 지급할까.

바로 인터넷 슈퍼를 열어서 큼직한 냄비와 큼직한 프라이팬을 구입했다.

요리를 담당하기로 정해진 아이야와 테레자에게 냄비와 프라이팬을 각각 두 개씩 주었다.

사용인용 집에는 낡아 보이기는 해도 2구 마도 버너가 달려 있으니, 거기에 맞춰서 두 개씩 지급한 것이다.

이걸 쓰면 어떻게든 모두의 식사도 만들 수 있을 터다.

그것 말고는 당장 떠오르는 게 없다고 해서, 나머지는 지내다 부족한 게 생기면 말하라고 했다.

그리고 마도 버너를 생각하다가 내가 준비해야 할 것이 있다는 것을 떠올렸다.

마도 버너에는 처음부터 마석이 달려 있는데, 그렇지 않은 게 있었던 것이다.

욕조다. 욕조.

욕조의 탱크에 장착할 마석을 사 와야만 한다.

내가 가진 것 중에 극소 마석은 없단 말이지.

그런데 마석은 어디서 사는 거지?

일단 마석을 매수하는 모험가 길드에 가보면 되려나?

◇　◇　◇　◇　◇

페르와 드라 짱, 스이를 이끌고서 모험가 길드로 들어갔다.

나를 본 직원이 빠르게 자리를 벗어났고, 그 후 바로 길드 마스터가 모습을 드러냈다.

"오오, 물건은 내일 넘겨준다고 하지 않았나? 아니면 바로 의뢰를 받으러 와준 건가?"

"아뇨, 아뇨. 아닙니다. 매입 건과는 다른 일로, 좀……."

"그런가. 그럼 2층에서 이야기를 들어볼까?"

우리는 2층 길드 마스터 방으로 향했다.

◇　◇　◇　◇　◇

"……그런고로, 이 마을에서 집을 샀다는 보고입니다."

길드 마스터에게 이 마을에 집을 구한 것과 그에 따라 노예를 산 것, 그리고 평판이 좋지 않은 상회가 람베르트 씨와의 거래를 주목하고 있다는 것 등을 이야기했다.

"좋아, 좋아, 좋아! 잘했네! 이걸로 이 마을도 S랭크 모험가가 있는 마을이 됐군!"

잠깐, 그렇게 흥분하지 말아주세요.

"길드 마스터, 저기 말이죠. 이 마을에 집은 샀지만, 아직 정착하겠다고 정한 건……."

"무슨 말인가? 이 마을에 집을 사고 노예까지 구하지 않았나?"

"아니 그, 그건 그렇지만……."

"모험가를 하다 보면 여행을 떠나는 일도 많지만, 돌아오는 건이 마을이라는 뜻이지 않나?"

"그야, 집이 있으니까요."

"그럼 거점을 이 마을로 정했다는 것이 아닌가?"

…………그렇게 되는 건가?

"무엇보다, S랭크 모험가가 이 마을을 거점으로 삼은 것만으로도 평가가 높아진단 말이지!"

길드 마스터로서는 크게 환영할 만한 일인가 보다.

뭐, 그런 거라면 나도 편하게 부탁을 해도 괜찮으려나?

"그래서 이야기를 계속하자면, 만약 무슨 일이 생기거나 하면저희 노예들을 모험가 길드에서 보호해주셨으면 합니다."

람베르트 씨에게도 부탁해두었지만, 그런 곳은 많을수록 좋다.

"그 정도라면 쉬운 일이지. 그나저나, 자네도 성가신 녀석들에게 찍혔군그래."

길드 마스터도 예의 스타스 상회를 알고 있는지 떨떠름한 얼굴을 했다.

"그곳의 뒷배가 되어주는 건 크루베츠 남작이라는 말이 있는데, 양쪽 다 교활해서 꼬리가 잡히지 않는다더군."

길드 마스터의 이야기로는, 남작이라는 하급 귀족이라고는 하나 귀족은 귀족인지라 확실한 증거도 없이 체포할 수는 없어서 왕궁에서도 여러 가지로 고민이 많다고 한다.

"게다가 이렇게 말하기 뭐하지만, 하급 귀족 쪽이 질 나쁜 경우가 많다네. 이번 건도, 자네에 관해 왕궁에서 전달받았을 텐데 말이지……."

내 이야기가 하급 귀족인 남작에게까지 전해졌을 무렵에는 이미 건너 건너 건너 정도로 이야기를 들어 진지하게 받아들이지 않았으리라는 것이 길드 마스터의 추측이었다. 그리고 평민에 가까운 하급 귀족 쪽이 오히려 더 귀족이라고 으스대며 다니는 경우가 많다고 한다.

그러한 연유로 평민 따위가 어떻게 되든 개의치 않고, 커다란 이익을 낳는 스타스 상회가 하는 일에도 딱히 참견을 하지 않는 것으로 보인다고 했다.

"하지만 그렇게 되면, 저희가 습격을 받는다고 해도 결국은 확실한 증거가 없는 한 그 크루베츠 남작도 스타스 상회도 벌할 수 없다는 말이잖아요?"

"뭐, 그렇게 되겠지."

"스타스 상회는 좀처럼 꼬리를 잡히지 않는다고 하니, 만약 저희를 습격했다고 해도 스타스 상회로 이어질 증거 같은 건 남기지 않을 것 같은데요……."

"그럴 테지. 지저분한 일을 하는 녀석들을 고용한다고 해도, 스타스 상회를 엮어 넣을 만한 의뢰 방식은 절대로 취하지 않을 거야."

뭐야, 그럼 습격받으면 그냥 당하고 끝이라는 거야?

"뭐, 습격당하지 않는 게 제일이란 거지. 그러기 위한 가장 빠른 수단이라고 한다면, 크루베츠 남작도 스타스 상회도 손을 댈수 없을 만한 뒷배나 연줄을 만드는 거겠지."

그렇게 되는 건가…….

람베르트 씨네 가게는 란그릿지 백작이 뒤를 봐주고 있어 직접 손을 대는 일은 없을 거라고 했었지.

나도 그런 쪽으로 생각을 해봐야만 할지도 모르겠는걸.

지금까지는 성가셔서 귀족과는 얽히려고 하지 않았는데, 모두의 안전을 생각하면 귀족과 연을 맺는 것도 어쩔 수 없으려나…….

나 혼자라면 사역마들도 있으니 아무런 걱정도 없지만, 지금은 그렇지도 않으니까.

특히 내가 여행에 나섰을 때를 생각하면, 지금 상태로는 걱정이다.

타바사네 같은 실력 있는 전 모험가가 있어도 무슨 짓을 해 올지 모르니까.

"길드 마스터, 란그릿지 백작님과 자리를 마련해주실 수 있을까요?"

"그렇게 말할 줄 알았네. 자네가 이곳에 집을 구했다는 건 어차피 보고해야만 할 테고, 미스릴 광산을 발견한 실적도 있으니까 가능할 걸세."

아아, 의외로 괜찮을 것 같네.

하지만…….

"만난다고 하면, 역시 선물 같은 걸 준비하는 편이 좋겠죠?"

"뭐, 그야 그렇지. 빈손보다는 선물이라도 들고 가는 편이 좋은 인상을 줄 거야."

역시~.

비누나 샴푸 같은 걸 선물한다고 해도, 그것만으로는 임팩트가 없겠지?

그것들은 람베르트 씨네 가게에서 팔고 있으니까 이미 구했을 가능성도 있고.

"백작님께 드릴 선물은 뭐가 좋을까요?"

"으음, 백작님쯤 되면 웬만한 건 갖고 계시니까."

그렇겠지. 돈도 있을 테고.

"뭔가 이런 게 있으면 좋겠다든가 하셨던 걸, 소문이든 뭐든 모르시나요?"

나한테는 인터넷 슈퍼도 있으니까, 어쩌면 거기에 맞는 걸 선물할 수 있을지도 모르잖아.

"글쎄………… 아! 그러고 보니 백작님도 나와 같은 고민을 갖고 계셨지."

"길드 마스터와 같은 고민이라고요?"

"그건 말이지…….."

길드 마스터가 절절하게 이야기해준 것은 바로 모발 관련 고민이었다.

길드 마스터지만, 이곳의 길드 마스터가 된 지 20년 가까이 지나기도 해서 영주인 란그릿지 백작과는 제법 오래 알고 지냈고, 지금은 이런저런 개인적인 일도 서로 이야기하는 사이가 되었다고 한다.

그러던 중에 화제가 된 것이 바로 머리카락이었단다.

세계는 달라도 어느 정도의 나이가 되면 이러한 고민은 다 마찬가지구나.

길드 마스터도 탈모와 해마다 후퇴해가는 이마의 경계선이 큰 고민거리라고 한다.

듣고 보니 분명 경계선이 상당히 후퇴해 있다.

"효과가 있다는 약은 이것저것 시험해봤지만 전혀 소용이 없었다네."

실제 경험인 만큼 애수가 감돌았다.

탈모에 적은 숱이 고민인가.

분명 인터넷 슈퍼에서 관련 상품을 봤던 것 같은데…….

키샤르 님에게 드리는 샴푸나 트리트먼트를 살펴보던 때 있었던 것 같단 말이지.

"그거라면 어떻게든 될지도 모르겠네요."

벌떡.

"뭐라?!"

길드 마스터가 눈빛을 바꾸고 자리에서 일어났다.

"어, 어이, 어떻게든 되다니, 그런 게 있는 겐가?!"

잠깐, 길드 마스터. 지나치게 흥분했잖아요.

"아니, 그, 괜찮겠다 싶은 게 있어서요……."

"어흠, 그걸 백작님께 드리겠다는 말이지?"

"네, 일단은."

"하지만 말일세, 백작님께 드리려면 얼마나 효과가 있는지 확인하고서 드려야 한다고 생각하네."

……………당신이 갖고 싶을 뿐인 거잖아.

"효과가 없는 걸 드렸다간 백작님을 실망시킬 뿐. 효과가 없거나 하면, 어쩌면, 화를 내실지도 모르네."

뭐, 확실히 일리 있다.

효과 운운하는데, 이런 건 바로 효과가 나오는 게 아니기는 하지만 적어도 두피에 손상을 주는지 어떤지 정도는 확인해두는 편이 좋을지도 모른다.

마침 여기에 꼭 좀 써보고 싶다는 사람도 있으니까.

"그럼, 길드 마스터가 좀 시험해봐 주시겠어요?"

"그럼. 책임지고 써보겠네."

물건은 내일 매수 대금을 받으러 올 때 전달하기로 이야기가 정리되었다.

"내일, 반드시, 꼭, 가져오게."

"알았다니까요. 아, 그렇지. 극소 물 마석과 불 마석을 구해야 하는데, 어디서 파나요?"

"극소 마석이라고? 그거라면 우리도 팔고 있네만."

모험가가 가진 생활계 마도구에 극소 마석이 필요한 경우도 있기 때문에, 극소에 한해 모험가 길드에서도 취급한다고 한다.

창구에서 평범하게 살 수 있단다.

나는 창구에서 극소 물 마석과 불 마석을 세 개씩 구입(극소라고는 해도 마석은 마석이라 하나에 금화 두 닢이었다)하고, 모험가 길드를 뒤로했다.

돌아가면 인터넷 슈퍼에서 발모제를 사야겠다.

◇ ◇ ◇ ◇ ◇

집으로 돌아와서 사용인용 욕조 탱크에 물 마석과 불 마석을 설치.

물이 잘 나오는지도 확인했으니 완벽하다.

그리고 모두에게 비누와 샴푸 등의 사용법을 가르쳐줬다.

도중에 비누 받침대와 물바가지와 몸을 씻는 보디 타월을 지급하지 않았다는 것을 깨닫고, 인터넷 슈퍼에서 사서 모두에게 지급해뒀다.

이러쿵저러쿵하는 사이에 토니 씨와 바보 쌍둥이도 돌아왔다.

잔디를 깎는 큰 낫과 작업용 각 사다리 등은 내일 오전 중에 여기로 배달해준다고 한다.

저녁밥은 만들어두었던 음식 대방출이다.

오크 생강 구이와 된장 구이, 블루 불 고추잡채 같은 남은 것들로 덮밥을 만들어 내놓았다.

쌀밥을 먹을 수 있을까 걱정했는데 의외로 모두 괜찮아했다.

그보다도 모두 사역마들이 맛있게 먹던 덮밥이 궁금했던 모양인지, 기뻐하며 먹었다.

특히 바보 쌍둥이 둘은…………

"앗, 안 돼! 너희들, 그건 페르 몫이라고! 너희 건 이쪽이야!"

페르에게 더 주려고 덜어두었던 스테이크 덮밥을 어느 틈엔가 바보 쌍둥이가 걸신들린 듯이 먹고 있었다.

그것도 하필이면 페르가 좋아하는 스테이크 소스를 뿌린 스테이크 덮밥을 말이다.

"아, 그랬어? 미안 미안. 그나저나 이거 맛있네~."

"죄송 죄송. 그나저나, 먹기 시작한 거니까 그냥 먹어도 되지?"

꾸웅, 꽈앙.

아무래도 이 상황을 그냥 넘길 수 없었는지 타바사가 강한 철권제재를 내렸다.

"죄송합니다, 무코다 씨. 페르 님도 죄송합니다. 어이, 너희도 사과드려!"

""죄송합니다.""

철권제재를 받은 머리를 문지르며 바보 쌍둥이가 나와 페르에게 고개를 숙였다.

하지만 고기를 좋아하는 페르의 감정은 수습되지 않았고…….

쿠구구구구구———.

자기 몫을 빼앗긴 페르가 언짢은 표정으로 두 사람 앞에 섰다.

『내 고기를 빼앗다니, 언어도단. 너희 같은 무례한 놈들은 물어 죽이…….』

"잠깐! 자자자, 두 사람 다 사과했으니까, 이번엔 용서해줘."

이빨을 드러내고 흉흉한 말을 꺼내는 페르를 허둥지둥 말렸다.

제아무리 그 두 사람이라 해도 페르의 형상에 겁을 먹고 새파래졌다.

『너는 이 무례한 놈들을 감싸는 것이냐?』

"아, 아니, 그런 건 아닌데……. 사과도 했고, 일단은 내 노예잖아. 그, 그보다, 그 스테이크 덮밥보다 더 맛있는 스테이크 덮밥을 만들어줄 테니까. 진정해. 응?"

염화로『드래곤 고기로 지금 새 스테이크 덮밥을 만들어 올 테니까』라고 전해서 겨우 달랬다.

모처럼 산 집에서 사망자가 나오다니, 진짜 싫다고.

『할 수 없지. 오늘은 그걸로 타협하겠다. 하나, 내 고기를 빼앗은 이 두 사람은 조만간 혼쭐을 내줄 줄 알아라. 흥.』

날카로운 눈초리로 바보 쌍둥이를 바라보며 뭔가 불온한 말을 염화로 전해 온 페르.

어이 어이, 일단 두 사람은 내 노예니까 너무 심한 짓은 하지 말아줘.

진짜로 부탁해.

◇ ◇ ◇ ◇ ◇

다음 날 아침, 내 눈앞에 전부 모인 열네 명은 몰라볼 정도로 달라져 있었다.

목욕하고 깔끔해진 몸에 어제 지급한 옷과 신발을 걸친 그 모습은 다른 사람 같았다.

"그럼, 어제도 이야기했듯이 정원 손질은 토니를 중심으로 해 줘. 안채 청소는 아이야와 테레자가 지휘하고, 남성진도 포함해 비누와 샴푸 등을 옮겨 담을 때도 두 사람이 중심이 되어줘. 경비 쪽은 타바사가 중심이 돼주고, 문에는 1인이 상주하면서 나머지 는 부지 순찰이야. 밤에도 한 사람은 경비라고 할까 경계를 담당 해줬으면 하니까, 그 부분은 다섯 명이 잘 조율하고."

어제 저녁 식사를 마치고 일에 관한 간단한 회의를 했었다.

정원 손질에 관한 것은 경험도 있는 토니를 중심으로.

안채 청소는 아이야와 테레자가 주로 담당하고, 토니 일가와 앨번 일가에게는 전원이 함께 비누와 샴푸 등을 옮겨 담는 작업 도 담당하게 할 예정이니 그에 관해서도 두 사람이 중심이 되어 하기로 했다.

일단 아이들은 오전 중에만 일을 하기로 했다.

그리고 6일 일하면 하루 휴일이고, 보수는 토니 일가도 앨번 일 가도 모두 한 가족분으로 금화 한 닢.

이것은 노예 계약 때 정해진 보수다.

너무 적지 않은가 싶었는데, 노예상인 라드슬라프 씨에게 "이 것도 파격적인 보수입니다"라며 인상을 제지당했다.

지금도 여전히 너무 적은 게 아닌가 싶지만, 식비 등의 생활비 는 내가 내니까 이건 이것대로 괜찮다고 생각하기로 했다.

경비는 남자들 쪽이 자유분방하다고 할까, 제멋대로인 타입뿐 이라 여기는 저 바보 쌍둥이의 누나이기도 하고 남을 잘 돌볼 것 같은 타바사를 중심으로 움직이기로 정해졌다.

한 사람은 문에 상주하고, 나머지는 부지 안을 순찰 경비.

밤에도 누구 한 사람은 경비를 맡아줬으면 하니 야근도 해야한다. 그 부분은 알아서 잘 조정하길 바라는 바다.

로테이션을 짜고, 적어도 열흘에 한 번은 쉴 수 있도록 하라는 것도 전했다.

경비 쪽은 아무래도 몸을 던지는 일인 만큼, 보수는 한 사람당 금화 한 닢이다.

이것도 토니 일가나 앨번 일가와 마찬가지로 너무 적은 게 아닌가 싶었는데, 라드슬라프 씨가 말하길 "이쪽도 지나치게 많을 정도입니다"라고 한다.

아무튼 이런 느낌으로 일을 개시하게 되었다.

참, 아이야와 테레자 일행에게는 인터넷 슈퍼에서 구입한 청소 도구를 이것저것 대량으로 지급했다.

걸레 다섯 매 세트, 양동이, 빗자루, 쓰레받기, 대걸레, 소형 먼지떨이, 카펫용 테이프 클리너, 친환경적이고 다양하게 쓸 수 있는 멀티 타입의 세제 등등.

물론 사용법 설명도 마쳤다.

롯테는 아직 어리니 그냥 놀아도 괜찮은데, 테이프 클리너를 돌돌 굴리는 게 마음에 들었는지 즐겁게 돌돌 굴렸다.

이 청소 도구는 각자 사용인용 집에서도 쓸 수 있도록 별도로 같은 것을 지급했다.

역시 집은 깨끗한 편이 살기 쾌적하니까.

이런 느낌으로 각자 일을 시작하는 모습을 지켜본 후, 나는 페르와 드라 짱, 스이를 데리고서 모험가 길드로 향했다.

제 2 장

신약 모발 파워

　사역마들을 데리고서 모험가 길드로 들어가자, 마치 기다리고 있었다는 듯이 바로 길드 마스터가 모습을 드러냈다.

　"잘 왔네! 그래서, 말했던 건 가져왔는가?"

　"가져왔습니다만, 그보다 고기 거래와 매매 대금 받는 걸 먼저……."

　"그런 건 나중이네, 나중. 그럼 내 방으로 가지."

　곧장 길드 마스터 방으로 끌려갔다.

　마음이 급한 것은 이해하지만, 길드 마스터, 무척 조급하네.

　테이블을 사이에 두고 마주 앉은 길드 마스터와 나.

　기대가 담긴 눈으로 길드 마스터가 나를 보고 있다.

　"좋아, 그걸 보여주게. 내가 책임지고 시험해보겠네."

　나는 어젯밤에 인터넷 슈퍼에서 고른 발모제를 아이템 박스에서 꺼냈다.

　플라스틱 용기째로 내놓을 수는 없어서 병에 옮겨 담아두었다.

　"이, 이건가……."

　길드 마스터의 눈이 발모제가 담긴 병에 못 박혔다.

　놀랍게도 인터넷 슈퍼에서도 여러 종류의 발모제를 팔고 있었다.

　약국에서 팔 법한 의약품은 아니지만, 여러 종류가 갖춰져 있다는 것은 그만큼 수요가 있다는 뜻이리라.

그 정도로 신경 쓰는 사람이 많다는 거겠지.

그중에서도 내가 고른 것은 상자가 금색과 검은색으로 그러데이션 된, 매우 효과가 좋을 것만 같은 느낌의 발모 촉진+탈모 억제 작용이 특징인 발모제였다.

설명에 따르면 모근 세포 내의 단백질에 작용하여 발모 촉진·탈모 억제를 한다고 한다.

"그거랑 이걸 함께 쓰면 더 효과가 좋을 겁니다."

발모제 다음에 꺼낸 것은 같은 시리즈의 샴푸였다.

물론 이것도 병에 바꿔 담았다.

이 샴푸를 쓰면 두피의 과다한 피지를 깨끗하게 제거하여 발모제의 침투를 돕는다고 한다.

같은 시리즈의 샴푸와 발모제를 함께 씀으로써 더 큰 효과가 발휘된다는 것이다.

어젯밤에 "과연" 하고 생각하며 이 발모제와 샴푸를 골랐는데, 그게 말이지……

◇ ◇ ◇ ◇ ◇

"같은 시리즈의 샴푸와 발모제를 함께 쓰면 효과적이라는 건가. 흐음흐음, 이게 좋을지도. 근데, 이런 건 그렇게 바로 효과가 나타나는 게 아니잖아."

그야 바로 효과가 나오는 게 당연히 더 좋지만, 이런 건 오래 써야만 비로소 효과를 실감할 수 있다고 본다.

뭐, 인터넷 슈퍼(이세계) 물건이니까 효과는 좋을 거라고 생각은 하지만…….

그래도 백작님에게 드릴 선물이니까, 빠르게 효과를 보는 것만큼 좋은 일도 없을 테지.

뭔가 방법이 없을까 하고 나도 이것저것 생각해보았다.

"즉효성, 약, 액체…… 인터넷 슈퍼에서 파는 다른 발모제와 섞어볼까? 아니, 아니지. 각각의 회사가 독자적으로 성분을 만들고 있을 테니까, 그렇게 섞으면 오히려 좋지 않을 것 같아. 그렇게 되면 인터넷 슈퍼 물건 중에서 섞을 수 있을 만한 건 떠오르지 않는데……. 인터넷 슈퍼가 아니라, 이쪽 물건이라면 어떨까? 이쪽 것 중에 액체고 약이라고 하면, 포션인가? 포션이라, 포션 말이지………… 앗, 일릭서!"

그리고 떠올린 것이 스이 특제 일릭서였다.

이걸 인터넷 슈퍼의 발모제에 섞어보기로 했다.

그게, 스이 특제 일릭서는 수명을 늘리지는 못해도 만병에 효과가 있는 약이거든.

그걸 섞으면 엄청나게 효과가 좋을 것 같지 않아?

그런 안이한 마음이었다.

그래서 나는 병에 옮겨 담은 발모제에 시험 삼아 스이 특제 일릭서를 똑 하고 한 방울 넣어보았다.

그랬더니 병이 한순간 하얗게 빛나고…….

무색투명했던 발모제가 투명한 연분홍색 액체로 변화해 있었다.

"으앗, 새, 색이 변했어."

아무튼 감정을 해봐야겠다 싶어서 감정해보았다.

그랬더니⋯⋯⋯⋯.

【신약(神藥) 모발 파워】

이세계의 발모제에 스이 특제 일릭서(열화판)를 섞어 탄생한 신약. 발모·모발 관리에 뛰어난 효과가 있다. 적은 숱·탈모에 특효약. 포기하고 있던 당신도 이 약이 있으면 젊은 날의 그 머리로.

"푸으읍⋯⋯."

무심코 뿜었다.

"시, 신약이라니⋯⋯⋯⋯. 발모·모발 관리에 뛰어난 효과가 있다? 적은 숱·탈모에 특효약?"

뭐, 뭔가 엄청난 게 만들어졌어⋯⋯⋯⋯.

그리고 감정 마지막 줄에 '포기하고 있던 당신도⋯⋯'라는 문장, 대체 뭔데?

무슨 말인지 모르겠네~.

"뭐, 안 좋은 영향을 가져올 만한 약은 아닌 것 같은데. 어쨌든 효과만큼은 실제로 확인해보지 않는 한 뭐라고 할 수가 없겠는 걸."

내일 이걸 길드 마스터에게 건네고 효과가 어느 정도인지 확인 해봐야겠다.

◇ ◇ ◇ ◇ ◇

그런 연유로, 지금 여기에 있는 것은 바로 어제 탄생한 【신약 모발 파워】다.

감정 결과만 보면 효과는 확실할 것 같은데, 어찌 되려나······.

"이것과 이거란 말이지. 그래서, 어떻게 쓰면 되나?"

나는 길드 마스터에게 사용법을 설명했다.

"이건 샴푸라는 겁니다. 밤에 이걸로 머리를 감아주세요. 이걸로 머리를 감고서 이쪽 걸 바르는 편이 잘 침투되어 효과가 더욱 좋아지니까요."

"그래. 이걸로 감은 다음에 말이지."

"머리를 감은 다음엔 물기를 잘 제거하고 이쪽의 발모제를 조금씩 손에 덜어서 두피 전체에 흡수시키듯이 마사지하면서 발라줍니다."

"이걸 흡수시키듯이 말이지."

길드 마스터가 【신약 모발 파워】가 담긴 병을 열심히 바라보았다.

"아, 양은 조금씩 해주셔야 합니다. 많이 발라도 효과가 커지는 건 아니니까요."

아마도.

"당장 오늘 밤부터 써보도록 하겠네."

그렇게 말한 길드 마스터가 샴푸와 발모제가 담긴 병을 조심스럽게 책상 서랍 속에 넣었다.

"그럼, 아래로 가서 고기와 매입 대금을 받아 가겠습니다."

"그래."

정신이 딴 데 팔린, 마음이 콩밭에 가 있는 듯한 느낌으로 대답하는 길드 마스터.

샴푸와 발모제가 신경 쓰이는 건 이해하지만, 괜찮은 거야?

그렇게 마음이 이곳에 없는 길드 마스터를 혼자 남겨두고 나는 슬쩍 방을 나섰다.

1층으로 내려온 다음, 알고 있는 절차에 따라 창고로 가서 요한 아저씨에게 말을 걸었다.

"실례합니다. 고기 받으러 왔습니다."

"여어, 형씨 왔나. 준비는 다 됐어."

와이번, 와일드 바이스, 골든 시프, 자이언트 혼 보아, 록 버드, 블루 불, 자이언트 터키, 그리고 키마이라 고기를 건네받았다.

우와, 대량이네.

이거면 당분간 굶을 일은 없겠는걸.

다음은 고기 이외의 소재 매입 대금이다.

내역을 설명받고, 합계가⋯⋯.

"전부 해서 금화 7685닢이야."

오, 그렇게나 되는 거야?

살짝 놀랐다.

"형씨와의 거래는 언제나 크지만, 이번에는 와이번에 키마이라도 있었으니까 말이야."

놀라는 나를 보며 요한 아저씨가 그렇게 말했다.

그러고 보니 내역 상에서도 키마이라 소재는 금액이 상당했었지.

모피, 이빨, 발톱, 독주머니, 그 외 내장도 소재가 되는지 매입 대상이 되어 있었다.

"이번에는 금액이 금액이라 백금화와 금화로 지급해야겠어. 금화 7685닢이니까, 백금화 76닢과 금화 85닢이야. 확인해봐."

백금화와 금화가 담긴 자그마한 자루를 건네받았다.

자루 안의 백금화와 금화 수를 확인했다.

"네, 맞네요."

"또 귀한 걸 가져오라고!"

"페르랑 애들의 사냥에 달린 거지만, 뭔가 생기면 또 매입 부탁드립니다."

대량의 고기와 매입 대금을 받아 들고 우리는 모험가 길드를 뒤로했다.

◇ ◇ ◇ ◇ ◇

길드 마스터에게 【신약 모발 파워】를 준 지 사흘이 지났다.

그사이에 내가 무얼 했는가 하면, 노예들의 모습을 살피는 김에 비축용 요리를 만들거나 하면서 집에서 느긋하게 지냈다.

페르는 사냥을 못 가서 투덜투덜 불만을 늘어놓았지만, 드라짱과 스이와 함께 넓은 정원을 뛰어다니며 스트레스를 풀었다.

토니 일가와 앨번 일가, 그리고 전 모험가 다섯 명까지 총 열네 명은 의욕적으로 일했다.

코스티와 세리야, 올리버와 엘릭과 롯테까지, 어린아이들도 열심히 일했다.

그중에서 가장 어린 롯테도 매일 기운차게 돌돌이를 돌렸다.

"매일 맛있는 밥을 먹을 수 있으니까, 롯테도 열심히 할 거야!"

그렇다고 한다.

아이야와 테레자에게는 오크 고기와 블루 불 고기, 그리고 코카트리스 고기가 넉넉하게 담긴 매직 백을 주었으니까.

매일 고기를 먹을 수 있는 것이 기쁜가 보다.

게다가 조미료도 이것저것 주었으니까 말이지.

다양한 맛을 즐길 수 있는 것도 좋다고 말했다.

"롯테는 있지, '불고기 양념'이랑 '데리야키 소스'로 구운 고기가 제일 좋아! 엄청 맛있어~."

롯테가 그렇게 역설했다.

후후후, 아이야와 테레자에게는 불고기 양념과 데리야키 소스도 전달해두었다.

이걸로 버무려서 구우면 어떤 고기라도 맛있어진다고 알려주었는데, 아무래도 바로 써본 모양이다.

쌀도 잔뜩 주고, 밥 짓는 법도 가르쳐주었더니 요즘에는 나를 흉내 내서 덮밥도 만드는 것 같았다.

아무튼 식사도 충실해서 다들 의욕이 넘쳤다.

그 바보 쌍둥이 두 사람은 어떠려나 했는데, 하기로 마음먹으면 일은 제대로 하는 타입인지 문제없이 경비를 담당했다.

그 점도 포함해서 타바사가 빈틈없이 지휘하고 있는 듯, 현재로서는 아무런 문제도 일어나지 않고 있다.

이대로 아무 일 없이 예의 녀석들도 어딘가로 가버린다면 좋으련만.

그걸 위해서라도 길드 마스터가 란그릿지 백작과 서둘러 연줄을 마련해주었으면 좋겠다.

그 포석이【신약 모발 파워】다.

【신약 모발 파워】, 제대로 효과를 발휘해줘~.

나는 사역마들을 이끌고서 길드 마스터의 상태를 확인하기 위해 모험가 길드로 향했다.

모험가 길드로 들어가자 직원이 바로 길드 마스터를 부르러 가주었다.

얼마 안 있어 모습을 드러낸 길드 마스터.

"오~ 어서 오게! 그래서, 어떤가?"

싱글벙글한 얼굴로 그렇게 말하는 길드 마스터를 본 나는 입을 떡 벌리고 말았다.

"기, 길드 마스터, 머, 머리가…………."

"흐흥, 어떤가? 남자다움이 더해졌지?"

기분 좋게 그렇게 말했다.

그, 그야 기분이 좋을 만도 하지.

무려 길드 마스터의 머리카락이, 후퇴해가던 경계선이 덥수룩해진 데다가 백발이었던 색이 갈색이 되어 있었으니까.

그런 대화 다음, 2층의 길드 마스터 방에서 찬찬히 이야기를 듣게 되었다.

"정말 달라졌네요."

지난번에 본 후로 고작 사흘 만의 격변이다.

"그래. 자네에게 받은 샴푸와 발모제 덕분일세. 특히 그 발모제는 내게 구세주나 다름없어."

길드 마스터가 그렇게 말하며 샴푸와 발모제를 써본 경과를 들려주었다.

내가 샴푸와 발모제를 준 날 밤에 바로 써보았단다.

설명한 대로 샴푸로 꼼꼼하게 머리를 감은 다음, 【신약 모발 파워】를 조금씩 두피 전체에 흡수시키듯이 마사지하며 바르고 잠자리에 들었다는 모양이다.

"다음 날 아침에 어찌나 놀랐던지. 머리카락이 빠졌던 경계선에 새 머리카락이 희미하게 자라나 있지 뭔가!"

게다가 그 머리카락 색은 갈색.

나이를 먹은 탓에 백발이 되고 말았지만, 길드 마스터의 원래 머리카락 색은 갈색이었다.

거기에 더해 백발의 뿌리에서도 갈색 머리카락이 자라나고 있었다.

"이건 지금까지 써왔던 가짜들과는 달라. 이건 진짜야!"

그렇게 실감한 길드 마스터는 아침에도 발모제를 두피 전체에 꼼꼼하게 발랐다고 한다.

그걸 밤낮으로 반복한 결과…….

"오늘 아침에 일어나 보니 갈색 머리카락이 상당히 길어졌더군. 그 김에 백발 부분은 전부 잘라내고, 머리카락을 다듬었다네."

그렇게 말한 길드 마스터가 짧지만 덥수룩해진 갈색 머리카락을 손가락빗으로 빗어 보였다.

"갈색 머리카락이라니 대체 몇 년 만인지. 10년, 아니 20년은 젊어진 기분일세! 으하하하하!"

그야 기분 좋아서 웃고 싶어질 만도 하지.

확실히 젊어졌는걸.

백발이 아니란 것만으로 이렇게나 달라 보이는구나.

뭐, 숱이 풍성해졌기 때문이기도 하겠지만.

아무튼 머리카락 색이 달라진 것만으로도 젊어 보이는 건 분명했다.

【신약 모발 파워】 감정에 있던 '이 약이 있으면 젊은 날의 그 머리로'라는 문구는 과장도 뭣도 아니었다는 것을 절절하게 깨달을 수 있었다.

"어쨌든 효과는 확실하군요."

"그렇다네. 시험해본 내가 증거일세."

"그렇다는 건…….'"

"나와 같은 고민을 가진 란그릿지 백작님에게는 서둘러 전달해야, 아니. 내가 젊어진 모습을 보여주어야지. 흐하하하하하."

풍성한 갈색 머리카락으로 돌아가 젊어진 자신을 자랑하고 싶은 거로군요. 다 압니다.

"나를 보고 어떤 반응을 하려나? 벌써 기대가 되는군. 크크크."

정말이지, 대체 얼마나 자랑하고 싶은 거야?

이미 방문할 예정이라고 알렸으며, 길드 마스터는 이삼일 내에는 란그릿지 백작을 찾아갈 거라고 했다.

"그렇지. 이 효과를 알면 백작님도 바로 자네를 만나고 싶어 할 테지. 그건 나 같은 사람에게는 그야말로 신과 같은 약이니까. 자네도 준비해두게."

신과 같은 약이라………… 응, 그러네.

이거, 신약(神藥)이니까.

이제 곧 백작님과 첫 대면인가.

그 부분은 빈틈없이 준비해두겠습니다.

"그리고 말이지, 나를 본 상인들이 난리라네."

글쎄 길드 마스터의 격변을 재빠르게 알아챈 상인들이 매일 찾아온다고 한다.

특히 숱이 적어 고민하는 상인들은 운이 좋으면 자신도 혹시 하고 바라면서, 또 돈이 될 냄새를 맡고서, 어디서 구했는지 끈질기게 물으러 온다고 한다.

뭐, 이렇게까지 격변했으니까.

"물론 상대는 해주지 않았지만……. 이걸 팔 생각은 없는 겐가?"

"으음, 그런 생각은 안 해봤습니다만, 요청이 있다면 팔지 못할 것도 없죠."

"무슨 말인가. 이렇게나 효과가 좋은데, 원하는 사람은 얼마든지 있을 걸세. 실제로 나도 갖고 싶네. 자네에게 받은 게 아직 남아 있기는 하지만, 이건 몇 병쯤 확보해놓고 싶을 정도란 말일세."

길드 마스터가 엄청난 박력으로 역설했다.

"그, 뭐냐. 판다고 한다면, 가까운 사이인 람베르트 씨네 가게에 부탁하게 될 거라고 봅니다."

"람베르트 상회인가. 팔게 되면 알려주게."

자비를 써서라도 살 마음이 넘치는 길드 마스터에게 "알았습니다" 하고 대답해두었다.

◇ ◇ ◇ ◇ ◇

모험가 길드에서 길드 마스터와 만난 다음엔 지난 사흘 동안 만들어둔 고기 말이 주먹밥으로 간단히 점심 식사를 마치고, 페르와 드라 쨩, 스이의 요청대로 마을 밖으로 사냥을 하러 나갔다.

오후에 나선 사냥이라 오늘은 그다지 시간이 없었기 때문에 마을에서 멀지 않은 숲에서 사냥을 하기로 했다.

그렇게 말해도 페르와 드라 쨩과 스이는 나를 두고 멀리까지 다녀올 테지만.

"밥 준비해둘 테니까 어두워지기 전에 돌아와."

페르의 목에 매직 백(특대)을 걸어주면서 그렇게 말했다.

『그래. 그럼 다녀오겠다.』

『어마어마한 걸 잡아 오겠어!』

『주인, 퓻퓻 해서 많이 잡아 올 테니까 기다려.』

그렇게 말하고 페르와 드라 짱과 스이가 숲 깊은 곳으로 달려갔다.

"어디 그럼, 식사 준비를 해볼까."

집에 돌아가고 나서 밥을 짓는 것도 귀찮으니, 이왕이면 페르 일행이 사냥을 나간 사이에 준비를 마치고 여기서 해결해버릴 생각이다.

"뭘 만들까……. 그래. 밖에 나왔으니까 오랜만에 바비큐라도 할까?"

그렇다면 어떤 고기를 쓰는 게 좋으려나.

고기는 아까 모험가 길드에서 받아온 참이라 꽤 여러 가지가 있는데.

아이템 박스를 뒤져보았다.

"어디 보자, 좋아. 오늘은 이거다."

나는 록 버드 고기를 꺼냈다.

"오늘은 닭고기, 가 아니라 록 버드 고기를 메인으로 한 바비큐다."

이번에 고기를 재울 양념은 바비큐 소스로 해보았다.

벌꿀이 들어간 달콤한 양념으로 계속해서 당기는 맛이다.

만드는 법은, 케첩, 소스(우스터소스든 중농 소스든 취향에 따라 선택하면 된다. 참고로 나는 중농을 사용), 벌꿀, 간 마늘(튜브형)을 섞기만 하면 된다.

홀 그레인 머스터드를 넣어도 맛있다고.

이번에는 양쪽 다 만들어볼 예정이다.

적당한 크기로 자른 록 버드 고기에 양념이 배기 쉽도록 포크로 찔러 구멍을 내주고, 비닐봉지에 넣어서 바비큐 소스를 버무려 재워두면 준비 완료다.

마찬가지로 홀 그레인 머스터드를 넣은 바비큐 소스에도 재워둔다.

사역마들을 위해 양쪽 모두 대량으로 만들었다.

만약 남는다고 해도 이건 프라이팬에 구워도 맛있으니까 괜찮다.

다음은 채소류다.

그래 봤자 먹는 건 나랑 스이 정도지만.

드라 짱도 먹기는 하지만 기본적으로 고기 쪽을 좋아하기 때문에 그다지 많이 먹지는 않고, 페르에 이르러서는 채소를 보기만 해도 얼굴을 찡그린다.

스이는 고기 쪽을 좋아하기는 하는 것 같지만, 채소도 나름대로 먹어준다.

뭐, 채소는 남지 않을 정도만 해야지.

인터넷 슈퍼에서 내가 먹고 싶은 채소를 골랐다.

"역시 옥수수는 먹어야지. 껍질째로 찔 거니까 손도 안 가고. 다음은 아스파라거스. 그리고~……."

단맛이 있는 파프리카와 사각사각한 식감을 즐길 수 있는 새송이버섯으로 정해보았다.

파프리카는 올리브 오일을 발라서 통째로 구울 생각이니, 밑준비가 필요한 것은 아스파라거스와 새송이버섯뿐이다.

아스파라거스는 필러로 아래쪽의 딱딱한 껍질을 벗기고, 새송이버섯은 적당한 크기로 잘라둔다.

"이걸로 재료 쪽은 완벽하고. 다음은 바비큐 그릴을 꺼내서 준비를 해두기로 할까."

아이템 박스에서 드랭에서 주문 제작했던 특제 바비큐 그릴을 꺼냈다.

이 특제 바비큐 그릴의 서랍 부분에 인터넷 슈퍼에서 산 숯을 넣고 준비를 하고 있으려니…….

바스락, 부스럭──.

나무들을 헤치며 이쪽으로 다가오는 기척이.

일단 손을 멈추고 아이템 박스에서 미스릴 창을 꺼냈다.

페르가 펴준 결계도 있고, 이 부근은 아직 마을에서도 가까운 곳이니까 그렇게 위험한 것은 출몰하지 않을 거라고 생각하지만…….

고블린이나 오크이리라 예상을 하면서 미스릴 창을 들고 상대가 나타나기를 가만히 기다렸다.

그리고 나타난 것은…………

"어라? 라슈, 씨?"

"응? 무코다 씨잖아! 이런 데서 뭘 하고 있는 거야?!"

나무들을 헤치고 모습을 드러낸 것은, 반갑고 익숙한 얼굴인 '피닉스(불사조)' 멤버들이었다.

"그렇군요. 의뢰를 마치고 돌아가는 길이었군요."

"그래. 이대로 마을로 돌아가긴 이르니까. 잠깐 용돈벌이를 하려던 거지."

피닉스 멤버들은 의뢰를 받아 근처 마을까지 갔었다고 한다.

글쎄, 그 마을 근처에 그레이 울프 무리가 자리를 잡아버렸는데, 그 무리를 토벌해달라는 의뢰였다고 한다.

"그래서, 무코다 씨는, 이런 데서 뭘 하고 있는 거야?"

"아, 저는 말이죠……."

사냥을 나가는 페르 일행을 따라서 숲까지 왔다고 전했다.

"말은 그렇게 해도, 저는 여기서 기다리고 있을 뿐이지만요. 아, 그렇지. 페르랑 애들이 돌아오면 여기서 식사를 할 건데, 여러분도 같이 드시죠? 오랜만에 다시 만난 건데."

"그럼, 신세 좀 질까."

"""잘 먹겠습니다!"""

이리하여 피닉스 멤버들도 바비큐에 함께하게 되었다.

바비큐는 사역마들이 돌아와야 시작이라 일단 아이템 박스에 남아 있는 재료로 매우 손쉬운 양배추와 베이컨 콩소메 수프를 만들어 대접하기로 했다.

베이컨은 1센티미터 간격으로 자르고 양배추는 큼직하게 썬다.

냄비에 올리브 오일을 두른 다음, 베이컨을 볶다가 물을 붓고 고형 콩소메를 넣는다.

거기에 큼직하게 자른 양배추를 넣고서 양배추가 익었을 때 소금 후추로 간을 맞추면 완성이다.

"페르랑 애들이 돌아올 때까지 조금만 더 기다려주세요."

모두에게 수프가 담긴 그릇을 나누어주었다.

"오, 고맙네."

나도 함께 먹기로 했다.

"그나저나, 돌아왔었군."

나를 보고 그렇게 절절하게 말한 것은, 어딘가의 길드 직원인 샌드라 씨와 사귀고 있다고 하는 시드르였다.

"이런저런 소문이 여기까지 들려왔거든. 드랭의 던전을 답파했다든가."

콩소메 수프를 마시며 헹크가 그렇게 말을 이었다.

"맞아 맞아. 에이블링의 던전도 답파했다는 소문도 있었지."

응응하고 고개를 끄덕이며 알로이스가 그렇게 말했다.

"야야, 그 전에 S랭크가 됐다는 얘기도 있잖아. 나는 S랭크 모험가랑 아는 사이라고 자랑도 했다고."

피닉스 멤버들 중에서 가장 어린 세사르가 웃으면서 그렇게 말했다.

"그것참, 전부 페르랑 애들 덕분이라고 해야 할까요……."

나도 콩소메 수프를 마시며 그렇게 답했다.

이러니저러니 해도 던전 답파는 사역마들이 없으면 무리인 얘기니까.

S랭크도 사역마들이 없었다면 될 수 없었을 테고.

"뭐, 그렇게나 강한 사역마를 데리고 있으니 그럴 만하지."

라슈 씨가 페르를 떠올린 것인지 절절하게 그렇게 말했다.

그러고 보니 드라 짱이 함께하게 된 건 카레리나를 떠난 다음 이었으니까, 피닉스 멤버들과는 만난 적이 없었지.

"이곳을 떠난 후에 사역마가 늘었습니다."

"그런가? 어떤 녀석이지?"

"그러니까 그게, 곧 돌아올 테니까 직접 보는 편이 빠를 것 같은데요."

『다녀왔다.』

페르의 목소리가 머릿속에서 울렸다.

"아, 왔나 보네요."

수풀을 헤치고 우리 앞에 모습을 드러낸 페르와 드라 짱과 스이.

투욱——.

라슈 씨가 콩소메 수프가 담긴 그릇을 떨어뜨렸다.

"드, 드래곤?"

라슈 씨 이외의 멤버들도 수프 그릇을 든 채 굳어 있었다.

아연실색한 피닉스 멤버들에게 드라 짱을 소개했다.

"제 사역마가 된 드라 짱입니다. 드래곤은 드래곤이지만 픽시 드래곤이라는 드문 종류고, 이 모습이 성체입니다. 그래도 엄청 나게 강하지만 말이죠."

"그, 그런가. 그것참, 펜리르에 이어 드래곤 새끼를 사역마로 삼은 건가 해서 조금 놀랐어."

라슈 씨, 새끼 드래곤이 아닌데요. 드라 짱도 엄연히 다 큰 드래곤인데요.

"나도. 완전히 새끼 드래곤이라고 생각했어. 무코다 씨, 이 이상 전력을 강화해서 뭘 어쩔 셈인 거야? 하고."

헹크가 그렇게 말하자 시드르, 알로이스, 세사르가 "나도, 나도" 하고 동의했다.

아니, 딱히 뭘 어쩔 셈은 없는데요. 내가 억지로 사역마로 삼은 것도 아닌데요.

『어이, 거기 인간 놈들 실례잖아! 강함은 크기와는 관계없다고! 나는 덩치만 클 뿐인 드래곤 따위한테는 안 지거든!』

드라 짱이 염화로 그렇게 항의해 왔다.

『자자자, 드라 짱이 강한 건 내가 알잖아. 게다가, 어떤 사냥감을 가져왔는지 보여주면 피닉스 멤버들도 드라 짱이 얼마나 강한지 깨닫지 않을까?』

『그렇지. 음하하하하하, 오늘은 엄청난 걸 잡아 왔다고! 맞지?』

『그래. 짧은 시간이었지만, 그럭저럭 괜찮은 사냥감을 잡았다.』

『스이도 풋풋 해서 많이 잡았어!』

어디, 어떤 걸 잡아 왔는지 확인시켜주시죠.

"식사 전에 사역마들이 사냥해 온 것만 좀 확인해도 괜찮을까요?"

"물론이지. 우리도 흥미가 있거든."

라슈 씨가 그렇게 말하자 다른 멤버들도 고개를 끄덕였다.

페르의 목에 걸려 있는 매직 백을 벗겨내 안을 뒤져보았다.

"그건 매직 백인가?"

"네. 에이블링 던전에서 나온 겁니다."

"매직 백이라니. 좋겠다."

"그러게. 역시 매직 백을 구하려면 던전에 갈 수밖에 없겠어."

"역시 던전인가."

"우리도 가볼까?"

내가 가진 매직 백을 보고, 평소 카레리나를 거점으로 이 주변에서 활동하는 피닉스 멤버들이 던전에 갈 생각을 하기 시작했다.

"뭐, 들어가도 반드시 나온다고는 할 수 없겠지만요."

우리는 운 좋게도 몇 개 구했지만, 그것도 마지막 계층까지 갔기 때문이라는 면도 있다고 생각하니까.

아래층으로 가면 갈수록 귀한 게 나오기도 하고.

"아무튼, 일단 꺼내겠습니다."

"그렇지. 미안하네."

먼저 나온 것은 본 적 있는 마물이었다.

"이건, 블러디 혼 불이군요."

『그거, 스이가 퓻퓻 해서 쓰러뜨린 거야!』

스이가 쓰러뜨린 모양이다.

확실히 산탄 흔적 같은 게 있다.

『본 적 있는 소가 엄청 많아서 쓰러뜨렸어. 그게, 이 소는 고기가 맛있잖아.』

『맞아. 잘 기억하고 있네. 스이는 대단해.』

『에헤헤~.』

블러디 혼 불은 전부 해서 스무 마리.

이 고기는 맛있으니까 많을수록 좋지.

"블러디 혼 불 스무 마리인가…… 엄청난걸……."

"이렇게나 많으니 장관인데……."

피닉스 멤버들이 쭉 늘어놓은 블러디 혼 불에 어이없어했다.

여기가 탁 트인 곳이라 다행이야.

일단 블러디 혼 불을 정리하고, 다음으로 나온 것은…….

"어? 상당히 큰데. 이게 뭐지……?"

나온 것은, 머리끝부터 꼬리 끝까지 5미터는 되어 보이는 도마뱀 같은 마물이었다.

"이, 이건……!"

라슈 씨가 도마뱀 같은 마물을 보고 놀라 소리를 질렀다.

"라슈 씨, 뭔지 아시나요?"

"아마도. 전에 책에서 본 적이 있는데, 이건 아마도 S랭크인 기간트 미믹 카멜레온일 거야."

S랭크라는 말에 다른 피닉스 멤버들이 술렁거렸다.

이 정도로 놀라기엔 아직 이릅니다.

이 녀석들은 아무렇지 않게 드래곤을 사냥해 오니까요……. 하하하.

그보다, 이거 도마뱀이 아니라 카멜레온이구나.

듣고 보니 그런 느낌이네.

『어때? 대단하지? 이건 내가 잡은 거라고. 이 녀석, 건방지게 나를 잡아먹으려고 하잖아. 열받아서 맞받아쳤지!』

아, 아아, 그렇구나.

손을 댄 상대가 안 좋았네. 카멜레온.

나무아미타불~.

"이, 이건, 펜리르가?"

"아뇨, 이걸 잡은 건 드라 짱인 모양입니다."

라슈 씨의 질문에 그렇게 답하자 피닉스 멤버들이 전원 눈을 부릅뜨며 드라 짱을 응시했다.

『흐흥, 어떠냐! 나는 강하다고!』

그렇게 말하며 드라 짱이 우리 주변을 날아다녔다.

하지만 그 말, 피닉스 멤버들에게는 들리지 않거든.

기간트 미믹 카멜레온도 일단 넣어두고, 다음은…….

응? 이거 뭔가 커 보이는데?

나온 것은, 이게 또 커다란 새였다.

노란색 부리에 새까만 날개의 길이가 5미터는 될 듯한 독수리 같은 새.

『이게 마지막이다. 그건 내가 사냥한 가루다다. 스이가 쓰러뜨린 소들을 노리기에 쏘아 떨어뜨렸다.』

페르가 염화로 그렇게 전해왔다.

"가루다라는 모양인데요."

"""""……………."""""

라슈 씨를 포함한 다섯 명 모두 말없이 굳어졌다.

"저기, 괜찮으신가요?"

"…………가루다가 사냥할 수 있는 거던가?"

"우선, 좀처럼 볼 기회가 없는데. 우리도 모험가 일을 한 지 제법 되었지만, 존재는 알고 있어도 본 적은 없다고."

"그러게. 게다가 비행계 마물이잖아. 그리고 가루다라고 하면, 공격도 닿지 않을 고도에서 난다고 들었어."

"만약 고도를 낮춰서 나는 순간을 노린다고 해도 상대는 S랭크 마물이라고. 그렇게 간단하게 잡을 수 있을 리가 없잖아."

"우리, 터무니없는 걸 봐버렸네…………."

그런데 왜 그 부분에서 피닉스 멤버들은 나를 보는 걸까?

사냥한 건 내가 아닌데.

"뭐, 페르니까요."

이 한마디면 충분하다.

피닉스 멤버들도 여유롭게 서 있는 페르를 보고 납득한 표정을 지었다.

『어이, 그런 것보다 배가 고프다. 밥은 지어놨을 테지?』

『나도 배고파.』

『스이도 배 꼬르륵~.』

"그럼, 밥 먹죠."

"맛있어~."

"우걱우걱, 정말로."

"고기에 바른 이 소스가 엄청 맛있네."

"그래, 고기와 완벽하게 어울려!"

"이쪽은 살짝 찌릿해서 또 맛있어."

피닉스 멤버들이 바비큐 그릴로 구운 고소한 고기를 열심히 먹었다.

페르와 드라 짱과 스이도 접시에 수북하게 쌓아 내준 고기를 허겁지겁 먹고 있었다.

응, 확실히 이 고기는 괜찮네.

고소한 데다 살짝 달짝지근한 소스가 잘 어울려.

"록 버드 고기라고 해서 또 비싼 고기구나 싶었는데, S랭크인 기간트 미믹 카멜레온이니 가루다니 하는 걸 봤더니 말이지. 이 고기도 무코다 씨들한테는 별것 아니겠구나 싶어서 사양하는 게 바보 같아졌어."

"맞습니다. 라슈 씨. 사양 말고 드세요. 여러분도요."

"그래. 고마워."

"""""감사히 먹겠습니다."""""

피닉스 멤버들 모두 잘 먹네 잘 먹어.

채소도 권해보았는데, 역시 고기 쪽이 좋은 모양이다.

피닉스 멤버들에게 지지 않겠다는 듯이 사역마들도 몇 번이나 추가해 먹었다.

결국 채소는 나와 스이 둘이서 먹었다.

올리브 오일과 소금 후추로만 간했는데, 아스파라거스가 맛있었다.

그리고 찐 옥수수가 아무 불만 없을 만큼 달고 맛있었다.

"아, 잘 먹었다."

피닉스 멤버들이 불룩해진 배를 쓸고 있었다.

『음, 맛있었다. 역시 고소하게 구운 고기는 좋다.』

『아아, 배불러.』

『스이도 배 빵빵. 고기 맛있었어~.』

그렇게나 대량으로 양념해두었던 고기가 깨끗하게 사라졌다.

그것참, 다들 잘 먹네.

이렇게까지 잘 먹어주면 만든 이쪽도 뿌듯하지.

이제 서둘러 뒷정리를 해야지.

"그럼, 이만 마을로 돌아갈까요?"

"이런, 지금부터 움직여선 시간을 못 맞출 것 같은데? 차라리 여기서 야영하고 내일 아침에 마을로 돌아가지."

"아뇨, 괜찮을 겁니다. 스이, 여기 다섯 명을 태우고 가줄래?"

『좋아. 잠깐 기다려.』

그렇게 말한 스이가 점점 커져갔다.

피닉스 멤버들이 "으아앗" 하고 놀라 비명을 질렀다.

"그럼, 피닉스 여러분은 스이한테 올라타 주세요."

"뭐? 이, 이 슬라임에?"

"이 슬라임 갑자기 커졌다고."

"아니, 이 슬라임은 대체 뭐야?"

"펜리르와 드래곤만이 아니었어. 무코다 씨 사역마는 슬라임까지 대단해……."

"슬라임, 대단해~."

"자자, 어서 타세요. 타세요."

놀라 주저하는 피닉스 멤버들을 재촉해 스이에게 태웠다.

나는 평소처럼 페르 등에 올라타고…….

"그럼 마을로 돌아가죠."

휙휙 나아갔다.

피닉스 멤버들은 스이의 승차감과 진행 속도에 몹시 소란을 피웠다.

"늦지 않았군."

"네, 어찌어찌요."

"그나저나, 무코다 씨네 사역마는 모두 대단하군."

라슈 씨가 페르 일행을 보며 절절하게 그렇게 말했다.

"정말이라니까."

"역시 테이머가 좋아. 나도 지금부터 될 수 있으려나?"

"바보야. 테이머는 그렇게 간단히 될 수 있는 게 아니라고. 재능이 없으면 안 돼."

"그래도 강한 사역마, 부러운걸~."

라슈 씨 이외의 피닉스 멤버들도 차례차례 그런 말을 했다.

『이 녀석들은 멍청한가? 우리 같은 강자가 그리 간단히 너희 같은 것들과 사역 계약을 맺을 리가 없지 않으냐.』

『그렇다니까. 맛있는 밥을 줄 수 없으면 실격이라고. 그런 녀석의 사역마가 되다니 절대 사절이야.』

『주인 밥 맛있어.』

아, 예예.

피닉스 멤버들에게 얘들 목소리가 들리지 않아서 다행이야……

"오늘은 잘 먹었어. 무슨 일이 생기면 모험가 길드에 전언 남겨 줘. 그럼, 또 보자고."

""""잘 먹었어. 또 봐.""""

"네, 또 뵙겠습니다."

피닉스 멤버들과는 문에 들어선 뒤 바로 헤어졌다.

"그럼, 집으로 돌아갈까?"

사역마들과 함께 집으로 돌아갔다.

그러고 보니 감정을 안 했는데, 기간트 미믹 카멜레온이랑 가루다는 먹을 수 있는 거려나?

피닉스 멤버들과 재회한 다음 날은 집에서 느긋하게 보냈다.

그리고 오늘은 테레자의 요청으로 사용인용 집 옆에 화덕을 만들기로 했다.

조심스럽게 "가능하다면······" 하고 테레자에게 부탁을 받았던 것이다.

무려 테레자는 빵 만들기가 특기이고, 집에 있을 때도 종종 빵을 구웠다고 한다.

나도 화덕에는 흥미가 있고, 테레자가 만든 갓 구운 빵도 먹어보고 싶으니 대찬성이다.

그리하여 화덕을 만들게 되었는데······.

테레자의 이야기로는 앨번가에 있던 화덕은 선대에게서 물려받은 것이었다고 한다.

앨번에게도 물어보았는데 만드는 법은 모른다고 했다.

업자에게 부탁하는 방법도 있겠지만, 내 흙 마법으로 어떻게든 될 것 같았다.

그런고로 직접 화덕 만들기에 도전해보았는데······.

앨번과 테레자에게 이런저런 이야기를 들으며 시행착오를 겪었다.

아래 장작 같은 걸 보존하는 받침 부분은 비교적 간단히 만들었는데, 위쪽 돔 형태로 만들어 빵 등을 굽는 화덕 부분이 제법 어려웠다.

만들고는 부수고, 만들고는 부수고.

"으음, 잘 안 되네. 돔 형태가 되는 이미지는 떠올리고 있는데……."

아무래도 위쪽 가마가 일그러져서 완벽하고 깔끔한 돔 형태가 되지를 않았다.

마력도 많이 소모했고, 이제 슬슬 밥을 달라고 모두가 법석을 부릴 때가 되었다.

점심 식사를 하는 김에 잠시 휴식하고 그 후에 다시 작업을 하기로 하자.

정원에서 제각각 뒹굴거나 놀거나 하던 페르와 드라 짱과 스이에게 말을 걸었다.

"어이, 이제 슬슬 밥 먹자."

밥이라는 말에 모두가 달려왔다.

안채 거실에서 점심 식사다.

오늘 메뉴는 만들어두었던 와이번 고기덮밥에 반숙 달걀을 곁들였다.

모두 맛있게 허겁지겁 먹었다.

몇 번이고 더 내어주고서야 겨우 페르와 스이도 배가 불러온 모양이었다.

드라 짱은 이미 배가 빵빵해져서, 배를 위로 한 채 카펫에 누워 있었다.

드러누워 잠든 드래곤이라니, 현실미가 없네…….

아니, 그런 것보다 화덕이다. 화덕.

그 돔 형태의 둥그스름한 부분이 아무래도 잘 안 된단 말이지.

둥그스름 둥그스름 둥그스름…………, 응?

내 눈에 비친 것은 둥그스름하고 탱글탱글한 스이의 몸이었다.

으으응?

이거 혹시 스이에게 협력을 받으면 잘되는 거 아냐?

"저기, 스이. 지금 만드는 게 있는데, 좀 도와주지 않을래?"

『응, 좋아.』

스이를 데리고서 화덕 만드는 곳으로 이동하자, 어째선지 페르와 드라 짱까지 따라왔다.

뭐, 한가하니까.

일단 흙 마법으로 아래쪽 받침 부분을 만들고, 그리고 다음은 문제의 위쪽 돔 형태의 화덕이다.

『아침부터 너는 무얼 만들고 있는 것이냐?』

『그러니까. 흙 마법으로 뭔가 만들고 부수고를 반복하잖아. 뭘 하는 건지.』

"딱히 노는 게 아니라고. 지금 만드는 건 화덕이야, 화덕. 빵을 굽거나, 그 외에도 이런저런 요리를 하는 데 쓸 수 있지."

『호오, 그걸 쓰면 맛있는 걸 만들 수 있는 것이냐?』

"화덕이 잘 만들어지면."

페르와 드라 짱의 질문에 답하면서도 화덕을 만들어갔다.

받침 부분은 문제없이 만들 수 있었다.

위쪽 돔 형태의 화덕은 앞으로를 생각해 조금 큼직하게 얼추 만들었다.

"좋았어. 이거면 되려나? 스이야, 잠깐 이 안에 들어가서, 이 정도 크기로 동굴 안쪽을 정리해줄래? 돌을 깨부수지 않도록 주의하면서."

『알았어. 해볼게.』

받침에 맞춰서 이 정도 크기라고 알려주자, 내가 대강 만든 동굴 안으로 스이가 들어갔다.

그리고 스이가 안에서 커지더니, 돌 표면을 산으로 정리해갔다.

『주인, 이런 느낌이면 될까~?』

작아진 스이가 동굴 안에서 나왔다.

어디 보자.

안을 살펴보니 텅 빈 돔 형태에 돌 표면도 매끄럽게 정리되어 있었다.

"응응, 괜찮은데. 완벽해!"

『에헤헤.』

스이를 쓰다듬어주자 기뻐하며 푸들푸들 떨었다.

"스이, 하나 더 부탁하고 싶은데. 여기 바깥 부분도 이렇게 둥글게 정리해줄 수 있을까?"

손으로 반원을 그리면서 이런 느낌이라고 스이에게 부탁했다.

『알았어~.』

스이가 조금 일그러진 반원형 돔의 바깥쪽에 달라붙어 표면을 매끄럽게 만들며 점점 형태를 정리해갔다.

『이렇게 하면 돼?』

오오, 훌륭해.

나 혼자서 그렇게 품을 들였던 일이 이렇게나 간단히 끝나 버리다니.

"그래, 좋아. 그나저나 스이는 대단한걸~. 뭐든 다 할 수 있구나."

『우후후~. 스이, 대단해?』

"응, 대단해 대단해."

스이를 칭찬해주자 기뻐하며 뿅뿅 뛰어올랐다.

아무튼 스이는 정말로 만능이야.

우수해서 의지가 돼.

『그래, 다 된 것이냐? 어서 맛있는 걸 만들어라.』

아니 아니, 페르 씨. 만들어라, 가 아니라고.

우선은 의뢰주인 테레자에게 확인을 받아야지.

◇ ◇ ◇ ◇ ◇

"테레자."

안채 지하에서 비누와 샴푸 등을 옮겨 담는 작업을 하고 있던 테레자에게 말을 걸었다.

이 집에는 지하에 창고 같은 방이 있고, 그 방에서 교체 작업과 보관을 하고 있다.

"무코다 씨, 무슨 일이신가요?"

"부탁받은 화덕이 완성되었으니까 봐줬으면 해서."

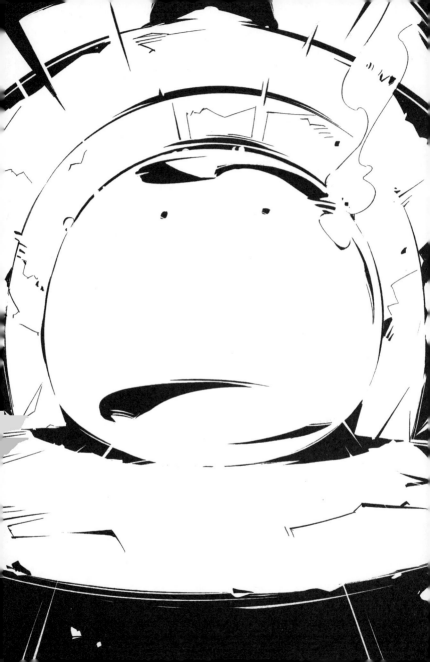

"네? 벌써요?"

그리하여, 어느 정도 작업이 일단락되었다고 하는 여성진을 데리고서 완성된 화덕이 있는 곳으로 돌아왔다.

"이런 느낌인데, 어때?"

그렇게 묻자 화덕을 본 테레자가 눈을 크게 뜨고 굳어졌다.

"어라? 이게 아니야?"

"아니 아니 아니, 아니지 않습니다! 이렇게 훌륭한 걸 만들어주시다니, 깜짝 놀랐습니다. 정말로 이걸 써도 괜찮은 건가요?"

"물론이지. 테레자가 요청해서 만든 거니까. 아, 하지만 나도 가끔은 쓸지도."

"이건 무코다 씨 거니까 언제든 쓰세요. 저는 비어 있을 때 쓰게 해주시면 충분합니다!"

"하하하, 그럼 바로 빵을 만들어볼까? 갓 구운 빵을 먹고 싶으니까."

"저기, 그게 당장은 좀…….."

테레자의 이야기에 따르면 빵 누룩부터 만들어야 한단다.

빵 누룩이 뭐지? 했는데, 아무래도 효모균을 말하는 모양이었다.

"건과일을 물에 담가서 며칠 두면 기포가 생깁니다. 그게 빵 누룩이고, 그걸 밀가루에 섞어서 빵을 만들죠."

테레자는 빵 누룩을 그렇게 설명했다.

그러고 보니 천연 효모 만드는 법으로 건포도를 물에 담근다고 하는 이야기를 들은 적이 있었지.

테레자의 이야기로는, 빵 누룩을 오늘 만들기 시작해도 빵에 섞어서 쓸 수 있게 될 때까지는 사나흘 걸린다고 한다.

유감이야.

"테레자, 빵을 구우면 나도 먹게 해줘."

"당연하죠. 제 자랑인 빵을 배부르게 드셔주세요."

웃음을 지어 보이며 테레자는 그렇게 말했다.

롯테도 "엄마가 만든 빵을 먹을 수 있겠다"라며 기뻐했다.

갓 구운 빵, 정말 기대된다.

그건 그렇고, 모처럼 만든 화덕인데 쓰지 않는 건 좀…….

한번 써서 상태를 확인해보고 싶기도 하고.

화덕, 화덕이라………… 아! 화덕이라고 하면 그게 있잖아.

"좋아, 오늘은 내가 이 화덕을 써서 저녁 식사를 준비할게. 일단 재료를 준비해서 올 테니까, 테레자네는 화덕을 예열해줄래?"

장작으로 쓸 나무는 정원 손질을 하는 남성진이 쳐놓은 가지가 꽤 있으니 괜찮으리라.

나는 곧장 안채로 가서 준비를 해야지.

그것참, 화덕이라니 본격적이네.

아주 기대된다.

"자, 그럼 피자 준비를 시작해볼까."

한 번 만들어본 적이 있어서 만드는 법은 알지만, 성가시고 이래저래 시간이 걸린단 말이지.

부드러워질 때까지 반죽한다든가, 발효시킨다든가.

무엇보다 일단 만들면 사역마들이 먹을 양도 포함해 대량으로 만들어야만 하는 만큼, 너무하다 싶을 정도는 아니지만 시간이 꽤 걸릴 게 분명했다.

드라이 이스트 대신에 베이킹파우더를 써서 발효 과정 없이 피자 생지를 만든다는 방법도 있지만, 그래도 반죽하고 밀어서 펴야 하니 양이 많으면 시간이 상당이 걸릴 터다.

"그럴 때 편리하게 쓸 수 있는 게 바로 냉동 피자 생지. 나도 신세 좀 졌지."

냉동 피자 생지는 이미 모양이 잡혀 있어서 위에 취향대로 재료를 얹어서 굽기만 하면 된다.

아주 간단하고 맛있는 피자를 즐길 수 있다.

냉동 피자 생지의 좋은 점은, 누가 뭐래도 자유롭다는 점이다.

기본 메뉴라고 할 수 있는 마르게리타를 만든다고 해도 토마토 소스 맛과 치즈 양을 자신의 취향대로 할 수 있다.

"생지는 냉동을 쓰기로 하고, 기본이라고 할 수 있는 마르게리타는 당연히 만들 거고. 다음은 아이들에게 인기 있는 데리야키 치킨도 있는 편이 좋겠지? 그리고 또 뭐가 좋을까…… 그래."

아이템 박스 안을 뒤졌다.

"좋아 좋아, 아직 남아 있네."

베를레앙에서 구한 가리비를 닮은 옐로 스캘럽과 보리새우를 닮은 버밀리온 슈림프.

이걸 써서 해산물 피자를 만들자.

그렇게 정했으니 이제 인터넷 슈퍼에서 재료 조달이다.

냉동 피자 생지랑 토마토소스에 쓸 홀 토마토 통조림, 그리고 프레시 바질과 방울토마토. 다음으로 치즈는 모차렐라 치즈와 피자용 믹스 치즈로 할까.

정산을 마치자 평소처럼 종이 상자가.

그럼, 재료가 갖춰졌으니 토마토소스와 토핑 재료 준비다.

냉동 피자 생지는 봉지째 꺼내두면 이런저런 작업을 하는 사이에 해동될 테고.

피자 생지와 토마토소스와 토핑 재료를 준비해서 가져가, 모두에게 원하는 대로 재료를 올리게 할 생각이다.

우선은 토마토소스다.

홀 토마토를 볼에 넣고 손으로 으깬다.

과육이 남지 않도록 꼼꼼하게 으깨는 사람도 있는가 본데, 나는 어느 정도 과육이 남아 있는 편을 좋아하기 때문에 손으로 으깬다.

다음은 프라이팬에 올리브 오일을 두르고 잘게 썬 마늘(내 경우엔 조금 많이)을 넣고서 약불로 볶아준다.

충분히 냄새가 나기 시작하면 손으로 으깬 홀 토마토를 넣고 끓여주고, 수분이 어느 정도 날아간 다음 소금 후추로 간을 맞추면 토마토소스 완성이다.

토마토소스는 마르게리타와 해산물 피자 양쪽에 써야 해서 넉넉하게 준비했다.

토마토소스가 완성되면 해산물 피자용 옐로 스캘럽과 버밀리온 슈림프를 미리 데쳐서 적당한 크기로 썰어둔다.

그리고 방울토마토도 반으로 잘라둔다.

다음은 데리야키 치킨 피자에 쓸 양파를 얇게 자르고, 가장 중요한 데리야키 치킨을 만든다.

고기는 코카트리스를 썼다.

한입 크기로 자른 코카트리스 고기를 기름을 두른 프라이팬에 굽고, 간장, 술, 맛술, 설탕을 섞어 만든 데리야키 소스에 버무린다.

이것도 고기를 좋아하는 식구들을 생각해 대량으로 만들었다.

"됐다. 이 정도면 되겠지?"

만든 것을 아이템 박스에 넣어둔다.

"그러고 보니 피자 커터도 필요하겠는걸. 인터넷 슈퍼에 있으려나?"

인터넷 슈퍼를 열어서 확인해보니, 있었다.

조리도구는 의외로 뭐든 갖춰져 있는 것이 매우 감사한걸.

그렇게 말하기는 했지만, 아무리 그래도 그것까지는 없으니까 만들어야 하려나.

"스이, 잠깐 괜찮을까?"

『왜애~?』

"이걸로, 이런 걸 만들어줬으면 해."

스이에게 이런 느낌이라고 설명해서 제작을 맡겼다.

『이거면 돼?』

"응, 완벽해."

역시 스이.

내가 설명한 모양 그대로 만들어졌다.

좋아, 이걸 들고 이제 화덕으로 가볼까.

화덕이 있는 곳으로 가보니 일을 마친 남성진도 모여 있었다.

화덕에 불을 붙이는 것도 테레자에게 미리 부탁해두어서 딱 적당하게 달궈져 있었다.

"아, 경비 담당도 불러와 줄래?"

아이들에게 부탁하자 타바사를 비롯한 경비 담당들을 부르러 달려갔다.

잠시 후, 아이들이 전 모험가 다섯 명을 데리고 돌아왔다.

"좋아, 다들 모였지? 화덕을 만든 기념으로 오늘 저녁은 피자를 만들어보려고 합니다."

피자라는 말에 다들 의아하다는 얼굴을 했다.

뭐, 이 세계에는 없는 음식일 테니까.

일단 한번 시범을 보이고 맛보여 주는 편이 빠르겠지.

흙 마법으로 돌 작업대를 만들고 그 위에 도마를 올려두었다.

"제가 만들어보겠습니다."

우선은 마르게리타다.

해동한 냉동 피자 생지에 토마토소스를 듬뿍 바르고, 모차렐라 치즈를 손으로 찢어서 올린 다음 바질 잎을 토핑.

다음은 해산물 피자다.

해동한 냉동 피자 생지에 토마토소스를 바르고, 데쳐서 잘라둔 옐로 스캘럽과 버밀리온 슈림프와 반으로 자른 방울토마토를 올린 다음 믹스 치즈를 듬뿍 뿌린다.

마지막은 데리야키 치킨 피자.

해동한 냉동 피자 생지에 마요네즈를 얇게 바르고 그 위에 얇게 채 썬 양파를 빈틈없이 흩뿌려준 다음 코카트리스 고기로 만든 데리야키 치킨을 올린다.

그 위에 믹스 치즈를 덮고 마요네즈를 토핑.

"이런 느낌이려나. 일단 이걸 구워서 다 함께 맛보고, 그다음은 직접 취향대로 만들면 됩니다."

여기서 등장하는 것이 스이가 만들어준 피자 삽이다.

화덕에 피자를 넣고 빼는 주걱 같은 도구.

그걸 스이에게 미스릴로 만들어달라고 부탁했다.

피자를 피자 삽에 올리고……

"아, 모두 손을 씻고 와줘. 비누를 써서 꼼꼼하게."

피자는 호쾌하게 손으로 들고 덥석 베어 물어야 하는 법인 데다가, 이다음부터는 각자 직접 만들게 할 생각이니까.

손이 지저분하면 안 될 일이다.

모두 각자의 집으로 돌아가 비누로 손을 씻고 돌아왔을 때, 화덕에 피자를 넣었다.

적당하게 데워진 화덕 안에서 피자가 구워졌다.

치즈가 녹고, 피자 생지가 노릇하게 구워지면 완성이다.

도마 위에 올려두고 피자 커터로 잘라 나누었다.

노릇노릇하게 구워진 피자 냄새에 이끌려 모두가 꿀꺽 군침을 삼켰다.

"자, 다들 먹고 싶은 걸 들어봐. 이건 있지, 이렇게 손으로 들고 먹는 거야. 앗 뜨거워…… 하지만 맛있어."

마르게리타를 한 조각 들어서 먹는 모습을 보여주자, 모두 우르르 모여들어 제각기 피자를 손에 들었다.

"하으 하으으, 맛있어!"

"뜨거워, 맛있어."

"뜨거, 맛나."

"이 끈적한 게 맛있어~."

피자는 아주 평이 좋았고 모두 맛있게 후아후아 해가며 먹었다.

어른들에게는 마르게리타가 가장 인기 있었고 다음은 해산물, 아이들한테는 단연 데리야키 치킨이 인기 있었다.

『어이, 어서 우리 것도 내놓아라.』

『그렇다고.』

『스이도 먹고 싶어.』

이런, 페르네 몫도 어서 구워야지.

"뭐가 좋아?"

『당연히 고기다.』

『나도 고기가 좋아.』

『스이도 고기가 좋은데~.』

어리석은 질문이었군.

나는 페르, 드라 짱, 스이 몫의 데리야키 치킨 피자를 만들었다.

고기와 치즈는 특히 더 듬뿍 넣어서.

그렇게 몇 분간 굽고 난 뒤.

"자, 다 됐어!"

피자를 접시에 담아서 내주었다.

페르와 드라 짱은 바람 마법으로 식힌 다음에 호쾌하게 덥석.

스이는 뜨거워도 아무렇지 않게 쑥쑥 삼켰다.

『음, 꽤 맛있구나. 더 다오.』

『바삭한 게 맛있어! 나도 더 줘!』

『스이가 좋아하는 고기랑 하얗고 늘어나는 게 하나가 돼서 맛
있어! 스이, 이거 아주 좋아~.』

모두 데리야키 치킨 피자가 마음에 들었는지 곧바로 더 달라고
재촉했다.

서둘러 만들어서 화덕으로.

"아, 다들 거기에 있는 재료로 마음껏 만들도록 해. 구울 테
니까."

그렇게 말하자 모두가 제각기 피자를 만들기 시작했다.

어른들은 마르게리타가 많은걸.

하지만 그래도 취향은 사람마다 다른지라 토마토소스를 듬뿍
바른다든가, 모차렐라 치즈를 넉넉히 뿌린다든가, 바질을 뺀다든
가 다양하게 만들고 있다.

타바사와 바르텔은 해산물 피자인 모양이다.

타바사는 토마토소스를 넉넉하게 바르고 해산물도 방울토마토도 듬뿍 올리면서 치즈는 적게, 바르텔은 토마토소스와 해산물은 듬뿍 방울토마토는 빼고 치즈는 많이.

코스티, 세리야, 올리버, 엘릭, 롯테까지 어린아이들은 훌륭하게 모두 데리야키 치킨 피자다.

코스티는 고기와 치즈를 듬뿍, 세리야는 치즈를 많이, 올리버와 엘릭은 고기와 마요네즈를 넉넉하게, 롯테는 마요네즈와 치즈를 많이 올리는 등, 제각기 재료를 올리고 있었다.

바보 쌍둥이는 이럴 때는 머리가 잘 돌아가는지, 해산물과 데리야키 치킨으로 하프&하프를 만들고선 "우리 천재인걸" 같은 말을 했다.

아이들이 그걸 보고 "우와아" 하고 반응하고 있고.

모두 즐거워 보여 다행이다.

나는 모두를 지켜보면서도 사역마들에게 줄 피자를 계속해서 만들었다.

스이가 만들어준 피자 삽이 대활약이다.

모두에게 줄 몫도 굽고 그사이에 내 것도.

나는 마르게리타다.

피자는 마르게리타가 제일 좋다.

응, 갓 구운 건 각별하네.

파삭한 생지에 마늘 향이 도는 토마토소스와 모차렐라 치즈가 삼위일체가 되어 훨씬 맛있어진다.

역시 이거지.

모두가 제각기 본인이 만든 피자를 맛있게 먹고 있다.

피자, 대성공이네.

이번에는 냉동 생지를 썼지만, 다음에는 반죽부터 제대로 만드는 것도 괜찮을지도.

그렇지, 아이야와 테레자에게 레시피를 미리 가르쳐주자.

드라이 이스트도 줘서 미리 만들어두게 하는 것도 괜찮겠는걸.

이쪽 밀가루는 통밀가루니까, 통밀가루 피자 생지 같은 것도 괜찮을지도 모른다.

여러 가지로 꿈이 커지네.

화덕, 만들길 잘했어.

"후우, 개운하다."

드라 짱과 스이와 함께 목욕을 즐겼다.

『역시 목욕은 좋다니까.』

『기분 좋아~.』

드라 짱도 스이도 목욕을 아주 좋아한다.

최근 들어서는 매일 뜨끈한 물에 몸을 담글 수 있어 나도 기쁘기 그지없다.

입욕제도 이것저것 샀다.

참고로 오늘은 유자향으로 탄산 가스가 슈우욱 하고 나오는 타입의 입욕제였다.

이거, 유자의 좋은 냄새 덕분에 릴랙스도 되고, 몸도 따뜻해져서 피로도 풀린다니까.

드라 짱도 스이도 유자의 좋은 향기를 즐기며 둥실둥실 떠 있었다.

『그럼 나는 먼저 잔다.』

"그래."

『주인, 잘 자~.』

"잘 자."

드라 짱과 스이가 2층으로 올라갔다.

향하는 곳은 메인 침실.

페르는 메인 침실의 폭신폭신한 카펫에 깐 페르 전용 이불 위에 이미 드러누워 있으리라.

드라 짱과 스이는 나와 함께 침대에서 잔다.

첫날 다 함께 메인 침실에서 잤을 때는 처음이니까 뭐 괜찮으려나 싶어서 그대로 잤었다.

나중에 방을 나눠주면 되겠거니 생각했고.

하지만 이러저러하다 보니 결국 아직까지도 다 함께 한 침실에서 자고 있다.

모두 잘 시간이 되면 당연하다는 듯이 메인 침실로 오고, 스이한테 『주인, 같이 자자~』 같은 말을 들으면 말이지.

스이가 그런 귀여운 말을 하면 따로따로 자자는 말은 도저히 뱉을 수가 없다.

뭐, 다 함께 뒤섞여 자는 건 지금까지 늘 그랬으니 이제 이대로

85

도 괜찮지 않은가 싶다.

방이 많은데도 불구하고 쓰지 않는 방뿐이라 아까운 마음이 들지만, 그 부분은 모르는 척하기로 했다.

그런고로, 다 함께 메인 침실에서 자고 있다.

나도 얼른 잠자리에 들고 싶지만, 그 전에 일을 하나 해야 한다.

데미우르고스 님에게 공물 바치기다.

"그럼, 오늘은 어떤 술로 할까."

서둘러 인터넷 슈퍼를 열고 외부 브랜드인 리큐어 샵 다나카를 살펴보았다.

◇ ◇ ◇ ◇ ◇

"호오~ 이번에는 이런 걸 하고 있네."

리큐어 샵 다나카에서 이번에는 일본 술 맛 비교 특집이라는 걸 하고 있었다.

각 지방의 유명한 술을 세트로 만든 것이나, 같은 상표의 순미 대음양, 음양주, 특별 본양조를 세트로 구상한 것이 올라와 있었다.

과연, 그 이름대로 맛을 비교해가며 마실 수 있는 세트라는 건가.

재미있어 보이는걸.

마침 데미우르고스 님이 좋아하는 일본 술이기도 하니, 오늘은 여기서 골라보기로 하자.

이것저것 살펴보며 정한 것은, 야마가타현의 순미 대음양 세 병 세트다.

사람들의 평가가 높았던 것도 결정적이었다.

한 병은 연 3회 한정으로 출하되며 세계적인 알코올 품평회의 술 부문에서 세계 1위가 되었다고 하는 술.

다음 한 병은 순미 대음양만을 만드는 양조장의 술로, 야마가타현의 오리지널 주조호적미(酒造好適米) '데와산산'을 써서 만든 깔끔한 맛의 술.

마지막 한 병은 모 항공 회사의 일등석에서도 채용된 술.

"전부 마시기 쉽고 맛있었다"라든가 "너무 맛있어서 금세 사라졌다"라든가 "야마가타의 맛있는 술을 이것저것 마시며 비교해볼 수 있는 호사스러운 세트"라며 대 호평이었다.

이거라면 데미우르고스 님도 즐겨주실 것 같다.

그리고 나중에 참고하기 위해 오랜만에 '점장의 오늘 추천'을 살펴보았다.

"호오~ 럼주라."

소개되어 있는 것은 럼주였다.

그것도 국산 럼주.

럼주라고 하면 수입산인 이미지밖에 없었는데.

"일본에서 럼주 같은 것도 만들고 있구나……."

흥미를 느끼고 읽어보니, 1979년에 가고시마현 토쿠노시마에서 일본 첫 국산 럼주가 제조 및 판매되었다고 한다.

럼주는 사탕수수가 원료라 오키나와나 가고시마 같은 남쪽 지

방에서 만드는 경우가 많은 모양이었다.

확실히 럼주라고 하면 남국의 술이라는 이미지가 있지.

그 국산 럼주 말인데, 최근에는 국제적인 품평회에서 입상할 정도로 높은 평가를 받고 있다고 한다.

그리고 그중에서도 점장이 추천하는 것은 오키나와현의 미나미다이토지마에서 만들어진 국산 럼주였다.

미나미다이토지마의 사탕수수를 쓴 무첨가, 무착색 럼주라고 한다.

알코올 도수가 높은 럼주지만, 그걸 25도로 완성한 것을 특히 추천하고 있었다.

럼주에 친숙하지 않은 사람이라도 거부감 없이 마실 수 있어서 처음 도전하는 사람에게도 딱이라고 한다.

맛이 좋고 은은한 단맛과 향을 즐길 수 있는 이 럼주는, 물에 희석하거나 온더록스로 즐기는 걸 권한다고 쓰여 있었다.

"이것도 괜찮아 보이는데. 지난번엔 와인이었는데, 이번에는 이 럼주도 같이 보내보자. 다음은, 당연히 그걸……."

데미우르고스 님도 마음에 들어 하시는 프리미엄 통조림 안주 세트.

이번에는 서양풍과 일본풍을 각각 균형 있게 구성한 세트로 골라보았다.

카트의 상품을 정산하고, 종이 상자 제단에 올려놓은 다음…….

"데미우르고스 님, 부디 받아주십시오."

『오, 드디어 왔는가. 요즘은 이게 유일한 즐거움이라네.』

기쁜 듯한 데미우르고스 님의 목소리가 들려왔다.

좋아해 주시는 것 같아 다행이야.

"지난번과 마찬가지로 일본 술만 아니라 다른 술도 넣어보았습니다. 이번에는 럼주입니다. 센 술이니까, 물을 타시거나 얼음을 넣어서 즐겨주십시오."

『호오, 그거 기대되는군. 지난번의 와인이라는 과실주도 꽤 맛있었지. 고기와 치즈에 아주 잘 어울리는 술이었네.』

지난번 와인도 즐겨주신 모양이다.

『그렇지, 자네에게 전해두어야만 할 게 있었지. 조만간 그 녀석들의 근신이 풀린다네. 한 번 이세계 물건을 접한 그 녀석들이니 당장이라도 자네에게 연락이 가겠지. 무리한 짓은 하지 말라고 전해두었네만, 만약 지나치게 제멋대로 군다면 내게 말하게나.』

"그렇게 하겠습니다."

『신계에는 자극이 없고, 재미있는 일도 없으니 말이지. 신이라고 해도 즐거움은 필요하다네. 그 녀석들도 근본은 나쁘지 않아. 자네에게는 고생스러운 일일지도 모르지만, 잘 부탁하네.』

데미우르고스 님 입장에서는 여신들도 남신들도 자식이나 마찬가지일 테니, 이런 말을 하는 마음도 왠지 이해가 간다.

그 마음에 동화되거나 한 건 아니지만…….

"괜찮습니다. 요구가 너무 많거나 하면 좀 그렇다 싶어지긴 하지만, 그분들을 싫어하거나 하는 건 아닙니다."

가호도 받았고 말이지.

어쩌니저쩌니해도 매주 어울렸던 건, 아마도 그렇기 때문이라고 생각한다.

나도 정말로 싫었다면 가호를 반납하고 무시했을 거고.

『그렇게 말해주니 감사하네. 그럼, 아까도 말했듯이 지나치게 제멋대로 굴면 내게 말하게나. 내가 직접 따끔한 맛을 보여줄 테니까. 후후훗.』

"하하하, 네. 그때는 보고드릴 테니 따끔한 맛을 보여주십시오."

종이 상자 제단에 있던 술과 안주가 옅은 빛과 함께 사라졌다.

"그렇구나, 근신이 풀리는 건가……. 오랜만이니까 이것저것 욕심을 부릴 것 같은데. 하지만 뭐, 그 신들치고는 제법 애썼다고 보니까."

그도 그럴 것이 공물을 바치는 게 늦어지면 신탁까지 내릴 정도였다고.

생각해보면 이래저래 어울려온 시간도 길고, 오랜만이기도 하니까 다음엔 이것저것 들어줘도 괜찮지 않을까?

지난 며칠간은 특별히 할 일도 없었던지라 집에서 느긋하게 지냈다.

사역마들은 사냥을 가고 싶다고 소란을 피웠지만.

"길드 마스터가 란그릿지 백작님을 만나러 간 모양인데, 돌아오면 결과를 들어야 한다고. 언제 돌아올지 모르니까 멀리 나가는 건 안 돼."

결과를 기다려야 한다는 것을 핑계로 계속 집에 틀어박혀 있었다.

집에서 느긋하고 여유롭게 지내는 거 너무 좋아.

페르는 불만스러워했지만.

그리고 『다음엔 반드시 던전에 갈 거다』라는 불온한 말을 남겼는데, 못 들은 걸로 쳤다.

이날도 거실에서 느긋하게 커피를 마시고 있었는데…….

"무코다 오빠, 손님 왔어."

롯테가 거실로 와서 그렇게 알려주었다.

"누군데?"

"우웅, 그러니까, 길드 마스터? 라고 했어."

길드 마스터라고?

일부러 찾아와 줬구나.

"그럼 여기로 안내해줄래?"

"알았어."

그렇게 말한 롯테가 거실을 나섰다.

그리고 잠시 기다리자 롯테가 길드 마스터를 데리고 거실로 돌아왔다.

"어서 오세요. 길드 마스터."

"그래, 실례하네."

의자에 앉기를 권하자 길드 마스터가 털썩 자리에 앉았다.

"롯테야, 어머니들께 홍차를 준비해달라고 전해줄래?"

"응, 알았어."

이 세계의 사람에게 커피는 좀 쓸 거라고 생각해 홍차를 부탁했다.

손님용 홍차는 인터넷 슈퍼에서 구입한 캔에 담긴 고급품으로, 마셔본 바로는 떫은맛이 적어서 괜찮았다.

"그나저나, 상당히 호화로운 집을 샀군그래."

"네, 뭐. 사실 저도 이 정도를 생각했던 건 아니었는데, 어쩌다 보니······."

"노예도 샀다고 들었는데, 여기 와 보니 문 근처에 '타이거 팡(호랑이 엄니)'의 타바사가 있어서 놀랐다네. 그것참, 의뢰에 실패해서 노예로 전락했다고 듣기는 했지만, 자네가 샀을 줄이야."

그런 식으로 말하면 왠지 내가 엄청나게 비정한 짓을 한 느낌이 드는데······.

그보다, 타바사 남매의 파티는 이름이 '타이거 팡(호랑이 엄니)'이었구나.

게다가 길드 마스터가 이름을 알고 있다는 건, 역시 나름 실력자였다는 뜻이겠지.

"B랭크인 전 모험가 노예를 사다니 상당히 분발했군. 스타스 상회에 관해 듣기는 했지만, 아무리 그곳이라도 현역 S랭크 모험가의 집에는 그리 간단히 손을 대지 못할 거라고 보네만."

"저희가 있으면 그렇겠지만, 집을 비웠을 때는 알 수 없는 일이니까요. 그리고 여기에는 그 외에도 전투가 불가능한 노예도 있거든요."

어디에나 바보는 있는 법이니까.

설마 싶은 일도 태연하게 저지르는 놈들도 있고.

스타스 상회가 꼬리를 잡히지 않게 습격해 올 가능성도 완전히 버릴 수 없는 상황이라면, 역시 경비는 필요하지.

지금은 우리, 라기보단 페르라고 하는 일국의 군대도 쓰러뜨릴 수 있는 전력이 있기에 나름대로 안심하고 지낼 수 있지만.

"뭐, 던전을 두 개나 답파하고 한몫 번 자네들이라면 대수롭지 않을 지출이겠지. 으하핫."

"하하하, 페르와 애들 덕분에 나름 벌었습니다."

일단 돈 문제로 곤란할 일은 없을 만큼 벌었다.

"타바사에게 이야기를 들어보니 『모험가 시절보다 나은 생활을 하고 있다』라며 감사해하더군."

"아뇨, 뭐. 저희는 블랙이 아니니까요."

"응? 블랙?"

"아니, 아무것도 아닙니다. 혼잣말입니다."

이런저런 대화를 나누는 사이에 아이야가 홍차를 가져다주었다.

내 것도 있었는데, 마침 커피가 식은 참이라 감사히 마시기로 했다.

"드시죠."

아이야가 끓여준 홍차를 권하자 "잘 마시겠네"라고 말한 길드 마스터가 잔을 들어 꿀꺽 마셨다.

"맛있는 차로군."

응, 확실히 맛있네.

홍차를 맛있게 끓이는 법을 알고 있어서 가르쳐주었는데, 제대로 실천하고 있나 보다.

"뭐, 예상했을 테지만, 란그릿지 백작님을 만나고 왔는데 말이지……."

길드 마스터가 백작을 만나러 갔던 때의 일을 이야기해주었다.

백작님은 길드 마스터를 보자마자 눈을 부릅떴다고 한다.

그리고 두말도 없이 "어떻게 된 건가?! 뭘 한 건가?!"라고 물어왔다고 한다.

그야 그렇겠지.

갑자기 풍성해지고 머리 색도 젊은 시절로 돌아갔으니까.

머리카락을 신경 쓰고 있던 사람이라면 더욱 그러리라.

"뭐, 그래서 자네에게 받은 샴푸와 발모제에 관한 이야기를 했다네. 그랬더니, 정말이지 엄청나게 달려들더군."

이것저것 자세히 물었다고 한다.

바로 효과가 있나? 라든가, 그 머리 색도 그 발모제 덕분인가? 라든가.

"내 경우엔 사흘간 밤낮으로 발라 이 상태가 되었다고 했더니, 바로 그 샴푸와 발모제를 내놓으라고 하지 뭔가. 으하하하하."

"그러고 보니, 길드 마스터는 그 후로 매일 발모제를 바르신 겁니까?"

"아니, 그건 효과가 지나치게 좋아서 말이지. 매일 바르면 머리가 너무 자라서 매일 이발을 해야만 할 정도라네."

오오, 효과가 지나치게 좋구나.

하긴 매일 이발하기는 귀찮겠지.

"그래서 나는 탈모가 신경 쓰이기 시작하는 사흘째쯤에 샴푸를 하고 꼼꼼하게 발모제를 바르고 있다네. 그렇게 지금 상태를 유지하고 있지."

사흘이 넘어가도 신경 쓰일 정도로 숱이 줄어들거나 하지는 않지만, 뿌리 부분이 하얗게 된다고 한다.

지금의 튼튼한 머리카락과 색을 유지하려면 길드 마스터의 경우엔 사흘마다 바르는 것이 최적인가 보다.

길드 마스터의 이야기를 들은 바로는 개인차가 있을 것 같은데.

"아니, 내 얘기는 그만 됐고, 백작님 말일세. 그게 말이지, 백작님이 이 마을에 오시기로 했다네."

"⋯⋯네?"

"그러니까 그게⋯⋯."

길드 마스터의 이야기에 따르면 샴푸와 발모제의 효과를 목격한 백작님은 길드 마스터가 돌아올 때 함께 이 마을로 향하려 했다고 한다.

아무리 그래도 그건 가신들에게 제지당하면서 수습되었다고 한다. 그러나 조만간 이 마을에 온다는 것은 백작님 안에서 이미 결정 사항이 되어 있었다.

그래서, 모험가 길드를 시찰한다는 명목으로 백작님이 이 도시를 찾아오는 것이 그 자리에서 정해졌다고 한다.

"S랭크 모험가가 거점으로 삼은 모험가 길드를 시찰한다는 이유라더군. 그런 명목으로 오시는 편이 자네와 이야기하기도 좋을 테고."

어이, 백작님이 직접 납시는 거냐고.

이쪽에서 찾아가게 될 거라고만 생각했는데.

"그래서 말이지, 그 백작님은 모레쯤 여기 도착하실 걸세."

"네? 그것참, 상당히 빠르네요."

"그런 말 말게. 이 효과를 보면 그야 마음이 조급해질 만도 하지. 그런고로, 모레엔 아침 일찍 모험가 길드로 와주게나."

"네, 알았습니다."

나는 이야기를 마친 길드 마스터를 배웅했다.

모레라.

백작님에게 선물할 건 정해져 있지만, 아직 준비해두지는 않았지.

성의 없이 그냥 병에 담아 드릴 수도 없으니, 내일은 그 부분을 좀 생각해보면서 준비해야겠다.

"어이, 준비는 다 됐어?"

"잠깐 기다려."

카논과 리오가 우리가 빌려 살았던 집을 감개무량한 듯 바라보고 있었다.

"여기서 3개월 가까이 셋이서 생활했던 거구나……."

"응. 떠나려고 하니 뭔가 아쉬워……."

이 나라에 와서 겨우 차분하게 살 수 있게 되었던 것도 이 집을 빌린 다음부터다.

그 마음도 이해가 안 되는 건 아니지만, 앞으로도 우리 셋은 함께라고.

그걸 위해 우리는 이곳을 떠나기로 한 거잖아.

"그럼, 왕도에 가는 걸 그만둘까?"

내가 그렇게 말하자 카논과 리오가 홱 돌아섰다.

"무슨 소리야! 그만둘 리 없잖아!"

"맞아. 우리의 중요한 결혼식을 위해서인걸!"

"하핫, 농담이야. 나도 기대하고 있다고. 카논과 리오가 정식으로 내 아내가 되는 걸 말이지."

그렇게 말하자 카논도 리오도 뺨을 붉혔다.

"카이토 바보……."

"카이토 군은 가끔 부끄러운 말을 아무렇지 않게 한다니까……."

97

"그게 무슨 말이야? 사실이니까 어쩔 수 없잖아."

어째선지 알 수 없었지만 두 사람은 더욱 뺨을 붉혔다.

"정말."

"카논, 그러지 마. 카이토 군은 전혀 이해를 못 하고 있어."

"이유를 모르겠네. 그보다, 그만 출발하자."

내가 그렇게 말하자 오른팔에는 카논이, 왼팔에는 리오가 매달려 왔다.

양손에 꽃이란 건 이런 거겠지.

두 사람 모두 나를 보며 생글생글 웃고 있다.

두 사람의 미소를 보다 보면 나도 행복해진다.

얼마 전까지는 이런 부드러운 미소를 짓는 일 같은 건 없었으니까.

내 아내가 될 카논과 리오의 미소를 지키기 위해서도 나는 더욱 강해져야 한다고 굳게 다짐했고, 우리는 왕도로 향하는 여행에 나섰다.

◇ ◇ ◇ ◇ ◇

우리가 결혼에 이르게 된 계기 말인데, 딱히 대단한 건 없다.

남자와 여자가 한 지붕 아래에서 살다 보면 늦든 이르든 서로 의식하게 되는 법이다.

그것이 함께 고난을 헤쳐온 동료라면 더욱 그렇다.

말은 이렇게 하지만 처음에는 나도 고민했다.

자만이 아니라, 함께 생활하는 사이에 카논도 리오도 나를 좋아하는 느낌이라는 걸 눈치챘다.

나도 카논과 리오를 좋아하고 있었기 때문에 솔직히 기뻤지만, 어느 한 사람만 선택할 수는 없었다…….

두 사람을 동시에 좋아하게 되는 건 지금까지 없었던 일이라 상당히 고민했다.

지금까지는 내가 두 사람을 동시에 좋아하는 일 같은 건 절대 없을 거라고 생각했었다.

그런 건 성실하지 못한 일이라고, 나는 절대로 그러지 않을 거라고.

하지만 실제로 직면해보니, 좋아하게 되어버리면 어찌할 도리도 없다는 것이 사실이었다.

카논과 리오에게 마음은 있지만, 어느 한 사람을 선택한다는 것은 내게는 도저히 불가능한 일이었다.

애매모호하고 우유부단한 나보다 먼저 답을 낸 것은 카논과 리오였다.

어느 날 밤, 저녁 식사를 마친 후에 두 사람이 이야기를 꺼냈다.

"카이토, 나랑 리오 둘 중 한 사람을 골라야만 한다고 고민하는 모양인데, 딱히 고르지 않아도 괜찮거든?"

"맞아. 어느 한 사람이라고 정하지 않아도 괜찮아."

"……뭐?"

카논과 리오가 하는 말의 의미를 이해할 수 없었다.

그게, 동시에 두 사람이라니 허락될 리 없지 않은가?

"리오, 역시 모르고 있었나 봐."

"응, 카논. 전혀 눈치채지 못했어."

카논과 리오가 서로를 마주 보며 그런 말을 했다.

"카이토, 여기는 이세계야. 일본의 상식은 통용되지 않아."

"카논 말대로야. 여기는 일본이 아니니까."

그리고 두 사람이 그 말의 이유를 설명해주었다.

카논과 리오에게 들은 이야기는, 나에게 있어 충격적이었고 동시에 깨달음을 주었다.

무려 이 세계는 일부일처제가 아니었다.

일부다처가 허용되는 것이다.

물론 아내들을 부양할 경제력이 없으면 안 되지만, 경제력 있는 남자는 여러 아내를 두는 것도 드물지 않다고 한다.

실제로 귀족 같은 경우엔 네다섯 명의 아내가 있는 일도 있고, 심지어 열 명 정도 두는 경우마저 있다는 모양이었다.

내가 우유부단하고 애매모호하게 구는 사이에 카논과 리오는 생각하는 바가 있어 이것저것 조사했다고 한다.

"이런 건 조사해보면 바로 알 수 있는데."

"정말이라니까. 카이토 군은 혼자서 고민하기만 하고."

나는 일본의 상식에 얽매여 두 사람을 동시에 좋아한다는 건 불성실하고 상대에게도 배신행위라고 믿고 있었다.

"그러니까 어느 한 사람을 고를 필요 같은 건 없어. 물론 리오가 아니었다면 두 사람을 동시에 같은 건 싫지만."

"응, 나도. 카논이니까 둘이 함께여도 괜찮다고 생각할 수 있어."

"카논, 리오……."

두 사람에게는 우유부단하고 한심스러운 모습을 보이고 말았다.

"카논도 리오도, 내 연인이 되어줄래?"

"물론."

"응."

그런 느낌으로 우리는 사귀기 시작했다.

그리고 나도 이것저것 조사해본 결과 이 세계에서는 우리 나이 대가 딱 결혼 적령기라는 것을 알게 되었다.

빠른 사람은 열넷이나 열다섯 살에 결혼한다는 말을 듣고 놀랐다.

게다가 스무 살이 넘으면 여성은 혼기를 놓친 부류에 들어간다고 한다.

그래서 나도 이리저리 생각해보았다.

결정적인 계기가 된 것은 카논과 리오가 모험가들 사이에서 인기 있다는 점이었다.

모험가 길드에서도 내가 잠깐 자리를 비우면 여러 가지로 집적대는 남자가 끊이질 않았다.

카논도 리오도 미인이니까 어쩔 수 없는 일이라고 해도, 나로서는 화가 날 수밖에 없었다.

모험가 남자 놈들도 아무리 그래도 유부녀에게는 손을 대지 않을 테고, 나로서도 카논과 리오를 아내로 삼는 것은 바라 마지않는 일이었다.

그래서 두 사람에게 프러포즈했다.

제대로 결혼반지도 건넸다.

이 세계에 반지를 건네는 풍습은 없지만, 역시 프러포즈를 한다면 반지가 필요하리라고 생각했다.

모험가가 된 후에 모았던 돈을 탈탈 털어서 두 사람을 위해 결혼반지를 샀다.

5월생인 카논에게는 에메랄드 반지를, 7월생인 리오에게는 루비 반지를.

저축한 돈이 많지는 않아서 보석도 자그마한 반지였지만, 두 사람 모두 매우 기뻐해 주었다.

그리고 물론 카논도 리오도 프러포즈를 받아주었다.

이 세계의 결혼은 호적 같은 게 없기 때문에, 교회의 사제님 앞에서 결혼 서약을 하면 된다.

보통은 믿고 있는 신의 교회로 가지만, 특별히 믿는 신이 없으면 어느 교회를 가든 상관없다고 한다.

그 부분은 의외로 융통성이 있는 모양이었다.

그것도 이 나라이기에 가능한 일이기는 하지만.

이 나라처럼 신앙의 자유가 보장된 곳은 이 나라 외에 동쪽의 엘만 왕국과 레온하르트 왕국, 그리고 최근 남쪽의 소국들이 뭉쳐 세워진 콰인 공화국 정도라고 한다.

그 말을 들었을 때, 이 나라로 도망쳐 와서 정말 다행이라고 생각했다.

그런 연유로, 이 도시에도 여러 신들의 교회가 있어서 그중 하나를 찾아갈까 했더니 카논과 리오가 제지했다.

"평생에 한 번뿐인 소중한 행사니까, 할 거라면 왕도의 교회에서 결혼식을 올리고 싶어. 얼마 전에 슬쩍 들었는데, 왕도의 교회는 어디나 훌륭하고 아름답대."

"나도 왕도의 교회가 좋아. 특히 있지, 대지의 여신의 교회를 추천한대. 이 나라는 농업이 번성해서 신자가 많다고 하고, 그중에서도 제일 예쁜 교회라고 들었어."

카논도 리오도 이것저것 조사를 했나 보다.

"대지의 여신의 교회는 나도 들었어! 대지의 여신은 풍요와 풍작의 상징이자, 자식 복과 부부의 원만함을 의미하기도 한대. 그래서 결혼식을 올리는 교회로는 제일 인기가 많다고 들었어."

"응응, 아이는 아직 좀 이르지만, 오래오래 부부로 원만하게 지내고 싶으니까."

카논도 리오도 왕도에 있는 대지의 여신의 교회에서 결혼식을 올리고 싶은 모양이다.

결혼식이라고 해도 사제님 앞에서 결혼 서약을 할 뿐인 간소한 것이지만…….

뭐, 그래도 신부가 될 두 사람의 바람을 이뤄주는 것이 남자겠지.

"그럼, 왕도로 갈까?"

""응.""

그런 느낌으로 우리의 왕도행이 결정되었다.

전부터 여러 도시에 가보자는 이야기를 하기도 했었던 만큼, 나로서도 왕도는 매우 기대가 된다.

이제 곧 란그릿지 백작님이 찾아온다.

오늘은 이른 아침부터 모험가 길드에서 대기 중이다.

"오늘은 백작님이 오신다. 하지만 시찰로 오시는 것이니, 모두 평소 하던 대로 하도록."

길드 마스터가 직원과 모험가들에게 그렇게 말했다.

이러저러하는 사이에 백작님 일행이 도착.

아무래도 백작님이 모험가 길드에 들어섰을 때는 순간 고요해졌지만, 백작님이 "오늘은 시찰이다. 평소대로 하도록"이라고 말하자 조금은 원래대로 돌아갔다.

그 백작님 말인데, 40대 중반의 상당한 대장부였다.

얼굴 쪽도 분위기 있는 미남으로 5대째 007 배우와 닮았다.

여기까지라면 모두가 부러워할 만한 엄청나게 멋진 중년이다.

그러나 머리 쪽으로 시선을 돌리면⋯⋯⋯⋯.

멋지게 벗겨져 있었다.

머리카락이 갈색이라는 점을 제외하면, 모 개그맨 사이ㅇ 씨의 머리 모양과 똑같았다.

바탕이 엄청나게 훌륭한 만큼 유감스러움이 장난 아니었다.

이러면 길드 마스터의 변화를 목격한 순간 그야말로 지금 당장! 이라는 기분이 될 만도 하네.

죄송하지만 백작님을 보고 왠지 납득하고 말았어.

그리고 일단은 시찰이라는 명목으로 온 만큼 백작님은 길드 마스터에게 안내를 받아 모험가 길드 안을 대강 둘러보았다.

그것이 끝난 다음 2층 길드 마스터의 방으로.

물론 나도 사역마들을 데리고서 안으로 들어갔다.

◇ ◇ ◇ ◇ ◇

"란그릿지 백작님, 이 사람이 S랭크 모험가 무코다입니다."

길드 마스터의 소개를 받아 나도 인사를 했다.

"란그릿지 백작님, 만나 뵙게 되어 영광입니다. 무코다라고 합니다."

"그래. 소문은 거듭 듣고 있네. 그래서, 그쪽에 있는 게 펜리르인가?"

페르와 드라 쨩과 스이는 백작님이 있어도 태평했고, 우리가 앉아 있는 의자 뒤에 자리를 잡고서 뒹굴뒹굴하고 있었다.

"이놈, 백작님 앞에서 무슨 실례를. 어서 일어나지 못할까!"

페르 일행을 보고 백작님의 종자가 무례하다며 격분했다.

『닥쳐라, 인간. 인간 따위가 펜리르인 내게 명령하는 것이냐? 네놈이야말로 무슨 생각이지?』

페르가 위협하며 낮은 목소리로 그렇게 말했다.

예예, 이빨 드러내지 말고.

아니, 페르야말로 무슨 생각인데?

"히익……."

아아~ 종자분 새파래져서 부들부들 떠는 게 당장에라도 쓰러질 것 같아졌잖아.

"페르, 진정해."

『흥, 인간 주제에 펜리르인 내게 명령 따위를 하며 기어오르기 때문이다. 지금 내가 말을 들어줄 수 있다고 여기는 건 이 녀석뿐이다. 그 이외의 인간에게 지시를 받는 것은 부아가 치민다. 주제를 모르고 기어오르며 무례한 짓을 한다면 이 도시째로. 아니. 이 나라째로 멸망시켜주마.』

…………

페르 씨, 좀 조용히 있어줄래?

그리고 그런 무서운 말을 하지 말아줄래?

도시나 나라를 멸망시킨다느니 하는 말.

적막해졌잖아.

종자분은 기절해서 쓰러졌잖아.

백작님도 옆에 기사님도 길드 마스터도 다들 안색이 나빠졌다고.

이 분위기를 어떻게 좀 해줘.

"저기, 그, 일단 펜리르니까 말에는 주의를 해주셨으면 합니다……. 물론 저도 온 힘을 다해서 말리겠습니다만, 흥분해서 그만, 이라는 일이 없을 거라고는 장담할 수 없어서요. 정말로 죄송합니다만……."

페르가 그런 일을 할 거라고는 생각하지 않는다.

그래도 실제로 도시도 나라도 날려버릴 힘이 있으니까.

"그, 그래. 알았네. 다들 알았겠지?"

백작님이 그렇게 말하자 모두가 똑같이 고개를 끄덕였다.

쓰러진 종자분은 어느샌가 밖으로 옮겨져 자리에 없었다.

"무코다도 그렇게 어려워할 것 없네. 왕궁에서 통지가 내려왔던 대로, 우리나라에서 자네들 일행은 자유롭게 지내게 한다는 것이 기본이니까. 그리고 이쪽에서 억지로 뭔가를 강요하는 일은 절대로 없을 걸세. 펜리르가 우리나라에 있는 것이 국익이 되니까 말이지."

"감사합니다. 그렇게 말씀해주시니 안심하고 이 나라에 있을 수 있겠네요."

"그리고 그 체재 거점이 내 영지라고 하면, 이쪽으로서도 감사하지."

그렇게 말하며 백작님이 싱긋 웃었다.

백작님의 말투로 보아 페르가 이 나라에 있다는 사실이 중요한 것인가 본데, 그 거점이 이곳이라고 정해지면 정쟁(政爭)에서 유리하게 움직일 수 있다는 뜻이겠지.

뭐, 우리에게 직접 손을 대지만 않으면 정쟁의 도구로 삼든 뭘하든 상관없지만.

"그래서, 다른 이야기네만, 예의 그 물건은……."

아, 그랬지.

백작님에게 드릴 선물.

"이걸 준비했습니다. 부디 받아주십시오."

나는 아이템 박스에서 어제 준비한 것을 꺼냈다.

던전에서 찾은 보물 상자에 담은 선물 세트다.

어떻게 하면 그럴듯해 보일까 이리저리 생각한 결과, 이게 좋겠다 싶었다.

사용한 것은 드랭 던전에서 나온 미믹 보물 상자(대)다.

이거라면 보석 장식도 나름대로 되어 있어 보기에도 괜찮았다.

"안에는 비누, 샴푸, 트리트먼트, 헤어 팩을 준비해보았습니다."

너무 적으면 빈약해 보이려나 싶어서 가득 채워 담았다.

"람베르트 상회에서 파는 것들이로군. 아내와 딸들이 애용하고 있지. 감사히 받겠네."

백작님의 부인과 따님도 쓰고 있는 모양이다.

람베르트 씨와는 가까운 사이인 것 같으니 당연하다면 당연한가.

"그리고 이게……."

백작님 앞에 작은 보물 상자를 꺼내놓았다.

이것도 드랭 던전에서 나온 보물 상자다.

특별한 느낌을 내기 위해서 백작님이 간절하게 바랄 터인【신약 모발 파워】를 넣어두었다.

물론, 함께 씀으로써 더욱 효과를 발휘하는 샴푸도 같이 넣었다.

각각 두 병씩 진상하기로 했다.

"오오, 이게 그 물건인가."

보물 상자를 열고서【신약 모발 파워】가 담긴 병을 손에 들고 찬찬히 살펴보는 백작님.

"이걸 쓰면 빌렘처럼 되는 것인가?"

진지한 눈빛을 한 백작님이 그렇게 물었다.

백작님, 눈이 진심이야.

"길드 마스터의 이야기에 따르면, 다소 개인차는 있는 모양입니다만 틀림없이 자라납니다."

나는 그렇게 말하며 힘주어 고개를 끄덕여 보였다.

그도 그럴 것이 스이 특제 일릭서를 넣은 신약이니까 말이지.

감정에서도 '발모·모발 관리에 뛰어난 효과가 있다. 적은 숱·탈모에 특효약'이라고 되어 있었으니까.

"그래. 오늘부터 써보겠네."

이어서 백작님에게 사용법을 전수했다.

"얼마 후면 사교계 시즌에 들어가지. 그 전에 이걸 구할 수 있었던 나는 운이 참 좋아."

그렇게 말하며 백작님이 싱긋 웃었다.

귀족도 겉모습으로 승부하는 부분이 있는 것 같으니까.

미남이지만 지금은 유감스러운 느낌이 장난 아닌 백작님도, 바탕이 좋으니까 【신약 모발 파워】를 쓰면 분위기 있는 미남 중년이 되겠지.

분위기 있는 미중년이라니, 어른의 매력 풀풀이라 어쩐지 엄청나게 인기가 있을 것 같은데.

어라? 【신약 모발 파워】를 넘기지 않는 편이 나았으려나?

마음속으로 그런 생각을 하고 있으려니 백작님이 말을 걸어왔다.

"그나저나 빌렘에게 대강 듣기는 했지만, 좋지 않은 곳에서 성가시게 굴고 있다던데?"

백작님에게는 길드 마스터가 어느 정도 이야기를 한 모양이다.

"네. 비누나 샴푸와 관련해서, 그런가 봅니다. 아직 직접 손을 댄 건 아닙니다만……."

"안심해도 되네. 무코다 일행에게는 일절 손을 대지 못하도록 조치를 취할 테니. 이참에 왕궁과도 연계해서 밟아버리는 편이 좋겠지. 그놈들의 악평은 전부터 거슬려 하던 참이었으니, 기꺼이 힘을 빌려줄 걸세."

뭔가 온화하게 은근슬쩍 무서운 말을 들은 것 같은 기분이 드는데…….

이거, 크루베츠 남작도 스타스 상회도 밟아버리겠다는 거지?

귀족 무서워, 귀족 무섭다고.

"그렇지. 이건 정기적으로 구할 수 있는 건가?"

백작님이 【신약 모발 파워】가 담긴 보물 상자(소)를 소중하게 들어 올리면서 그렇게 물어왔다.

우와아, 방금 밟아버린다느니 하는 얘기를 했으면서 바로 그 화제를 꺼내는 거야?

백작님, 너무 아무렇지 않게 넘겨버리잖아.

"아, 네. 팔게 된다면 람베르트 상회에 부탁할 생각입니다."

"그런가. 이 정도의 물건은 내다 판다고 해도 만인에게 돌아갈 수는 없겠지. 람베르트와 잘 상담하게나."

막연하게 판다면 람베르트 씨 가게에서라고만 생각했었는데, 백작님 말대로일지도.

살짝이라고는 해도 일릭서를 넣은 거니까, 가격도 높게 설정할 수밖에 없을 테고.

"알고 있을 거라 보네만, 나한테는 우선적으로 부탁하네."

"네, 그야 당연하죠."

백작님, 그 부분은 잘 알고 있다니까요.

그리고 백작님은 자리에서 일어났는데, 모험가 길드를 나설 때 한바탕 연기를 해주었다.

물론 나도 길드 마스터도 배웅을 했는데, 그때 여봐란듯이⋯⋯.

"S랭크 모험가가 내 영지를 거점으로 삼아준 것은 참으로 기쁜 일이야. 무코다, 어떤 사소한 일이라도 상관없으니 뭔가 곤란한 일이 생기면 내게 말하게나. 바로 대처할 테니까."

백작님은 온화한 얼굴로 그렇게 말하며 내 어깨를 통통 두드렸다.

"네, 무슨 일이 생기면 부탁드리겠습니다."

나도 백작님에게 맞춰서 미소를 지으며 그렇게 대답했다.

이 모습을 본 구경꾼들은 분명 나와 백작님의 사이가 좋다고 생각하리라.

그리고 란그릿지 백작님은 마차에 올라 돌아갔다.

백작님의 마차가 보이지 않게 될 때까지 배웅한 다음에 길드 마스터에게 물어보았다.

"길드 마스터."

"왜 그러나?"

"아까 백작님이 하셨던 밟아버린다는 말, 진심일까요?"

"그렇게까지 말했으니 진심이겠지."

"……크루베츠 남작과 스타스 상회, 양쪽 다란 뜻이겠죠?"

"그렇겠지. 왕궁과 연계해서 하겠다고 말했으니까, 양쪽 다 이제 빠져나갈 수 없을 거야. 특히 크루베츠 남작은 지금까지는 귀족이라는 점도 있어 못 본 척해주었던 부분도 있었지만, 이번엔 그렇게 빠져나갈 수도 없겠지. 나라가 진심으로 조사한다는 건, 봐줄 마음이 없다는 거니까. 남작가는 가문을 없애고, 스타스 상회는 회장 이하 주요 직책에 있는 자는 범죄 노예로서 광산에 보내지지 않을까?"

으아아…………

내가 완전히 질려하자 길드 마스터는 "그 녀석들은 도를 넘었어. 자업자득이야"라고 태연하게 말했다.

아니, 이것저것 나쁜 짓을 했다고는 들었으니까 자업자득이기는 하겠지만.

가문이 사라지고 범죄 노예가 된다니, 좀.

"펜리르가 함께하는 자네와 크루베츠 남작과 스타스 상회를 비교한다면, 어느 쪽이 국익으로 이어질지는 너무나도 뻔하지 않은가?"

우린 딱히 아무것도 안 했는데.

"뭐, 신경 쓸 것 없네. 어찌 되었든 크루베츠 남작과 스타스 상회도 끝이야. 자네가 뭔가 당할 일도 없어질 테지. 그러니까 안심하고 이 도시를 거점으로 활약해주게나. 기대할 테니까!"

기대한다니, 하아.

뭐, 걱정할 일이 없어지는 건 기쁘긴 하지만.

집에 얌전히 있을 이유도 없어졌다는 뜻이잖아?

"페르랑 애들이 던전 던전 하고 시끄럽게 굴 것 같아……."

나는 사역마들이 있는 2층을 올려다보며 혼잣말을 중얼거렸다.

참고로 페르와 드라 짱과 스이는 백작님 배웅에 나서는 우리를 무시한 채 길드 마스터의 방에서 한창 낮잠을 자는 중이다.

어디까지고 고잉 마이 웨이인 녀석들이라니까.

◇ ◇ ◇ ◇ ◇

백작님이 모험가 길드를 찾아왔던 다음 날.

아침부터 든든하게 오크 된장 구이 덮밥을 실컷 먹은 후에 페르가 한마디를 꺼냈다.

『그럼, 던전으로 가자.』

예상대로라고 할까, 성가신 문제가 정리되었나 했더니 역시 페르가 던전이라는 말을 꺼냈다.

『오옷, 던전에 가는 거야?』

『던전, 던전.』

그 소리를 들은 드라 짱과 스이도 던전이라는 말을 꺼냈다.

"아니 아니, 안 갈 거거든. 람베르트 씨네에 주문해둔 와이번 가죽 망토도 아직 받지 못했다고."

그렇다. 망토다.

그 일도 있어서 카레리나로 돌아온 거니까.

게다가 나, 망토가 완성되는 걸 제법 기대하고 있단 말이야.

『음, 시시하군.』

『뭐야, 던전에 안 가는 거야?』

『던전.』

다들 던전을 좋아하는구나.

그런 위험한 곳을 좋아서 가는 건 좀 아니라고 보는데.

역시 나로서는 집에서 느긋하게 지내는 게 제일이라고.

그래도 집에만 있다간 사역마들의 불만도 쌓일 것이 분명.

지금은 일단 사냥에라도 데려갈까 생각하고 있으려니…….

"""안녕하세요."""

"무코다 오빠, 안녕!"

아이야, 테레자, 세리야, 그리고 가장 나이가 어린 롯테가 일을 하러 나타났다.

"다들, 좋은 아침."

모두 제각기 무언가를 끌어안고 있는데…….

"무코다 오빠, 이거 줄게. 엄마가 구운 빵이야!"

"오오, 테레자가 만든 빵이구나. 고마워!"

롯테에게서 빵을 받아 들었다.

"아, 아직 따뜻한걸?"

갓 구운 것인지 아직 온기가 남아 있었다.

"사역마분들 몫도 생각해서 많이 가져왔습니다."

테레자가 생글생글 웃으며 그렇게 말했다.

모두가 들고 있는 게 빵이었구나.

일부러 많이 구워준 거야? 고맙게.

"직접 만든 빵 누룩과 무코다 씨께 받은 빵 누룩을 써서 두 종류를 구워봤습니다."

"호오~ 그거 기대되는걸."

모두가 들고 온 많은 빵은 주방으로 옮겨달라고 부탁했다.

"그럼 저희는 청소하러 가보겠습니다."

"부탁할게~."

아이야와 테레자, 그리고 세리야와 롯테는 청소 도구를 보관해둔 지하실로 걸어갔다.

우리 집 청소 도구는 인터넷 슈퍼에서 산 것들이 많기 때문에 기본적으로는 남의 눈에 띄지 않는 지하에 두고 있다.

"어디 보자, 그럼 바로 맛을 한번 볼까."

어느 빵이나 지름 20센티미터 정도 되는 둥근 시골 빵 같은 느낌으로, 이 세계에서 일반적으로 유통되는 통밀가루로 만든 빵이었다.

잘라서 우선은 아무것도 바르지 않고 그대로.

"테레자의 천연 효모 빵은 결이 쫀쫀해서 딱딱한 편이네. 하지만 통밀의 깊은 맛을 즐기려면 이 정도로 씹는 맛이 있는 편이 좋을지도 모르겠어. 구운 지 얼마 안 돼서 껍질이 바삭하고 맛있는 것도 좋은걸."

다음은 내가 준 드라이 이스트로 만든 빵이다.

"이쪽은 방금 테레자의 천연 효모 빵보다 부드러운 식감이네. 이건 살짝 굽는 편이 통밀의 구수함도 한층 더 느껴져서 맛있을 것 같은데."

어찌 되었든 이 두 종류의 빵은 반드시 짠맛이 도는 음식과 어울릴 터.

분명 아이템 박스에 치즈와 햄이…… 있다.

양쪽의 빵에 치즈와 햄을 끼워서 한입.

"오오~ 역시. 어느 빵이나 짭짤한 맛과 아주 잘 어울리네!"

이건 고기를 끼운 든든한 느낌의 샌드위치 같은 것을 만들기에 아주 좋아 보인다.

흐음, 샌드위치라…….

좋아, 오늘은 소풍을 가자!

사역마들을 데리고 사냥을 갈 셈이기도 했고, 어차피 도시 밖으로 나갈 거라면 그편이 좋다.

오늘은 날씨도 좋아서 소풍을 가기에 아주 적당한 날이기도 하니까.

나는 그 주변 어디 초원에 내려달라고 해서, 거기서 맛있는 샌드위치를 만들고 그사이에 사역마들은 사냥이라도 다녀오라고 하는 거다.

응, 완벽하잖아.

좋았어. 그렇게 하자.

"그럼 준비해둘 테니까 너무 늦지 마."

『알았다. 많이 만들어놔라.』

『나도 많이 먹을 거야!』

"알고 있어."

페르와 드라 짱이 사냥을 하러 근처 숲으로 달려갔다.

여기는 도시의 서쪽에 있는 그저 넓기만 한 서쪽 초원이다.

전에 블러디 혼 불 무리를 토벌하러 왔던 곳이다.

여기는 초급 모험가의 사냥터 중 하나가 되어 있기도 해서, 멀리 모험가가 있는 것이 드문드문 보였다.

『주인, 놀고 올게.』

스이는 초원을 뛰어다니며(기어 다니며?) 놀고 싶다고 사냥에는 따라가지 않았다.

"알았어. 아, 너무 멀리는 가면 안 돼. 그리고 모험가가 있으니까 조심하고. 스이 쪽이 강하니까 공격하면 안 된다."

스이의 공격 같은 걸 받았다간, 초급 모험가는 즉사할 거다.

『네에.』

그렇게 씩씩하게 대답한 스이가 수풀 속으로 사라졌다.

"그럼 나도 만들어볼까."

아이템 박스에서 마도 버너를 꺼냈다.

만들 샌드위치는…… 바로, 초호화 드래곤 스테이크 샌드위치와 오크 수육 샌드위치다.

가끔은 괜찮지 않을까 해서, 호사스럽게 좋은 고기를 쓰기로 했다.

드래곤 스테이크 샌드위치 쪽은 어스 드래곤(지룡) 고기로 하고, 오크 수육 샌드위치 쪽은 오크 제너럴 고기를 쓸 예정이다.

평소엔 평범한 오크 고기를 쓰고 있기 때문에 좀 좋은 오크 제너럴 고기도 아직 넉넉하게 남아 있다.

오랜만에 먹는 드래곤 고기인지라 페르도 드라 짱도 스이도 잔뜩 먹을 마음으로 가득했다.

테레자에게 나눠 받은 빵으로 충분할지 어떨지가 걱정이다.

재료는 거의 다 갖고 있었기 때문에 부족한 채소류만 인터넷 슈퍼에서 사면 된다.

"좋아, 우선은 시간이 걸리는 수육부터 해볼까."

오크 제너럴 고깃덩어리를 냄비에 넣고, 고기가 잠길 정도로 물을 부어준 다음 숭덩숭덩 썬 파와 얇게 저민 생강, 술, 소금을 넣고서 불에 올린다.

끓기 시작하면 거품을 걷어내고, 약불로 줄인 다음 안까지 잘 익도록 30분에서 40분 삶는다.

그 사이에 드래곤 스테이크 샌드위치를 만든다.

드래곤 스테이크 샌드위치는 단순한 게 제일이다.

소금 후추를 살짝 뿌린 어스 드래곤(지룡) 고기를 굽고 스테이크 소스에 버무린 다음 가볍게 굽는다. 그리고 테레자가 만든 빵(드라이 이스트 쪽)에 버터를 바르고 그 사이에 스테이크를 끼워주기만 하면 된다.

채소는 없이 빵과 고기뿐이다.

고소하고 깊은 맛의 빵과 아주 맛있는 드래곤 고기는 최고의 조합이라고 본다.

이번에는 언제나 쓰고 있는 스테이크 소스가 아니라 다른 걸 준비했다.

평소 쓰던 스테이크 소스도 물론 충분히 맛있지만, 빵과 함께 먹을 땐 이쪽이 더 맛있지 않을까 싶어 고른 것이다. 바로 간장을 기본으로 흑후추와 구운 마늘로 맛을 낸 스테이크 소스다.

이것도 몇 번인가 사서 써본 적이 있는데, 흑후추가 제법 많이 들어가서인지 찌릿한 매운맛이 돌아 맛있다.

"좋았어. 다 됐다. 바로 맛을 한번 볼까~."

덥석.

갓 만든 드래곤 스테이크 샌드위치를 베어 물었다.

"우와──앗, 맛있어!"

불만이 전혀 없을 만큼 맛있다.

아니, 맛없을 리가 없다.

"아~ 맛있어. 큰일이네. 멈출 수가 없어."

처음 만든 스테이크 샌드위치는 결국 전부 내 배 속으로 들어갔다.

"다 먹어버렸네. 하핫. 나 참, 이건 너무 맛있잖아."

마음을 다잡고 다시 스테이크 샌드위치를 만들었다.

걱정했던 대로 도중에 테레자가 만든 빵이 떨어지고 만 탓에 인터넷 슈퍼에서 통밀 식빵을 사서 그걸로 더 만들었다.

"후우, 스테이크 샌드위치는 이 정도면 되려나. 다음은 수육 샌드위치인가."

수육 쪽도 스테이크 샌드위치를 만드는 사이에 잘 삶아졌으니, 이제 함께 끼워 넣을 양상추와 소스 준비다.

소스는 홀 그레인 머스터드 소스다.

홀 그레인 머스터드, 간장, 벌꿀, 식초를 잘 섞고 마지막에 소금으로 간을 맞추면 완성이다.

발사믹 식초 같은 게 있을 경우, 그걸 쓰면 훨씬 깊이가 생겨 더 맛있을지도 모르겠다.

소스가 완성됐으니 수육 샌드위치를 만든다.

살짝 구워서 버터를 바른 테레자의 천연 효모 빵에 양상추를 올리고, 그 위에 자른 수육을 얹는다.

거기에 홀 그레인 머스터드 소스를 뿌리고 다시 빵을 올리면 수육 샌드위치 완성이다.

"어디, 맛을 볼까."

갓 만든 수육 샌드위치를 덥석.

"오호 오호, 수육에 찌릿하면서도 새콤한 홀 그레인 머스터드 소스가 잘 어울리는걸. 게다가 씹는 맛이 있는 이 빵과도 상성이 아주 좋아."

내가 맛보기라고는 말할 수 없을 만큼 수육 샌드위치를 우걱우걱 먹으며 입맛을 다시고 있으려니 머릿속에서 스이의 목소리가 울렸다.

『주인.』

"응? 스이?"

『뒤쪽이야.』

뒤를 돌아보자 엄청난 기세로 초원을 달려 이쪽으로 다가오는 세 소년 모험가의 모습이.

"응?"

『와아.』

수풀 사이에서 튀어나온 스이가 뿅 하고 내 품속으로 뛰어들었다.

"하아, 하아, 하아. 아저씨, 그 슬라임 내놔."

내 앞에 다다른 세 소년 모험가.

이 초원에 있다는 건 초급 모험가라는 뜻이겠지?

"그래! 그 슬라임은 우리 사냥감이야!"

"새치기하지 마!"

저기~ 이거 무슨 상황이야?

스이, 너 무슨 짓을 한 거니?

『에헤헤~ 술래잡기했어!』

내 품속에서 푸들푸들 떨며 기쁜 듯이 그렇게 전하는 스이.

술래잡기라니…… 스이는 그저 놀고 있었던 거구나.

"아, 너희들. 이 슬라임은 내 사역마거든?"

흥분한 소년들에게 그렇게 가르쳐주었다.

"뭐? 사역마? 어디에 그런 증거가 있는데?!"

"맞아 맞아!"

"어서 그 슬라임을 내놔!"

……흥분한 나머지 사람 말이 들리지 않나 보네. 정말이지.

『스이, 이 소년들과 만났을 때의 일을 가르쳐줄래?』

『그러니까 있지, 스이가 놀고 있는데 이 사람들이 와서 스이를 발로 차려고 했어. 그래서 스이 뿅 하고 피했어. 그랬더니 다 함께 차려고 하고 검으로 베려고 해서 뿅뿅 전부 피했어.』

흐음흐음.

우연히 마주쳤고, 세 사람 중 한 사람이 평범한 피라미 슬라임이라고 생각해서 차려고 했던 건가.

하지만 공격을 피하자 이번에는 모두 함께 공격.

그것까지 스이는 전부 피한 거구나.

그야 휴즈 슬라임까지 진화해 날렵한 스이에게 이 아이들의 공격이 통할 리 없지.

『그리고 주인이 공격하면 안 된다고 해서, 이 사람들을 피해서 갔어. 그랬더니 이 사람들이 쫓아왔어. 술래잡기라면, 스이 안 지거든~.』

아하하, 그렇구나. 스이.

과연, 그런 사정이 있었구나.

"내놓으라고 해도 우리 슬라임, 그러니까 스이라고 하는데, 너희보다 강해. 진심으로 싸웠다간 순식간에 죽을 거야."

풋풋 하고 산탄을 쏘면 끝이니까.

정말이라고.

"이 아저씨가 무슨 소리를 하는 거야?! 우리가 피라미 슬라임보다 약하다는 거야?!"

"그래! 아저씨! 피라미 슬라임이 우리보다 강할 리가 없잖아!"

"맞아 맞아! 우리가 피라미 슬라임보다 약하다니, 아저씨 우리한테 시비 거는 거야? 싸움을 거는 거라면 받아주지!"

우리 스이가 자기들보다 강하다는 말에 울컥한 모양이다.

사실을 말했을 뿐인데.

슬라임=피라미라는 이미지를 갖고 있나 본데, 우리 스이에 한해서는 해당되지 않는 이야기거든.

그보다 너희, 아저씨라고 부르는 거 그만둬.

나도 아직 20대라고. 절대 아저씨가 아냐.

…………맞지?

뭐, 그 이야기는 제쳐두고. 어찌해야 하나 생각하고 있으려니, 세 소년 중 한 명이 "아!" 하고 무언가를 떠올린 것 같은 목소리를 냈다.

"다들, 잠깐만. 분명 이 마을에 S랭크 테이머가 와 있다는 소문이 있지 않았어?"

"그러고 보니 들은 것 같은데. 하지만 그 테이머는 늑대 계열의 커다란 마수를 데리고 다닌다고 하지 않았나?"

"맞아. 하지만 그 이외에도 작은 드래곤이랑 슬라임을 데리고 있다고도 들었어."

세 사람이 소곤소곤 이야기를 하고 있다.

너희, 다 들리거든?

레벨이 올라가면서 신체 능력도 올라가서인지 귀도 밝아졌다.

참고로 말하자면, 아마도 소문의 그 사람이 바로 나일 거라고 생각하거든.

세 사람의 시선이 내 품에 있는 스이에게로 모여들었다.

""""슬라임…….""""

응, 슬라임이지.

지금은 여기에 없지만 커다란 늑대(펜리르)와 작은 드래곤(픽시 드래곤)도 있다고.

『주인~ 밥 아직이야?』

이 미묘한 분위기 속에서도 스이는 너무나도 태연하게 평소와 똑같았다.

『으음, 아직 더 기다려야 할 것 같은데? 페르랑 드라 짱이 돌아오면 다 함께 먹자.』

『네에. 스이, 배고프지만 페르 아저씨랑 드라 짱이 돌아올 때까지 기다릴게.』

하아, 우리 스이는 정말 귀엽다니까아.

스이를 쓰다듬으며 마음 푸근해하고 있으려니 세 소년이 다시 소곤소곤 이야기를 나누는 소리가 들려왔다.

"화, 확실히 슬라임은 그럴지도 모르지만, 늑대랑 드래곤은 어떻게 된 건데? 옆에 없잖아?"

"그러니까. 게다가 저 아저씨는 어디를 어떻게 봐도 S랭크 모험가로는 안 보인다고."

"그러게. S랭크의 강자로는 안 보이네."

어이 어이, 너희들. 실례잖아.

들리지 않으리라고 생각하기 때문에 그런 말을 하는 걸 테지만, 다 듣고 있다고.

그리고 S랭크 모험가로는 안 보일지도 모르지만, 틀림없는 S랭크 모험가거든.

슬슬 내막을 밝히기로 할까.

"아, 너희들. 나한테는 다른 사역마가 더 있는데……"

『어이, 이 애송이 놈들은 뭐냐?』

"아아, 페르. 어서 와. 드라 짱도 어서 오고."

『어, 다녀왔어~.』

페르와 드라 짱이 돌아왔다.

마침 잘되었으니 세 소년에게 설명을 계속하려고 했는데…….

"어라? 세 사람 다 굳어버렸잖아."

눈과 입을 한계까지 벌리고서 꼼짝도 하지 않는다.

눈을 깜빡이지도 않는 것 같은데, 괜찮은 거야?

"어이."

세 사람의 눈앞에서 손을 흔들자 겨우 눈을 깜빡깜빡했다.

"커다란 늑대……."

"조그만 드래곤……."

"슬라임……."

""" S랭크 모험가?"""

나를 바라보며 세 사람이 동시에 그렇게 물어왔다.

너희들 호흡이 딱 맞는구나.

"뭐, 일단은."

내가 그렇게 대답하자 세 사람 모두 점점 안색이 나빠져 갔다.

그리고…….

"""자, 잘못했습니다!"""

그렇게 말하면서 깊게 고개를 숙였다.

"건방진 소리를 해서 죄송합니다!"

"모험가가 된 지 얼마 안 돼서 허세를 부렸습니다!"

"실례인 말을 해서 죄송합니다!"

"""잘못했습니다!"""

어라? 완전히 얌전해졌네.

그래도 뭐, 아저씨라고 불러댄 건 마음에 안 들지만 직접적으로 뭔가를 당한 것도 아니니까.

스이도 함께 놀아줘서(?) 재미있었던 모양이고.

"뭐, 직접 손을 댄 것도 아니니까 괜찮아. 하지만 다음부터는 조심하는 편이 좋을 거야. 나 같은 모험가만 있는 건 아닐 테니까."

내가 그렇게 말하자 세 사람은 안도의 한숨을 내쉬었다.

『어이, 그런 애송이들은 어찌 되든 상관없다. 배가 고프다.』

『나도.』

『스이도 배고파~.』

"아, 미안 미안. 이미 다 만들어놨어. 잠깐만 기다려."

아이템 박스에 넣어두었던 드래곤 스테이크 샌드위치와 오크 제너럴 수육 샌드위치를 모두에게 내주었다.

『음. 오랜만의 드래곤 고기구나.』

『기다렸다고!』

『맛있겠다~.』

페르와 드라 짱과 스이가 기대하고 있던 드래곤 스테이크 샌드위치를 베어 물었다.

역시 그쪽부터인가.

수육 샌드위치도 맛있으니까 그쪽도 제대로 먹으라고.

어디 그럼, 뭘 잡아 왔으려나?

페르에게 줬었던 매직 백 안을 확인했다.

안에서 나온 것은…….

"우와아! 코카트리스가 다섯 마리나 있어!"

"코카트리스 알도 있잖아! 저건 좀처럼 보기 어려운 거 아냐?"

"맞아. 알을 낳은 후의 코카트리스는 성질이 사나워진다고 하니까."

내가 매직 백의 내용물을 꺼내 확인하고 있으려니, 어느 틈엔가 세 소년도 그걸 지켜보고 있었다.

어라? 너희들 아직 있었어?

다음으로 나온 것은 갈색의 크고 멋진 뿔을 가진 거체였다.

"자, 자이언트 디어다!"

"B랭크 마물이라고!"

"우와아~."

마지막은 가늘고 긴 검은색 거체가 나왔다.

"……브, 블랙 서펜트야. 도감에서 봤으니까 틀림없어."

"블랙 서펜트라고 하면, A랭크잖아…….."

"이게 블랙 서펜트. 나, 처음 봤어…….."

세 사람 모두 블랙 서펜트에 시선이 못 박혔다.

이거 맛있어서 페르가 자주 사냥해 오기 때문에 우리는 흔하게 먹는다고 말하면 놀라겠지?

"만져볼래?"

처음 보는 A랭크 마물을 반짝반짝 빛나는 눈빛으로 바라보던 소년들에게 그렇게 제안해봤더니…….

""""그래도 되나요?!""""

"어, 그럼."

뭔가 엄청난 기세로 이쪽을 보잖아.

그야 모험가가 되고 싶은 모양이고, A랭크 마물을 접해볼 기회 같은 건 잘 없으니까.

소년들은 조심조심 블랙 서펜트를 만졌다.

"오오~ 미끌미끌한 비늘이네."

"나 알아. 이걸로 만든 가죽 제품은 엄청나게 비싸대."

"이거 한 마리면, 보수가 얼마나 될까?"

세 소년이 서로 얼굴을 마주 보았다.

"언젠가 우리도 블랙 서펜트를 잡을 수 있게 되면 좋겠다."

"응. 랭크를 올려서 많이 벌 수 있게 되고 싶어."

"높은 랭크의 모험가를 목표로 열심히 하자!"

의욕이 넘치는 도중에 미안한데, 너희들 의뢰 도중인 거 아니었니?

높은 랭크를 목표로 한다면 의뢰는 달성해야지.

"너희, 의뢰는 괜찮은 거야?"

"맞다! 의뢰!"

"혼 래빗이었지."

"앞으로 두 마리 더 잡아야 해!"

내 의뢰 이야기를 듣고 생각난 모양이었다.

"좋은 걸 보여주셔서 감사했습니다!"

""고맙습니다!""

그렇게 말한 세 사람이 자리를 떠나려 하는 걸 멈춰 세웠다.

"잠깐 기다려봐……."

너희한테 드래곤 스테이크 샌드위치는 아직 좀 이를 테니까, 이쪽으로 하자.

"자. 이거라도 먹고 힘내."

나는 세 사람에게 오크 수육 샌드위치를 건넸다.

"받아도 되나요?"

"어린애들이 사양하지 마. 먹어 먹어."

"""잘 먹겠습니다!"""

세 사람이 오크 수육 샌드위치를 들고 멀어져갔다.

바로 먹기 시작했는지 "맛있어!"라는 목소리가 들려왔다.

"S랭크는 이런 맛있는 걸 먹는구나!"

"반드시 높은 랭크의 모험가가 되고 말겠어!"

"그래. 높은 랭크 모험가가 돼서 많이 벌고 매일 맛있는 걸 먹자!"

"""아자!"""

젊다는 건 좋구나~.

『어이, 더 내놓아라. 드래곤 쪽을 듬뿍.』

페르가 드래곤 스테이크 샌드위치를 추가 주문했다.

『나도 드래곤 추가야!』

『스이도.』

드라 짱과 스이도 더 먹겠다고 한다.

드래곤 스테이크 샌드위치, 맛있으니까.

모두에게 샌드위치를 더 내주었다.

하지만 나는 굳이 수육 샌드위치를 골랐다.

그리고 인터넷 슈퍼에서, 이걸…….

푸쉭, 꿀꺽꿀꺽꿀꺽.

"크으~ 맛있어."

그리고 오크 수육 샌드위치를 한 입.

다시 맥주를 꿀꺽.

"역시 잘 어울려. 이 수육 샌드위치랑 이 맥주는 어울릴 줄 알았다니까~."

K사의 오래되고 친숙한, 쌉쌀하고 뒷맛이 깔끔한 맥주.

그리고 매콤하고 새콤한 소스를 뿌린 수육 샌드위치가 절묘하게 어울렸다.

대낮부터 술이라는 게 조금 그렇지만, 이건 참을 수가 없다고.

소풍하기 딱 좋은 푸른 하늘 아래, 상쾌한 바람이 부는 초원에서 맛있는 식사와 맥주.

"최고네."

우리는 푸른 하늘 아래에서의 식사를 마음껏 즐겼다.

사역마들한테는 드래곤 스테이크 샌드위치 쪽이 인기였지만, 수육 샌드위치도 만든 건 다 먹어주었다.

그리고 잔뜩 먹고 배가 불러오자 따끈따끈한 햇볕도 어우러져서 졸음이…….

그것은 사역마들도 마찬가지인지 누워 자는 페르에 기대어 드라 짱과 스이도 낮잠을 자고 있었다.

"참을 수 없을 만큼 졸음이……. 페르도 있으니까, 잠시만."

그렇게 생각하면서 페르를 베개 삼아 나도 잠들었다.

·················.

············.

······.

"으음······."

가장 먼저 느낀 것은 풀 냄새.

눈을 뜨자 흐릿하게 주변 풍경이 보였다.

"헉, 초원에 왔었지!"

어두컴컴해진 초원에는 아무도 없었다.

"페르, 일어나!"

페르를 툭툭 쳐가며 서둘러 깨웠다.

『으음, 뭐냐?』

"드라 짱도 스이도 일어나."

드라 짱과 스이도 깨우기 시작했다.

"어서 돌아가지 않으면 도시의 문이 닫혀버린다고!"

『음, 벌써 시간이 그렇게 됐나.』

『흐아암~ 잘 잤다.』

『ZZZ.』

너무나도 기분이 좋았기 때문인지 모두가 깊게 잠들고 말았다.

"얼른 얼른!"

아직 일어나지 않은 스이는 가죽 가방에 넣고, 페르 등에 뛰어
올랐다.

『그럼, 빠르게 간다.』

『좋아.』

그 말대로 페르는 엄청난 속도로 마을까지 달려갔다.

나는 떨어지지 않으려고 필사적으로 매달려야 했지만, 그 덕분에 겨우 늦지 않았다.

모처럼 집을 사놓고 야영을 하게 되는 처지가 될 뻔했는데 다행이다.

제 5 장

페르 씨의 부트 캠프 특별편
~음식으로 인한 원한은 바다보다 깊다~

"람베르트 씨, 안녕하세요."

"오오, 무코다 씨. 어서 오십시오."

마침 가게 앞에 나와 있던 람베르트 씨에게 인사를 했다.

오늘은 백작님에게 헌상한 【신약 모발 파워】 건으로 이야기를 하려고 람베르트 씨네 가게를 찾아왔다.

"실은 이야기 나누고 싶은 건이 있어서요⋯⋯."

"얼마 전에 백작님이 오셨던 것과 관계가 있는 이야기입니까?"

역시 상인.

백작님과 내가 만났다는 것도 파악하고 있을 테지.

"네. 실은⋯⋯."

람베르트 씨에게 백작님과 만났을 때의 일을 들려주었다.

물론 【신약 모발 파워】 효과도 포함해서.

"그런 일이 있었습니까⋯⋯."

"람베르트 씨의 이름을 멋대로 꺼내서 죄송합니다. 판다고 하면 람베르트 씨 가게밖에 생각나지 않아서 그만."

역시 부탁을 해야 한다면 람베르트 씨밖에 없다.

어느 정도 교류가 있고 신용할 수 있는 상인이라고 하면 람베르트 씨밖에 생각나는 사람이 없기도 하고.

"효과가 대단한 것 같습니다만, 역시 상인으로서는 효과를 확인한 다음이 아니면 뭐라 말씀드리기가⋯⋯."

그야 당연하겠지.

판매하는 건 돈이 얽힌 문제니까.

아무래도 이런 이야기가 나오리라고 생각해서 어젯밤에 샴푸와【신약 모발 파워】를 준비해 가져왔다.

"그럼 샴푸와 발모제를 두고 갈 테니 효과가 어느 정도인지 확인해봐 주십시오."

"알겠습니다. 다행히도 저는 숱이 적어 고민하는 일은 없습니다만, 종업원 중에 딱 맞는 사람이 있으니 그 사람에게 시험해보게 하죠."

람베르트 씨에게 사용법을 자세히 설명했다.

"그렇지. 주문하셨던 와이번 망토 말입니다만, 앞으로 며칠이면 드릴 수 있을 것 같습니다. 저도 물건을 봤는데, 훌륭하게 완성되었더군요. 제작자 자신도 이 정도로 잘 만들어지는 일은 좀처럼 없다고 했습니다."

"오~ 어서 보고 싶네요."

람베르트 씨도 만든 장인분도 훌륭하게 만들어졌다고 평할 정도라니, 더더욱 기대가 된다.

"그리고 검집이 달린 벨트와 구두 쪽은 완성되었습니다만, 가져가시겠습니까?"

그러고 보니 망토를 중심으로 생각하고 있던 데다가 지금 벨트와 구두에 불만도 없어서 그만 완전히 잊고 있었는데, 검집이 달린 벨트와 구두도 부탁했었지.

기왕이면 망토와 세트로 받는 편이 더 기쁠 것 같으니까 그렇게 해달라고 하자.

"그럼 효과를 확인하는 대로 연락을 드리겠습니다."

"잘 부탁드립니다."

◇ ◇ ◇ ◇ ◇

"무코다 씨, 람베르트 상회에서 심부름꾼이 왔습니다. 글쎄 당장 가게로 와주셨으면 한다네요."

사역마들의 재촉에 사냥을 가야 하나 생각하던 참에 테레자가 그렇게 전해 왔다.

람베르트 씨 가게에 다녀온 지 이틀밖에 지나지 않았는데, 와이번 망토가 완성된 걸까?

그렇다고 하기에는 당장이라는 게 이상하긴 한데…….

뭐, 가보면 알겠지.

아무튼 바로 가봐야겠다.

"그런고로, 오늘 사냥은 중지야."

『뭐라?!』

『뭐라고?!』

『우엥~.』

사냥을 가자고 조르던 중이었던 탓에 페르도 드라 짱도 스이도 불만스러워했다.

"어쩔 수 없잖아. 빨리 와달라고 하니까. 내일 데리고 가줄 테니까. 아니면, 모험가 길드에 가서 적당한 의뢰가 있는지 어떤지도 확인해보고."

『음, 어쩔 수 없지. 람베르트라고 하면 그 가죽 가게일 테지?』

"맞아."

『바로 데려다줄 테니, 그 일이 끝나면 모험가 길드로 가서 의뢰가 있는지 확인해라. 받는 건 할 맛이 나는 의뢰여야 한다. 그리고 있으면 바로 받는 거다.』

뭐어? 그건 의뢰 확인하고, 상황에 따라서는 바로 출발하겠다는 뜻이잖아?

『오, 그거 좋은데?』

『풋풋 하고 싸울 수 있어~?』

드라 짱도 스이도 의욕이 넘쳤다.

정말이지 어쩔 수 없네……

"알았어. 일단 람베르트 씨가 바로 와달라고 하니까 그쪽이 먼저야."

나는 페르의 등에 올라탔고, 드라 짱과 스이도 함께 람베르트 상회로 향했다.

"이렇게 오시라고 해서 죄송합니다."

가게 앞에서 람베르트 씨가 기다리고 있었다.

"아뇨 아뇨, 뭔가 급한 일인가요?"

"여기서는 뭐하니 안으로 들어가시죠."

람베르트 씨에게 안내를 받아 안쪽 방으로 들어갔다.

의자에 앉자 메이드분이 차를 내왔고, 이어서 람베르트 씨가 이야기를 꺼냈다.

"실은 말이지요. 란그릿지 백작님에게서 급하게 연락이 왔습니다……."

람베르트 씨의 이야기에 따르면 지금 백작님은 왕도로 가는 도중이라고 한다.

그러고 보니 사교계 시즌이니 뭐니 했었지.

그래서 그 여행길에 베르트네 자작령에서 묵게 되었는데…….

"베르트네 자작님이 란그릿지 백작님을 보고 정말이지 놀랐다더군요. 그리고 무코다 씨의 발모제에 관해 조금 이야기했더니만, 무슨 일이 있어도 꼭 갖고 싶다며 열심히 부탁했다고 합니다."

그 베르트네 자작님이라는 사람도 탈모로 고민하고 있나 보다.

【신약 모발 파워】효과를 보면, 그야 갖고 싶어질 테지.

"란그릿지 백작가의 몫으로 일단 50병은 확보하라고 하시더군요. 그리고 백작님 소개 없이는 발모제를 판매하지 말라고 분부하셨습니다."

백작님, 알았습니다.

【신약 모발 파워】를 귀족 간의 연줄 만들기에 이용하는 거로군요.

"저도 백작님의 소개에 따라 판매하는 건 좋다고 봅니다. 무코다 씨께 받은 발모제를 종업원에게 시험해보게 했는데, 놀랐습니다. 사용한 지 아직 이틀밖에 안 됐는데 못 알아볼 정도였으니까요. 이렇게나 효과가 있으니, 제가 판다면 한 병에 금화 50닢입니다. 그래도 싸다고 여기는 분이 많을 겁니다. 그도 그럴 것이, 이 효과를 보면 가격에 상관없이 갖고 싶어 안달을 내는 분은 많을 테니까요.”

그, 금화 50닢이라니…… 한 병에……?

그거 원가는 은화 세 닢인데.

게다가 그걸 작은 병 두 개에 나눠서 옮겨 담고 있고.

스이 특제 일릭서를 넣기는 했지만, 한 병에 고작 한 방울이라고.

스이 특제 일릭서는 생기발랄로 유명한 영양 드링크와 비슷한 병에 담겨 있는데, 한 병으로 몇 병이나 만들 수 있을까?

잘 모르지만 한 병이라도 상당히 여러 병 만들 수 있을 거라고 본다.

그런데 금화 50닢이라니…….

적은 숱·탈모 특효약, 무시무시해.

“싸다고 여기는 분이 많을 거라고 해도, 가격이 가격이니 자산이 있는 분들용이 될 테지요. 그럴 경우에는 백작님이 말씀하신 소개라는 판매 방법은, 확실한 데다 합당한 분들에게 전해질 테니 좋은 방법이라고 봅니다.”

응, 금화 50닢은 싸지 않지.

하지만 숱이 적어서 고민인 귀족님들이나 상인분들이 모두 백작님 소개를 받아 사려고 들리라.

판매 방법 쪽은 람베르트 씨에게 맡기기로 했다.

람베르트 씨가 란그릿지 백작님에게 드릴 50병은 소개를 위한 것도 될 테니 저렴하게 넘기겠다고 하기에, 그 부분은 내가 헌상하는 것으로 치고 공짜로 드리겠다고 해두었다.

"무코다 씨, 괜찮으시겠습니까?"

"예의 성가신 일은 전부 백작님이 맡아주기로 하셨으니, 이 정도는 별거 아니죠."

"그럼 백작님께는 무코다 씨가 제공하셨다는 점을 확실하게 전해두도록 하겠습니다."

그 후 도매가격에 관해서도 이야기를 나누었는데, 무려 한 병에 금화 33닢으로 정해졌다.

너무 비싼 거 아닌가 싶었는데, 람베르트 씨가 말하길 "백작님을 통한 것이기는 하지만 이런저런 새로운 연줄이 생길 것 같으니 저희로서는 득밖에 없습니다"라고 한다.

람베르트 씨에게는 여러 가지로 신세만 진다.

전부터 생각했었는데, 여기서 답례품을 건네기로 했다.

"람베르트 씨에게는 여러 가지로 신세만 졌습니다. 그 답례라고 하기엔 뭐하지만, 이걸 부디 받아주세요."

내가 아이템 박스에서 꺼낸 것은 에이블링 던전의 드롭 아이템인 레드 서펜트 가죽 중 한 장이었다.

"이, 이건 레드 서펜트 가죽이 아닙니까?!"

"네, 에이블링 던전의 드롭 물품입니다. 받아주세요."

"바, 받으라니요. 아뇨 아뇨 아뇨, 무코다 씨, 레드 서펜트 가죽 같은 건 평생에 한 번 구할까 말까 하는 물건입니다!"

"괜찮습니다. 람베르트 씨께는 신세를 지고 있고, 앞으로도 신세를 질 테니까 부디 받아주십시오."

"꿀꺽………… 저, 정말로 괜찮겠습니까?"

"네. 그 대신이라고 하긴 조금 그렇지만, 앞으로도 여러 가지로 도와주세요."

"그야 물론이지요."

람베르트 씨의 눈이 레드 서펜트 가죽에 못 박혔다.

"훌륭하군요……."

긴장한 기색의 람베르트 씨가 레드 서펜트 가죽을 받아 들었다.

"무코다 씨……, 저는 레드 서펜트 가죽을 구하는 게 꿈이었습니다. 이 은혜는 평생 잊지 않겠습니다."

람베르트 씨는 그리 말하며 눈물을 글썽였다.

그렇게까지 감동해주니 선물한 보람이 느껴지는걸.

하지만, 그것과 똑같은 걸 내가 더 갖고 있다는 건 비밀이다.

"그렇지. 너무나도 감동한 나머지 깜빡할 뻔했습니다. 주문하셨던 물건이 완성되었으니 지금 가져오게 하겠습니다."

오오~, 드디어 와이번 망토가 완성됐구나!

메이드분이 망토, 검집이 달린 벨트, 신발 한 벌을 가져와 테이블 위에 올려놓았다.

"자, 착용하고 물건을 확인해보시지요. 마음에 안 드는 점이 있으시다면 수선해놓겠습니다."

람베르트 씨의 말을 듣고 바로 착용해보았다.

차분한 다크 그레이 색의 망토에 검집 달린 벨트와 구두는 전부 지금 막 걸쳐보았는데도 길이 잘 든 것처럼 편안했다.

무엇보다 가벼운 게 좋았다.

"아주 좋습니다. 몸에도 딱 맞아서 위화감이 없네요. 무엇보다 가벼운 게 마음에 듭니다."

"마음에 드셨다니 다행입니다. 와이번 가죽은 보온성과 습도 유지에도 뛰어나고 물에도 강하지요. 특히 망토는 비 오는 날 아주 요긴합니다."

호오, 그거 좋네.

지금까지는 페르의 결계에 의지해 강행 돌파했는데, 지역에 따라서는 비가 많이 오는 곳도 있는 모양이니 거기에만 의지할 수 없게 되는 경우도 있을지 모른다고 생각했었다.

"이건 이대로 착용하고 돌아가겠습니다. 정산 부탁드려도 될까요?"

맡아두었던 나무판을 람베르트 씨에게 내밀었다.

남은 와이번 가죽을 지불해야 할 금액의 일부로 치기로 했었으니, 그것을 제외한 잔금을 내려고 했는데…….

"아뇨, 돈은 됐습니다."

"네?"

"이런 훌륭한 물건을 받아놓고, 돈 같은 건 받을 수 없습니다. 하하하."

람베르트 씨가 정말로 소중하게 레드 서펜트 가죽을 끌어안았다.

아니 아니 그거랑 이거는 별개잖아 하고 생각하며 잔금을 내려고 했지만, 람베르트 씨는 완고하게 받으려 들지를 않았다.

"그럼, 또 찾아오겠습니다."

"무코다 씨라면 언제든 대환영입니다."

그렇게 말한 람베르트 씨는 기분 좋은 미소를 짓고 있었으니, 이건 이것대로 괜찮다고 생각하기로 했다.

람베르트 씨 가게를 나오자마자 페르의 염화가 들려왔다.

『자, 그럼 다 끝난 것이냐? 다음은 모험가 길드다.』

아~, 그러기로 했었지.

◇ ◇ ◇ ◇ ◇

모험가 길드로 들어가자 바로 길드 마스터가 나타났다.

"오오, 마침 잘됐군. 자네들을 부를까 하던 참이었는데."

"네? 무슨 일이 생겼나요?"

"그게 말이지……."

최근 동쪽 숲 근처에서 오크가 자주 목격되어 C랭크 모험가 파티에게 정찰을 다녀오게 했는데, 그 모험가 파티가 지금 막 정찰을 마치고 돌아왔다고 한다.

정찰에 나섰던 모험가들의 정보에 따르면 동쪽 숲에서 오크 집락이 발견되었다고 한다.

"집락이 생긴 장소가 안 좋아. 동쪽 숲 근처에는 마을이 몇 개나 있는데, 그중 하나에 가까운 곳이거든. 그래서 서둘러 대처해야만 하는데, 지금 시간이 되는 건 B랭크 파티 하나에 C랭크 파티 두 개밖에 없다네. 오크 집락 섬멸 의뢰를 하기에는 조금 불안해서 말이지. C랭크 파티가 두 개 정도 더 남아 있으면 좋았을 텐데. 그래서 말일세."

길드 마스터가 내 어깨를 꽉 움켜쥐었다.

"자네, 다녀와 주지 않겠나?"

나한테 거부권은 없잖아요.

어깨를 꽉 움켜쥐고 있고, 놔줄 마음이 없잖아요. 길드 마스터.

『오크 집락이라고? 시시하군. 각하다.』

페르는 길드 마스터에게도 알리려는 듯이 목소리를 내서 그렇게 말했다.

『피라미 오크를 상대하는 건 나도 싫어.』

드라 짱도 오크 상대는 싫다고 염화로 전해왔다.

『스이는 풋풋 해서 싸울 수 있으면 좋아~.』

어째선지 싸우는 걸 아주 좋아하는 스이만 괜찮은가 보다.

"…………이보게, 유일한 희망인 펜리르가 싫다고 하네만, 어떻게 안 되겠나? 자네 사역마 아닌가? 어떻게든 설득해서 다녀와 주게. 부탁하네."

부탁한다고 해도 말이지.

"페르, 드라 짱. 숲에 사냥하러 가는 도중에 빠르게 처리할 수 없을까?"

『오크 같은 피라미를 상대하는 건 시시하다.』

『페르랑 같은 의견이야. 피라미는 상대하나 마나라고. 차라리 숲에서 강한 녀석을 찾아내 사냥하는 편이 나아.』

『그래. 그쪽이 오크 따위보다 나은 사냥감을 찾을 수 있을 거다. 다른 녀석들한테………… 잠깐. 그 의뢰 받아도 괜찮다.』

"응? 의뢰를 받겠다니 갑자기 무슨 말이야?"

『그러게. 피라미 오크라고.』

갑자기 승낙한 것이 신경 쓰이는데.

게다가 말하던 도중에 잠시 뜸을 들였다고.

『드라, 어차피 한가하지 않으냐. 이번에는 내 말대로 해라.』

『페르가 그렇게 말한다면 상관없지만.』

"어? 정말로 받는 거야? 갑자기 받겠다고 하는 게 왠지 무서운데."

『뭐, 신경 쓰지 마라. 으하하하하하.』

너, 뭔가 꿍꿍이가 있는 거지?

"뭔지 모르겠지만 받아들여도 괜찮은 거지?"

『그래. 그 의뢰 받아주마.』

"그런가, 그런가. 감사하네."

페르가 승낙하자 길드 마스터는 안심한 얼굴을 했다.

나는 수상쩍어하는 눈빛으로 페르를 보았다.

이거 분명 뭔가 꾸미고 있는 거야.

『뭐냐? 받아주겠다고 했다. 문제없을 텐데?』

페르는 나를 향해 능청스럽게 그리 말하지만 말이지.

길드 마스터는 우리에게 맡길 마음으로 가득했고, 나도 이제 와서 거절할 수는 없으니 이 의뢰를 받기는 하겠는데.

괜찮으려나?

일말의 불안을 남긴 채 길드 마스터에게 오크 집락에 관한 자세한 정보를 들었다.

그리고 지금부터 오크 집락으로 가본들 밤이 되어버릴 테니 내일 결행하기로 이야기가 정리되었다.

"그럼, 내일 잘 부탁하네."

"알았습니다."

다음 날 아침——.

든든하게 아침 식사를 하고, 이제 오크 집락 섬멸에 나서볼까 하는 단계가 되었을 때…….

『어이, 수인 쌍둥이를 데려와라.』

갑자기 페르가 그런 말을 꺼냈다.

"응? 그 두 사람은 왜?"

『오크 집락에 데려간다.』

"데려간다니, 의뢰에 데려가겠다는 거야?"

『맞다.』

"그러니까 어째서?"

『시끄럽다. 됐으니까 데려와라.』

"데려와라, 가 아니라. 어째서 그 두 사람을 데려가려는 건지 이유를 설명하라고."

『으음, 뭐가 어찌 되었든 그 쌍둥이를 데려가지 않는다면 나도 안 간다.』

고집스럽게 쌍둥이를 데려가겠다며 말을 듣지 않는 페르.

"안 간다니, 받겠다고 한 건 너⋯⋯."

『흥, 안 갈 테다.』

정말이지.

길드 마스터에게는 이 의뢰는 오늘 중으로 끝내겠다고 말해놨으니, 안 갈 수 없는데⋯⋯.

"어쩔 수 없네. 지금 데려올 테니까 기다려."

할 수 없었던지라, 이 시간이라면 집에 있을 터인 쌍둥이를 부르러 갔다.

"어이, 안에 있어?"

문을 노크하며 불렀다.

"아, 무코다 씨. 이런 아침 일찍부터 무슨 일이야?"

문을 열어준 것은 타바사였다.

타바사가 안으로 들어오라고 했지만 시간이 많지 않아 거절했다.

"실은 말이지⋯⋯."

모험가 길드에서 오크 집락 섬멸 의뢰를 받아서 지금부터 출발하려던 차에 페르가 쌍둥이를 데려가겠다는 말을 꺼냈다고 설명했다.

"어째서 내 동생들인 건지는 모르겠지만, 페르 님께도 생각이 있으시겠지. 게다가 우리 주인은 무코다 씨야. 이유가 있든 없든 무코다 씨가 하는 말을 거부할 수는 없어."

"경비 일도 있는데, 미안해."

"아니. 무코다 씨 덕분에 지금은 못된 짓을 하려 드는 녀석은 없으니까. 전에는 그 상회 수하로 보이는 놈들이 이 집 주변을 어슬렁거렸었거든. 지금은 그것도 싹 없어졌어."

타바사를 비롯한 경비 담당들에게는 란그릿지 백작이라는 뒷배가 생긴 덕분에 예의 녀석들에 관한 문제는 사라졌다고 알려두었다.

물론 안채에 이것저것 보관하고 있다는 것은 변함이 없는지라, 경비 일은 여전히 담당하게 하고 있다.

"두 사람을 불러올 테니까 잠깐 기다려줘."

타바사가 "루크, 어빙. 잠깐 와봐!"라며 큰 소리로 불렀다.

"뭐야, 누님~."

루크와 어빙만이 아니라 페이터와 바르텔도 무슨 일이냐며 다 모였다.

"너희 두 사람은 오늘 무코다 씨를 따라가."

타바사가 그렇게 말하자 두 사람은 "뭐? 어째서?" "우리 둘만?" 하고 불만스러워했다.

"아니 그게, 어째선지 페르가 너희 두 사람을 데려가고 싶대. 오크 집락 섬멸 의뢰를 받는데, 같이 가줄래?"

내가 그렇게 말하자 루크도 어빙도 "갈래 갈래!" 하고 흔쾌히 승낙했다.

"여기에서의 생활은 편하고 좋긴 한데, 아무래도 몸이 둔해지거든."

"맞아. 이걸로 오랜만에 날뛸 수 있겠어!"

두 사람이 의욕 넘치는 건 좋지만, 정말로 괜찮을까?

아무래도 페르가 뭔가 꾸미고 있는 것 같은데…….

오랜만에 마물을 상대로 싸울 수 있겠다며 기뻐하는 루크와 어빙을 페이터가 부러운 듯 바라보고 있었다.

그런 페이터에게 바르텔이 몰래 속삭이는 소리가 들려왔다.

"어이, 여기 있는 쪽이 정답일 거다. 생각해봐라. S랭크인 무코다 씨 일행이 오크 집락 섬멸 의뢰 정도에 도와줄 사람을 데려갈 거란 생각이 드냐? 분명 뭔가 있을 게야."

바르텔, 역시 92세.

그냥 나이만 먹은 게 아니네.

페르가 뭔가 꾸미고 있다는 건 틀림없어 보이는데, 물어봐도 가르쳐주질 않는다.

일단 두 사람을 데리고서 동쪽 숲에 있는 오크 집락으로 향할 수밖에 없었다.

"그럼, 두 사람을 빌려 갈게."

"네. 두 사람 다 무코다 씨와 사역마분들께 폐를 끼치면 안 된다!"

"우리도 C랭크 모험가였다고. 그런 짓을 할 리가 없잖아~."

"그렇다고. 누님은 우리를 뭐라고 생각하는 거야?"

"흥, 부족한 동생들이라 하는 말이다. 무코다 씨, 잘 부탁드립니다. 말을 안 듣거나 하면, 아주 혼쭐을 내주셔도 됩니다."

"아, 아니, 두 사람 다 C랭크 모험가였으니까 괜찮겠지."

루크와 어빙 두 사람을 데리고서 페르에게로.

『그래, 데려왔군. 그럼 출발한다.』

우리 일행은 도시를 나서기 위서 먼저 동쪽 문으로 향했다.

◇ ◇ ◇ ◇ ◇

"스이, 여기서부터는 두 사람을 태우고 가줄 수 있을까?"

『네에.』

스이가 쌍둥이를 태울 수 있을 만큼 커졌다.

쌍둥이는 "우오옷" "커졌어"라며 호들갑을 떨었다.

"얼른 타."

""여, 여기에?""

슬라임에 타라는 말에는 제아무리 이 두 사람이라고 해도 망설여지는 모양이었다.

"괜찮아. 스이는 승차감이 좋다는 평판이니까."

내가 그렇게 말하자 머뭇머뭇 두 사람이 스이 위로 올라갔다.

"오오, 부드러워."

"말캉말캉해."

"좋아, 두 사람 다 제대로 탔지? 그럼 간다."

물론 나는 페르 등에 올라탔다.

페르와 스이가 나란히 달리기 시작했다.

"우와앗, 빨라!"

"야호! 가라, 슬라임호!"

출발했다 했더니, 바보 쌍둥이가 소란을 피웠다.

스이에 올라탄 멍청이 둘이 몸을 내밀고 시끌벅적.

이쪽은 떨어지는 게 아닌가 싶어 조마조마했다고.

페르는 페르대로 『떨어지면 떨어지는 대로 그냥 거기 버려두고 가면 된다』느니 하는 말을 꺼냈고.

그래도 어찌어찌 길드 마스터에게 들은 동쪽 숲의 오크 집락 근처까지 한 시간이 안 되어 도착했다.

"여기서부터는 걸어가야 해."

『그래. 들키지 않도록 조심해라. 너희들도 마찬가지다.』

페르가 바보 쌍둥이를 노려보며 그렇게 말하자……

"에이, 정말. 안다니까요."

"맞아 맞아. 우리도 원래는 모험가였으니까."

전 C랭크 모험가였으니까 그런 부분은 잘 알고 있나 보다.

우리는 오크 집락을 향해서 숲속을 나아갔다.

"저긴가 본데……."

숲속의 탁 트인 공간에 오크 집락이 있었다.

어쩌면 집락을 만들기 위해 오크가 개척한 것인지도 모른다.

엉성하지만 오두막 같은 것도 몇 채 세워져 있었다.

우리는 나무들 뒤에 숨어서 그 오크 집락을 살펴보았다.

『음. 수는 150 정도인가. 기척을 보면 오크 킹은 없다.』

페르의 말에 따르면 오크 킹은 없는 모양이다.

그래도 150이나 있는 건가.

『오크는 숫자만큼은 많으니까.』

드라 짱이 오크 집락을 보며 염화로 그렇게 중얼거렸다.

『엄청 많아~. 풋풋 해서 해치워도 돼~?』

오크 집락을 본 스이는 의욕이 넘쳤다.

『스이, 잠깐 기다려라. 이번에는 우리가 가는 게 아니다.』

『뭐어~?』

『이번에 우리는 구경이다. 우리는 사냥을 가서 수준에 맞는 마물을 사냥하기로 하자.』

『오크 같은 피라미는 상대하고 싶지 않으니까 상관없지만 말이야, 그럼 저 집락은 누가 부수는데?』

『음하하하하하, 그건 말이지…….』

페르가 바보 쌍둥이를 바라봤다.

거기에 이끌려 드라 짱과 스이도 바보 쌍둥이를 보았다.

"응? 뭡니까?"

"어째선지 사역마분들이 우리를 보고 있는데?"

『오크 집락은 너희가 정리하고 와라.』

그 말을 들은 쌍둥이는 우선 멍하니 있었다.

그리고 한참 후에…….

""네에?""

"아니 아니 아니, 너희가라니, 우리 둘만으로는 무리라고요."

"맞습니다. 저 오크 수를 보시라고요. 정말이지 못된 농담은 그만두세요~."

아니, 아마도 그거 농담이 아니라고 보는데.

페르의 꿍꿍이는 이런 거였나.

하지만 어째서 이 두 사람이지?

『농담이 아니다. 가라.』

"아니 아니 아니, 그러니까 무리라고요. 우리한테 죽으라는 겁니까?"

"맞습니다. 우리 둘이서 쳐들어가라니, 죽으라는 거나 마찬가지입니다."

페르의 그 말에는 아무리 바보 쌍둥이라 해도 울컥하는 모양이다.

그러나…….

『걱정하지 마라. 특별히 내 마법을 걸어뒀다. 죽는 일은 없을 거다. 그래도 안 가겠다고 한다면…….』

페르가 이빨을 드러내며 당장에라도 쌍둥이를 물어뜯을 듯이 입을 크게 벌렸다.

『나한테 물려 죽고 싶은 건가? 응? 나한테 물려 죽을지 오크 집락을 처리하러 갈지, 둘 중 하나다.』

페르가 쌍둥이에게 선택을 강요했다.

평소와 다른 페르의 박력에 바보 쌍둥이도 겁을 먹은 모양이었다.

『너희는 어느 쪽을 고를 테냐?』

"……아, 알았습니다! 갑니다!"

"가, 가면 되잖습니까!"

바보 쌍둥이가 자신의 검을 꺼내 들었다.

그리고 한 호흡을 둔 다음 허리를 낮추며 조용히 오크 집락으로 접근해 갔다.

충분히 접근했을 때…….

"젠장, 해보자고!"

"으아악!"

두 사람이 뛰쳐나가 오크 집락으로 돌입했다.

""""""부히이이이이익!""""""

오크가 소리를 지르며 두 사람에게 모여들었다.

"에잇!"

"으핫!"

모여든 오크를 두 사람이 휙휙 베어 쓰러뜨려 나갔다.

그러나 수가 너무 많은 탓에 오크가 휘두른 주먹과 곤봉이 점점 두 사람에게 맞기 시작했다.

"쳇, 수가, 너무 많다고, 으랏차! 으랏차!"

루크가 오크의 곤봉 공격에 스치며 계속해서 오크를 베어 넘겼다.

"젠장, 젠장, 죽어!"

어빙도 오크의 주먹을 받으면서도 필사적으로 검을 휘둘러 오크를 베어버렸다.

""""""그기이이이이잇!""""""

필사적으로 싸우고 있는 루크와 어빙 곁으로 두 번째 오크의 물

결이…….

"어, 어이, 저 두 사람 괜찮은 거야?"

두 사람이 싸우는 모습을 지켜보고 있는데, 아무래도 열세로만 보였다.

『죽지 않을 정도로 결계를 펴두었으니 괜찮을 거다.』

너, 죽지 않을 정도라니…….

"아앗!"

루크가 오크의 주먹에 제대로 맞았다.

그 모습을 본 어빙이 "이 자식!" 하고 루크에게 주먹을 날린 오크를 베었다.

그 틈에…….

"위험해!"

또 다른 오크의 곤봉이 어빙의 등을 향해 덮쳐들었다.

페르 말대로 결계 덕분인지 즉사나 혼절하는 일은 벌어지지 않았지만, 충격은 있는지 루크와 어빙의 얼굴이 고통으로 일그러졌다.

"위, 위험하잖아! 도와줘야 해!"

『괜찮다고 했다. 이건 녀석들에게 내리는 벌이다. 이걸로 녀석들도 깨달을 테지.』

"뭐? 깨닫다니? 뭘?"

『내 음식을 빼앗으면 이리된다는 걸.』

"…………뭐어어어어?!"

『녀석들은 내 스테이크 덮밥을 빼앗아 갔다.』

너, 너 진짜⋯⋯⋯⋯.

분명 그런 일도 있었던 것 같지만, 그게 그렇게까지 앙심을 품을 일이야?

"아니 아니 아니 아니, 언제 적 일을 얘기하는 거야? 며칠이나 지난 일이잖아? 너 지나치게 끈질기다고."

『흥. 내 음식을 빼앗다니, 정말은 백번 죽어 마땅한 행위다. 그걸 이 정도로 끝내주는 것이다. 감사를 받아야 할 정도다.』

정말이지, 음식에 관한 원한은 바다보다 깊다는 걸 실제로 보여주고 있잖아.

그보다, 아아~ 쌍둥이가 너덜너덜해졌어.

"정말이지, 뭐든 상관없으니까 저 녀석들을 구해주라고."

『음, 죽게 하지는 않을 테니 괜찮다. 게다가, 그렇게 걱정된다면 네가 가면 될 터. 그래, 그게 좋겠다. 네 훈련도 될 테고.』

"뭐?! 어째서 내가?"

『네 훈련을 위해서다. 게다가, 너한테는 신들께 받은 완전 방어라는 스킬이 있지 않으냐. 아무런 문제도 없을 거다.』

"아니 아니 아니, 문제없지 않거든."

문제가 아주 많다고.

저기에 끼어들어야 하는 내 처지도 생각해달라고.

절대 방어로 몸은 안전할 테지만, 정신적으로 힘들 것이 분명하다.

『됐으니까 가라.』

투욱――.

"잠깐!"

페르 이 자식, 앞다리로 나를 떠밀다니.

"크흭!"

헉, 들켰다.

내 존재를 깨달은 오크 한 마리가 맹렬하게 이쪽을 향해 달려왔다.

그 뒤를 몇 마리의 오크가 따랐다.

"망할! 페르, 기억해두라고!"

나는 아이템 박스에서 미스릴 창을 꺼냈다.

젠장, 어째서 내가 이런 꼴을.

후우, 후우, 후우, 진정하자.

오크는 던전에서 몇 번이나 상대했던 적이 있다.

괜찮아, 괜찮아, 후우~.

좋아.

""""""우키이이이익!"""""

"에잇!"

정면으로 달려드는 오크의 심장을 단숨에 찔렀다.

퍼억——.

오른쪽의 다른 오크에게 맞았다.

완전 방어로 보호받고 있어서 아프지는 않지만…….

"맞으면 열받는다고! 하압!"

나를 때린 오크의 심장도 단번에 꿰뚫었다.

그 후에도 찔끔찔끔 오크의 심장을 찔러 죽였다.

"후우……."

한숨을 돌렸지만, 쉴 틈도 없이 다음 오크 집단이 달려들어 왔다.

""""""크기이이이익!""""""

"쳇, 이 녀석들 수만큼은 많다니까. 웃차, 스톤 배럿, 스톤 배 럿, 스톤 배럿!"

슝, 슝, 슝 하고 돌멩이가 산탄처럼 날아갔다.

""""""그히익?!""""""

레벨이 올라가면서 마법 자체의 위력도 높아졌는지, 돌멩이는 총탄처럼 오크를 관통했다.

그리고 한 마리를 남기고 전부가 바닥에 쓰러졌다.

놓친 그 한 마리도…….

"으랏차!"

창으로 가슴을 찔렀다.

"후우…… 이런 데서 발목이 잡혀 있을 때가 아냐. 서둘러 쌍둥 이를 구하러 가야 한다고!"

나는 오크에 포위당한 쌍둥이 곁으로 서둘러 갔다.

"어이, 두 사람 다 버텨! 수는 많이 줄었어! 이제 얼마 안 남 았어!"

두 사람의 분투도 있어 처음에 봤을 때보다도 오크 수는 절반 가까이 줄어 있었다.

""무코다 씨!""

"조금만 더 힘내!"

""오오!""

나를 보고 조금 기운이 난 쌍둥이가 남은 힘을 짜내어 오크 놈들을 베어 넘겼다.

"망할, 죽을까 보냐!"

"그래! 살아서 돌아가자!"

두 사람 모두 상처투성이다.

페르는 죽지 않을 정도로 결계를 펼쳐주었다고 했지만, 결국에는 치명상을 입지 않을 뿐인 모양이었다.

그래도 두 사람은 필사적으로 검을 휘둘렀다.

거기에 나도 가세하여 오크 수를 줄여나갔다.

················

···········.

······.

"하앗! 하앗! 하앗!"

"그, 그히이······."

"끄, 끝났다···········."

끈질기게 마지막까지 남아 있던 오크 제너럴을 드디어 쓰러뜨렸다.

싸운 지 얼마나 되었는지 짐작도 가지 않았다.

두 사람은 이미 널브러져 있었다.

치명상은 없지만, 만신창이에 숨도 간당간당했다.

나도 더는 움직일 기력이 없었다.

『이제야 끝난 것이냐.』

페르와 드라 짱과 스이가 우리 곁으로 다가왔다.

"이제야 끝난 것이냐, 가 아니잖아. 좀 도와주지."

『너무 오래 걸려서 나랑 스이는 도중에 도와주려고 했다고. 그렇지? 스이.』

『응. 하지만 있지, 페르 아저씨가 안 된다고 했어.』

『흥, 당연하다. 우리가 거들면 벌이 되지 않는다.』

우으으, 페르 녀석~.

드라 짱과 스이가 도와줬다면 좀 더 일찍 끝났을 것을.

하지만 이제 와서 말해본들 달라질 건 없다.

"자, 여기. 지쳐서 더는 움직일 기력도 없으니까, 오크 회수 부탁해."

오크 회수만이라도 거들라며 매직 백을 페르에게 건넸다.

『할 수 없군. 드라와 스이도 도와라.』

『어쩔 수 없다니까.』

『이 돼지들을 모으면 되는 거지?』

사역마들이 숨이 끊긴 오크들을 회수했다.

"거기, 두 사람 다 괜찮아?"

"어, 어찌어찌, 살아 있어……."

"나, 나도……."

"이걸 마셔."

나는 아이템 박스에서 꺼낸 스이 특제 상급 포션을 두 사람에게 건넸다.

"포션이야……? 살았다……."

163

"무코다 씨, 고마워……."

두 사람은 포션을 천천히 전부 마셨다.

잠시 후 상처가 나은 두 사람이 몸을 일으켰다.

"후우~ 어떻게든 끝났네."

"그러게. 겨우 살아남았어."

"무코다 씨가 도와준 덕분이야."

"맞아. 거기서 무코다 씨가 와주지 않았다면 위험했을 거야."

""무코다 씨, 고마워.""

드물게도 바보 쌍둥이가 얌전하다.

뭐, 그 위기 상황을 생각하면 이런 태도가 될 만도 한가.

"그렇게 말해주니 도와준 보람이 있네."

"그나저나, 페르 님 너무하잖아."

"맞아, 우리 둘이서만 가라니."

"아아~ 그게 있지. 페르 말에 따르면 벌이라던데."

""벌?""

벌이라는 말을 듣고 의아해하는 쌍둥이에게 며칠인가 전에 페르의 스테이크 덮밥에 손을 대지 않았느냐고 이야기했다.

"뭐? 하지만 그때 우리 사과했는데?"

"그래. 게다가 바로 무코다 씨가 다른 걸 만들어줬잖아?"

"그렇긴 한데. 페르로서는 본인 음식을 빼앗았다는 게 도저히 용서가 안 되나 봐. 페르가 말하길 『내 음식을 빼앗다니, 사실은 백번 죽어 마땅한 행위』라더라고."

그 말을 들은 쌍둥이는 망연자실했다.

"우, 우리는, 음식 때문에 그런 꼴을 당한 거야……?"

"먹을 것 때문에……."

"마음은 이해하지만, 음식에 관한 원한은 무섭다고 하니까. 이제 두 번 다시 페르 음식을 빼앗는 그런 짓은 하지 마."

내가 그렇게 말하자 두 사람은 몇 번이나 고개를 끄덕였다.

페르가 말했던 깨달음은 아니지만, 제아무리 바보 쌍둥이라고 해도 앞으로는 페르 것에 손을 대는 짓은 하지 않으리라.

그나저나, 피곤하다.

생각해보니, 나는 옆에 있다가 괜히 불똥을 맞은 거잖아.

〈교훈〉

페르 음식을 빼앗은 자는 백번 죽어 마땅하다.

그러니 페르 음식에 손을 대서는 안 된다.

◇ ◇ ◇ ◇ ◇

사역마들이 회수한 오크는 오크 제너럴×4에 오크 리더×12, 오크×136이었다.

그걸 쌍둥이와 나 셋이서 쓰러뜨렸으니 제법이라고 할까, 아주 열심히 했구나.

하지만 오크 몸통에는 베인 상처가 많아서, 페르한테『고기가 못쓰게 되지 않았느냐』라는 불만을 들어야 했다.

그런 거 알 바냐.

그 상황에 일일이 고기를 신경 쓸 수 있을 리 없잖아.

쌍둥이도 나도 정신없이 무기를 휘두르는 것만으로도 벅찼다고.

오크 회수도 끝나 돌아가려던 때, 쌍둥이와 나의 참상이 보였다.

세 사람 모두 오크 피를 뒤집어써서 피범벅이었다.

이대로 마을에 들어가기는 좀…….

아니, 이 상태라면 반드시 문 앞에서 제지당할 터다.

차라리 여기서 목욕이라도 할까 생각했는데, 아이템 박스에 갈아입을 옷이 있는 나는 상관없지만 쌍둥이는 갖고 있는 게 없었다.

내 옷을 빌려주려고 해도, 두 사람은 근육이 울퉁불퉁해서 사이즈가 맞지 않아 입을 수 있을 것 같지 않고…….

아, 그렇지!

"스이, 분열체를 만들어서 우리가 뒤집어쓴 이 피를 깨끗하게 해줄 수 있을까?"

『할 수 있어~. 잠깐 기다려.』

스이가 부들부들 떨기 시작했다.

그리고 스이에게서 분열체가 만들어졌다.

한 사람당 세 마리의 분열체가 달라붙었다.

쌍둥이는 슬라임이 달라붙자 놀랐지만 "스이의 능력이니까 괜찮아"라고 말해 진정시켰다.

분열체가 피를 빨아들여 깨끗하게 해주는 것을 눈앞에서 보고 납득한 모양이었다.

"이대로라면 마을에 들여보내 주지 않았을지도 모르니까."

"무코다 씨 말대로 이렇게까지 피투성이여서는⋯⋯."

"그러게. 적어도 무슨 일이 있었는지 자세하게 질문을 받게 됐을 거야."

스이의 분열체 덕분에 피범벅이었던 몸도 어느 정도 깨끗해졌고⋯⋯.

"돌아갈까?"

이미 시간도 상당히 지나서 사역마들이 사냥을 할 시간은 없었다.

사냥은 나중에 다시 오는 것으로 페르와 드라 짱과 스이를 납득시켰다.

올 때와 마찬가지로 나는 페르 등에, 쌍둥이는 스이에 나눠 타고 귀갓길에 올랐다.

그 쌍둥이가 돌아가는 길에는 말 한마디도 하지 않았다.

상당히 지친 모양이다.

쌍둥이를 생각해서 일단 집에 들러 두 사람을 내려놓은 다음 모험가 길드로 향했다.

모험가 길드에 들어가자 직원분이 바로 길드 마스터를 부르러 가주었다.

"오오, 돌아왔나."

"네, 겨우요."

"뭔가 무척이나 지쳐 보이는데?"

"그 부분은, 묻지 말아주십시오⋯⋯."

보통이라면 트라우마가 될 엄청난 꼴을 당한지라.

"뭐가 뭔지 잘 모르겠지만, 오크 집락 섬멸은 무사히 마무리된 건가?"

"그건 괜찮습니다. 오크 수가 꽤 많습니다만 매입 부탁드려도 될까요?"

"그래, 요한. 매입이다."

"오오, 형씨로군. 이번엔 뭔가?"

"오크일세. 오크 집락 섬멸 의뢰를 했었거든."

"아~ 동쪽 숲에 생겼다던 그거로군요. 그럼, 형씨. 꺼내주겠어?"

아이템 박스에서 오크를 차례차례 꺼냈다.

"응? 평소와 다르게 상처가 많은데?"

요한 아저씨, 그 부분은 지적하면 안 되는 부분이에요.

오크는 네이호프에서 확보했던 양이 아직 남아 있으니 오크 제너럴과 오크 리더 고기만 돌려받고, 그 외는 전부 팔기로 했다.

길드 마스터는 수요가 있는 오크 고기를 대량으로 매입할 수 있게 되어 기쁜 표정이었다.

"그럼, 모레까지는 준비해둘 테니까."

"네. 그럼 모레 다시 오겠습니다."

내가 지치기도 해서 우리는 곧바로 모험가 길드를 나섰다.

그리고 집에 도착하자──.

『어이, 배가 고프다.』

『나도야.』

『스이도 배고파.』

오크 섬멸에 시간이 걸리기도 해서, 오늘은 결국 점심을 건너뛰었으니까.

이렇게 말하는 나도 몹시 배가 고프다.

하지만 피곤해서 밥 짓기 귀찮다.

이럴 때는⋯⋯.

미리 만들어둔 밥이 있어서 다행이야~.

뭐로 할까~ 그래, 이걸로 정했다.

구운 닭고기 덮밥으로 하자.

지어둔 밥을 그릇에 담고, 채 썬 양배추를 얹고, 그 위에 달콤 짭짤한 양념을 듬뿍 바른 록 버드 구이를 얹으면 완성이다.

"자, 다 됐어."

페르와 드라 짱과 스이에게 내주었다.

『우오, 맛있겠는데~.』

『와아.』

드라 짱과 스이는 곧바로 달려들었다.

페르로 말하자면⋯⋯.

『어이.』

"왜?"

『어째서 내 것만 채소가 많은 것이냐?』

"⋯⋯아니, 평범한데?"

『아니, 많다.』

"뭐? 싫으면 안 먹어도 돼."

『크으으으음.』

으하하하.

페르 몫에만 채 썬 양배추를 드라 짱과 스이의 두 배 정도 담았다.

훈련이라는 명목으로 나까지 오크 집락에 던져넣었으니까, 이 정도의 앙갚음은 해도 괜찮잖아?

그럼 나도 구운 닭고기 덮밥을 먹어볼까.

응응, 달고 짭짤하게 양념이 된 고기가 참을 수 없는걸.

채 썬 양배추로 입안이 개운해져서 쑥쑥 들어간다.

그러는 사이에 페르도 포기했는지 떨떠름한 느낌으로 구운 닭고기 덮밥을 먹기 시작했다.

페르 씨, 이걸로 끝이 아니라고.

채 썬 양배추는 아직 많이 있거든.

다음 그릇에도 양배추 두 배로 담을 거야.

평소에 채소를 안 먹기도 하니까, 마침 잘됐으니 듬뿍 먹어보자고.

크크큭.

밥도 먹고 목욕도 하고 이제 슬슬 자볼까 하고 침실로 향하려던 때……

『드디어, 드디어, 근신이 풀렸느니라~. 단겔, 이 몸에게 이세계 단 음식으으을. 으아아아아앙.』

『스킨과 크림, 스킨과 크림을 지금 당장, 지금 당장 줘! 제발 부탁이야아아앗!』

『부탁해, 부탁이니까 나한테 맥주를!』

『…………케이크랑 아이스크림.』

『위, 위스키를, 다오……. 위스키를………….』

『술술술. 위스키, 위스키, 위스키, 나한테 위스키를 줘어어어.』

갑자기 머릿속에서 울리는 신들의 간절한 말들.

…………뭔가, 카오스인걸.

"지, 진정해주세요. 이야기를 들을 테니까요."

그렇게 말하자 신들에게서 사죄의 폭풍이.

『으아아아앙, 잘못했어요오오오오. 앞으로는 곤란하게 하지 않을 테니까, 이 몸의 즐거움을 빼앗지 말아줘어~.』

『미안해. 정말로 미안해. 이제 제멋대로 굴지 않을게. 그러니까 미용 제품을 주세요. 이세계 미용 제품이 없는 생활 같은 건 이제 생각할 수도 없어. 부탁해. 제바아아아알.』

『미안! 일주일에 한 번은 아무래도 귀찮았지? 진심으로 반성하고 있어. 그러니까 맥주를, 나한테 맥주를 주세요!』

『일주일마다 부탁하는 건, 조금 자주였는지도 몰라. 반성해. 그러니까 또 케이크랑 아이스크림 주세요.』

『우리도, 이것저것 주문을 해대며 시끄럽게 군 건 잘못했다고 생각하네. 이세계 술은 지나치게 맛있거든. 특히 위스키는 각별해서 말일세. 우리도 푹 빠지고 말았다네. 전쟁의 신, 그렇지 않나? 아무튼 자네한테는 폐를 끼쳤어.』

『대장장이 신이 말한 대로야. 위스키에 너무 푹 빠져서, 여러 가지로 주문을 덧붙인 건 정말 나빴다고 생각해. 미안했다.』

『제발 부탁이니, 위스키를 우리에게!』

신 여러분들, 근신이 어지간히 힘들었던 모양이다.

지나치게 필사적이어서 조금 질리는데.

닌릴 님 같은 경우엔, 목소리가…… 울고 있잖아.

아니, 오열하고 있는 것 같은데?

겨우 진정시키고 신들에게서 이야기를 들어보니…….

신들은 데미우르고스 님에게 근신 이외에도 엄한 말을 들은 모양이었다.

『창조신님께서 말씀하셨다네. 너무 억지를 부린다면 자네와의 접촉을 일절 허락하지 않겠다고. 자네는 친절해서 우리가 제멋대로 구는 것도 웃으며 들어줄지도 모르지만, 내가 용서하지 않을 거라고 말씀하셨지.』

단것에 목숨을 건 닌릴 님(유감 여신)까지 얌전하게 만들다니, 데미우르고스 님은 상당히 호되게 신들을 꾸짖어준 모양이다.

『맞아. 그렇게 되면, 이세계의 멋진 물건들을 두 번 다시 구할 수 없게 되겠지. 그렇게 되면…… 싫어엇! 생각하고 싶지도 않아!』

남들보다 더 미용에 신경을 쓰는 키샤르 님은 이세계 미용 제품에 푹 빠져 있으니까.

게다가 이런 건 한번 좋은 걸 쓰고 나면 그것보다 효과가 떨어지는 건 쓸 마음이 안 든다고 그랬지.

미용 제품에 목숨을 걸었던 누나가 그렇게 말했던 걸 떠올렸다.

『창조신님, 이번에는 꽤 진심이었어. 그래서 우리끼리 이야기를 나누고, 너한테는 제대로 사과하고 부탁하기로 정했어. 나도 요즘 가장 큰 즐거움인 맥주를 마시지 못하게 되는 건 절대로 싫으니까.』

『……나도 케이크랑 아이스크림을 먹을 수 없게 되는 건 슬퍼. 더 먹고 싶어.』

아그니 님은 맥주를 몹시 마음에 들어 하고, 루카 님도 아이스크림을 아주 좋아하는 모양이니까.

『나도 마찬가지라네. 위스키를 마시지 못하게 되는 건 상상도 하고 싶지 않아. 나에게 있어 위스키는 그야말로 생명수나 마찬가지일세.』

『나도 그래. 위스키를 맛볼 수 없게 되다니, 생각하는 것만으로도 오싹한다니까. 나한테 있어 위스키는 그야말로 지고의 술이야. 위스키를 맛보고 나면 이 세계의 술 같은 걸로는 만족할 수 없어.』

위스키 지상주의인 헤파이스토스 님과 바하근 님, 이 애주가 콤비도 이번에는 아무래도 생각하는 바가 있었나 보다.

"아, 여러분. 가호도 받았으니, 절도를 지켜주신다면 저도 공물 바치는 걸 거부하지는 않을 테니까 괜찮습니다."

내가 그렇게 말하자 신들 사이에서 환성이 일었다.

닌릴 님은 심지어 울면서 『고마워어어어』라고 말했다.

"하지만 말이죠, 아무래도 일주일에 한 번은 버겁다고 생각합니다. 가능하다면 한 달에 한 번 정도로 해주셨으면…….”

『물론 그걸로 문제없어. 다들 그렇지?』

키샤르 님이 그렇게 말하자 다른 신들도 동의했다.

그 후 잠시 이야기를 나누고, 일단 한 달에 한 번 금화 네 닢분으로 정했다.

일주일에 한 번일 때는 금화 한 닢이었으니까, 한 달로 환산해서 금화 네 닢이면 나로서도 문제없다.

그리고 이것만큼은 반드시라는 물건이 있으면 가르쳐주고, 나머지는 내게 맡기기로 했다.

역시 일일이 바라는 걸 전부 들어주다 보면 시간이 걸리니까.

그렇다고는 해도, 대부분 원하는 건 지금까지와 같았다.

닌릴 님은 당연히 단것으로 그중에서도 도라야키를 많이 원했고.

키샤르 님은 미용 제품으로, 샴푸&트리트먼트, 보디샴푸, 스킨과 크림은 지금까지와 같은 시리즈로 비축분을 포함해서 각각 두 세트씩 희망.

아그니 님은 물론 맥주를 바랐고, 종류는 맡긴다고 했다.

루카 님은 처음부터 말했던 대로 케이크와 아이스크림이다.

헤파이스토스 님과 바하근 님, 애주가 콤비는 오로지 위스키로, 위스키이기만 하면 나머지는 다 맡기겠다고 했다.

한 달에 한 번이 된 덕분에, 이제 희망하는 물건을 한가한 날 준비해두면 되니 편하기는 했다.

아이템 박스에 넣어두면 닌릴 님과 루카 님에게 드릴 과자류도 상하거나 하지 않을 테니까.

이걸로 기준은 잡았지만, 금액도 금화 네 닢이기도 해서 이번 분을 바로는 준비할 수 없었다.

그래서, 내일은 원래 느긋하게 지낼 예정이었으니 이번 분은 내일 밤에 건네는 것으로 양해를 구했다.

그렇다고는 해도 쭉 참아왔던 만큼, 그 말을 들은 신들의 의기 소침한 기색이 손에 잡힐 듯 선명하게 느껴졌다.

그게, 목소리가 노골적으로 풀이 죽은 느낌인걸.

어쩐지 불쌍해졌어.

지난번에 데미우르고스 님에게 몰수당한 것은 아무래도 데미 우르고스 님과 그 종자분들이 나눠 가져버린 모양이고…….

너무 무른 걸지도 모르지만, 데미우르고스 님에게 몰수당한 특별 보너스분의 물건을 주기로 했다.

인터넷 슈퍼의 구매 이력으로 바로 다시 살 수 있으니까.

"저기, 여러분. 이번뿐입니다만, 몰수당해버린 특별 보너스분의 물건입니다. 받으세요."

그렇게 말하며 평소처럼 종이 상자 제단에 물건들을 올려놓았더니……

『너는 좋은 녀석이니라. 으아아아앙.』

『당신 정말 좋은 사람이네. 고마워.』

『좋은 녀석이야. 감사히 받을게.』

『……고마워.』

『정말로 고맙네. 자네, 뭔가 곤란한 일이 생기면 바로 상의하게

나. 내가 할 수 있는 일이라면 협력할 테니.』

『그래. 나도야. 뭔가 힘든 일이 생기면 뭐든 말해. 특히 무에 관해서라면, 내 앞에 나설 자가 없어. 무슨 일이 있으면 힘으로 해결해줄게.』

그런 느낌으로 모두 매우 감격하셨다.

약간 위험한 말을 뱉은 한 분이 계시지만.

"그럼 내일 밤에 다시 부르겠습니다."

내가 그렇게 말하자 신들과의 통신이 뚝 끊겼다.

"후우, 일단은 이걸로 됐겠지? 그나저나 데미우르고스 님이 상당히 따끔하게 일침을 놓으셨나 보네. 뭐, 한 달에 한 번이 된 건 잘됐지만."

좋아, 그럼 그만 잘까.

모두가 잠든 메인 침실로 들어가 침대에 누운 순간 문득 떠올랐다.

"오늘은 그렇게나 싸웠으니까, 일단 스테이터스는 확인해둘까?"

침대에 누운 채로 작은 목소리로 스테이터스라고 말했다.

【이름】 무코다(츠요시 무코다)
【나이】 27
【종족】 일단 인간
【직업】 휩쓸린 이세계인, 모험가, 요리사
【레벨】 77

【체력】464

【마력】457

【공격력】446

【방어력】438

【민첩성】364

【스킬】감정, 아이템 박스, 불 마법, 흙 마법, 완전 방어, 획득 경
  험치 두 배 증가,

  사역마(계약 마수) 펜리르, 휴즈 슬라임, 픽시 드래곤

【고유 스킬】인터넷 슈퍼, 《외부 브랜드》 후미야, 리큐어 샵 다
  나카

【가호】바람의 여신 닌릴의 가호(소), 불의 여신 아그니의 가호
  (소), 대지의 여신 키샤르의 가호(소), 창조신 데미우르
  고스의 가호(소)

오~ 레벨이 상당히 올랐는걸.

던전에 들어가기도 하고 해서 이래저래 내 레벨도 오르기는 했
었으니까, 이제 점점 잘 안 올라가려나 했었는데.

오크라고 해도 상당한 수를 쓰러뜨려서인지 생각했던 것보다
레벨이 올랐네.

획득 경험치 두 배 증가도 있는 덕분일 테지만.

그나저나 레벨 77이라.

세 번째 외부 브랜드가 생기는 레벨인 80까지 얼마 안 남았
잖아.

의도한 건 아니지만.

흐음, 다음은 어떤 상점을 고를 수 있으려나…….

그건 흥미가 생기는데.

뭐, 그건 그때가 되어야 알 수 있겠지.

"흐아암~ 이제 그만 자자."

졸음에 진 나는 그대로 눈을 감았다.

아침밥을 먹은 다음 드라 짱과 스이는 정원을 뛰어다녔고, 페르는 거실의 푹신푹신한 융단 위에 벌렁 드러누워 있었다.

오늘은 외출하지 않겠다고 말하자 아쉬워하기는 했지만, 어제 일도 있어 다들 어쩔 수 없다는 분위기였다.

아무리 나라도 어제오늘 계속해서 사냥에 데려가는 건 좀 봐줬으면 싶다.

그런고로 오늘은 종일 집에 있을 셈이다.

그리고 느긋하게 커피라도 마시면서 어제 신들과 약속했던 공물 선정을 하려고 한다.

인스턴트가 아니라 드립 백 커피를 끓였다.

커피의 독특한 향이 방 안을 채웠다.

"으음, 향기 좋네……."

드립 백으로 끓인 커피를 즐기며 인터넷 슈퍼를 열었다.

"우선은 닌릴 님 몫부터. 그렇다면 당연히 후미야지."

도라야키를 많이 해달라고 했었지.

매일 한 개씩이라고 하면 30개인가.

잠깐, 닌릴 님이 하루에 한 개로 끝낼 리가 없잖아?

그렇다면…… 그래, 이거 괜찮네.

닌릴 님이 아주 좋아하는 도라야키를 금화 한 닢어치 샀다.

단팥 50개, 통팥 50개로 합계 100개.

"이 정도면 충분하겠지. 하핫. 다음은……."

치즈 케이크 행사를 하고 있길래, 부드러운 치즈 케이크, 레몬 레어 치즈 케이크, 카망베르 치즈 케이크, 치즈 몽블랑 등등 치즈 케이크를 종류별로 하나씩 구입했다.

다음은 조각 케이크 여러 개와 선물용 과자도 종류별로 구입.

양이 상당히 많아서 일단 정산을 해보니, 종이 상자가 세 개나 왔다.

"좋아, 닌릴 님 몫은 이 정도인가. 다음은 키샤르 님 거지."

우선 스킨과 크림이다.

최근 들어 쭉 헌상하고 있는 조금 비싼 물건이다.

이게 없으면 키샤르 님은 진심으로 화낼 것 같으니까.

두 세트로 예산의 절반 가까이가 되었다.

다음은 샴푸&트리트먼트와 보디샴푸를 물색해나갔다.

슈퍼라고는 해도 이런 일용품은 여러 종류가 있어서 관심이 옮겨간단 말이지.

좋아, 이걸로 하자.

푸석한 머리에 수분을 침투시켜 차분하게 정돈되는 윤기 흐르는 머리카락으로 만들어준다고 쓰여 있다.

리필도 있어서 딱 좋다.

보디샴푸는 신상품으로 해보았다.

보습 성분이 씻겨 나가지 않아서 촉촉하고 부드러운 피부로 마무리해준다고 한다.

이것도 리필이 있으니까, 그것도 구입.

일단 이걸로 키샤르 님이 원하는 것은 다 샀는데, 아직 예산이 남아 있으니까 스킨과 크림과 같은 시리즈인 클렌징폼과 마사지 크림과 마스크 팩, 그 외에도 헤어 팩과 입욕제 등을 구입해서 예산을 전부 썼다.

"다음은 아그니 님이니까, 맥주지."

아그니 님 몫은 맥주를 박스로 샀다.

우선은 아그니 님도 마음에 들어 하시는 S사의 프리미엄 맥주와 Y비스 맥주다.

그리고 기본이라고 할 수 있지만, 아그니 님의 취향에 맞는 맛이라고 했던 S사의 검정 라벨 맥주.

"다음은…… 아, 이것도 괜찮을 것 같은데."

조금 비싼 Y비스 맥주인데, 그중에서도 최고봉을 노리고 만들어졌다고 하는 맥주다.

나도 이건 아직 마셔본 적 없는데.

다음 기회에 마셔봐야지.

"이쪽도 한번 볼까."

리큐어 샵 다나카를 열어보았다.

"오, 지역 맥주 맛 비교 세트래. 이걸로 하자."

지금은 지역 맥주도 다양하게 나오고 있는 모양인데, 유명한 메이커보다 지역 맥주 쪽이 맛있다고 하는 사람도 있는 듯하니까 이걸로 골라보았다.

그 김에 세계 맥주 맛 비교 세트 같은 것도 있어서 그것도 함께 클릭.

나머지는 여섯 개들이 맥주를 여러 가지 구입했다.

"다음은 루카 님. 케이크랑 아이스크림이라고 했으니까, 루카 님도 후미야에서."

루카 님은 아이스크림을 마음에 들어 하시는 것 같으니, 바닐라와 초콜릿 아이스크림 케이크와 컵 아이스크림을 종류별로 듬뿍 구입.

나머지는 닌릴 님과 마찬가지로 치즈 케이크 행사의 케이크 전부와 조각 케이크를 종류별로, 그리고 선물용 과자도 종류별로.

후우…….

루카 님 것도 양이 상당하다.

닌릴 님도 그렇지만, 정말로 이렇게나 많은 양의 과자를 다 먹을 수 있는 건가?

뭐, 신인 데다가 냉장 보관도 시간 경과 없는 보관도 문제없다고 했으니까. 설령 다 먹지 못한다고 해도 보존해두면 되니까 딱히 상관없으려나.

"다음은 헤파이스토스 님과 바하근 님, 애주가 콤비 차례네."

두 사람이 좋아하는 세계 1위에도 올랐던 국산 위스키는 빼놓을 수 없지.

이번에는 일간 순위 1위부터 5위까지를 구입해보았다.

우선은 1위인 스카치위스키. 유명 소설가의 소설 속에도 등장하는 스카치위스키로, 마시기 편하다는 정평이란다.

2위는 스코틀랜드의 스카이섬에 있는 유일한 증류소에서 만들어내는 증류주로, 피트 향이 강해서 상당히 특징적이라고 한다.

하지만 후기에는 마시는 사이에 거기에 중독된다며 높은 평가를 받았다.

3위는 중후한 향기와 맛으로 버번에 정통한 사람들에게도 좋은 평가인 버번위스키다.

알코올 도수가 조금 높지만 온더록스로 마시면 맛있다며 후기에서 절찬을 받고 있었다.

4위는 일본 위스키의 아버지의 이름을 딴 위스키다.

후기를 보니, 일본 위스키의 아버지가 드라마가 되기도 해서 그 흐름으로 마셔봤더니 맛있어서 재구매한다는 모양이었다.

마지막 5위는 영국 국왕에게 헌상하는 술로 만들어진 캐나디안 위스키로, 왕관을 모티브로 한 병이 특징적인 위스키다.

맛이 좋은 것은 물론이고, 외형이 좋은 것과 평소보다 아주 조금 사치스러운 기분을 느낄 수 있어 인기인가 보다.

다음은 주간 순위와 월간 순위에서 적당한 가격인 것을 여럿 골라보았다.

애주가 콤비가 마실 거니까, 가능한 한 여러 병인 편이 좋을 거라고 생각했기 때문이다.

덕분에 위스키 양이 상당해졌다.

"일단은 이걸로…… 아니, 하는 김에 데미우르고스 님 몫도 주문해둘까."

그런 연유로, 데미우르고스 님 것도.

이번에도 세트로 할까 싶어 살펴보니…….

"호오, 이런 것도 있구나. 좋아, 이걸로 하자."

그건 바로 전에 데미우르고스 님에게 헌상했던, 창업 당시의 가게 이름을 딴 상표로 니가타현을 대표하는 술 세 병 세트였다.

순미 대음양, 음양주, 특별 본양조를 세트로 묶은 것으로, 같은 상표의 술을 비교해보며 마실 수 있게 되어 있다.

이런 것도 재미있을지 모르겠다고 생각해 이걸로 골라보았다.

그리고 함께 주문하는 것은 당연히 데미우르고스 님도 마음에 드셨다고 하는 프리미엄 통조림 안주다.

"이거면 되겠지. 그나저나⋯⋯."

각각의 신분들마다 주문품이 많기도 해서, 거실 여기저기에 종이 상자가 자리를 잡았다.

"이거, 내용물이 잘못 들었을 리는 없으니까 종이 상자는 열지 말고 그대로 건네는 편이 좋을지도 모르겠는걸. 신들도 그편이 두근두근하는 느낌이 들 테고."

그렇다면 어느 게 누구 것인지 알 수 있도록 해둬야 하니, 인터넷 슈퍼에서 유성 매직을 구입했다.

"이제 됐다."

이제 아이템 박스에 넣어두면 끝이다.

『어이, 배가 고프다.』

등 뒤에서 페르가 말을 걸어왔다.

"어라? 벌써 그런 시간이구나."

이것저것 주문하는 것만으로 오전 시간을 다 써버리고 만 모양이다.

물건을 고르다 보면 "오, 이런 것도 있구나" 하고, 그만 집중해서 보게 된단 말이지.

시간이 걸리겠다 싶어 신들에게 내일이라고 말해두었던 것이 정답이었어.

그럼, 페르의 배가 꼬르륵 소리를 내기 전에 식사를 하도록 할까요.

물론 아침과 마찬가지로 만들어둔 거지만.

◇ ◇ ◇ ◇ ◇

미리 만들어두었던 블루 불 고기로 만든 소고기 덮밥에 반숙 달걀을 얹어서 점심을 해결한 뒤엔 모두와 함께 느긋하게 보냈다.

페르는 다시 거실에 누웠고, 드라 짱과 스이는 페르에게 기대어 낮잠을 자고 있다.

나는 드립 백으로 끓인 커피를 마시며, 이번에는 내 물건을 인터넷 슈퍼에서 검색했다.

"여유 있게 열 켤레 정도 사둘까."

양말이 꽤 낡아서 새로 사서 채웠다.

그리고, 최근 매일같이 목욕을 하는 바람에 입욕제가 상당히 줄어든 것을 기억해냈다.

늘 쓰고 있는 유자향 탄산 가스 배합 입욕제를 카트에 넣었다.

"가끔은 다른 향도 사볼까."

최근엔 유자향만 썼으니까, 네 종류의 허브 향 입욕제도 사보았다.

오늘 밤 바로 써봐야지.

그런 생각을 하면서 인터넷 슈퍼에서 검색을 계속하고 있으려니…….

"무코다 씨, 시키셨던 옮겨 담기 작업이 끝났습니다."

"오, 빠르네."

나는 집안일을 맡기고 있는 여성진에게 어떤 일을 부탁했었다.

바로 인터넷 슈퍼에서 산 샴푸와【신약 모발 파워】를 옮겨 담는 작업이었다.

"무코다 씨께 받은 '스포이트'라는 게 있어서 어려움 없이 끝났습니다. 게다가 세리야의 손재주가 좋아서 그다지 시간도 걸리지 않았어요."

테레자가 그렇게 말하자 세리야가 부끄러운 듯이 고개를 숙였다.

세리야는 부끄럼쟁이라 그다지 말이 없는 아이지만 할 때는 하는구나.

게다가 세심한 일이 특기인지, 어리지만 청소 같은 것도 세세한 부분까지 꼼꼼하게 해준다.

테레자가 말하는 '스포이트'는 물론 인터넷 슈퍼에서 구입한 것이다.

스이 특제 일릭서를 한 방울씩 넣기 위해 스포이트가 있으면 편리하겠다고 생각했고, 혹시나 싶어 인터넷 슈퍼를 찾아보았더니 있었다.

바로 구입해서 옮겨 담는 작업을 부탁할 때 함께 전달해두었다.

"이거, 아직 많이 남아서요. 돌려드리겠습니다."

그렇게 말하며 테레자에게 건네받은 것은 스이 특제 일릭서가 담긴 병이었다.

테레자의 말대로 내용물이 많이 남아 있었다.

일단 백작님께 헌상할 것도 포함해서 200병을 부탁했는데, 그 정도는 병 하나로도 충분히 【신약 모발 파워】를 만들 수 있나 보다.

"조만간 또 부탁할지도 모르니까, 그때도 잘 부탁해. 세리야도 그때는 잘 부탁할게."

내가 그렇게 말하자 아이야와 테레자가 "네" 하고 대답했고, 세리야는 쑥스러워하며 "네" 하고 고개를 끄덕였다.

롯테도 "롯테도 열심히 할 거야!"라고 한다.

"무코다 씨, 달리 시키실 일이 있으신가요?"

아이야의 말에 잠시 생각해보았다.

집 청소도 충분했고, 옮겨 담기도 마쳤고, 오늘 저녁 식사도 만들어둔 걸 내줄 셈이니……, 이제 딱히 없는 것 같은데.

"오늘은 딱히 없어. 조금 이르지만, 마무리해도 돼."

그렇게 말하자 여성진은 "그럼 장을 보러 다녀올까요?"라고 이야기했다.

"뭔가 사러 갈 거야?"

"채소가 많이 줄어서, 사러 갈까 해요."

"어라? 매직 백 줬잖아? 많이 사서 거기에 넣어두면 되는데."

내가 그렇게 말하자 아이야와 테레자가 곤란한 듯이 웃었다.

"안전해져서 호위가 필요 없어졌는데, 매직 백을 들고 있다간 불량배들이 노릴 거예요."

"……아~, 그렇구나. 매직 백은 나름 가치가 있었지."

아이템 박스를 갖고 있기 때문에 내게 매직 백은 사역마들이 사냥한 걸 넣는 정도의 물건인데, 세간에서는 나름대로 비싸게 거래되고 있는 물건이었다.

어라? 그렇다면 채소 같은 건 빈번하게 사러 다녔던 거야?

물어보니 아무래도 그랬던가 보다.

처음 구입할 때 많이 샀던 밀가루와 오래 보관 가능한 채소 등은 아직 괜찮다. 하지만 적당한 양에 그쳤던 오래 보관하기 어려운 토마토나 브로콜리 같은 채소, 그리고 버섯류 같은 건 사흘에 한 번 정도 사러 가고 있다고 한다.

원래 농사를 지었던 테레자가 말하길 "마을에서 사면 시들어 있는 데다 조금 비싸지만, 이것만큼은 어쩔 수 없네요"라고 한다.

테레자네는 원래 자신들이 먹을 채소는 직접 길렀고, 갓 딴 채소에 비하면 마을 시장에서 파는 것은 수확한 후 다소 시간이 지났을 테니까.

"그럼, 장을 보러 가야 하니 이만 실례하겠습니다."

"실례하겠습니다."

아이야와 테레자가 그렇게 말하자 세리야가 둘을 따라 "실례하겠습니다" 하고 말했다.

롯테는 기운차게 "무코다 오빠, 안녕" 하고 작은 손을 흔들며 돌아갔다.

나도 마주 손을 흔들어주며 배웅했다.

그나저나, 채소라.

채소라고 하면 분명 갓 딴 게 맛있지.

특히 오래 보관하기 어려운 거라면 더욱 그렇고.

차라리 밭이라도 만들까?

이렇게나 넓은 땅이 있으니까.

"앨번, 이런 느낌으로 가면 될까?"

"흙도 부드러워졌으니 충분합니다. 역시 마법은 대단하군요. 이렇게 쓰는 법이 있었을 줄이야."

나는 안채 뒤쪽, 사용인용 집이 세 채 나란히 서 있는 그 옆의 땅을 흙 마법으로 일구었다.

밭을 만드는 것엔 잘 키우면 식재료가 된다고 하는 실리가 있고, 재미있을 것 같기도 해서 바로 실행해보게 된 것이다.

그렇게 말은 해도, 반은 취미지만.

어드바이저는 물론 농부 출신인 앨번이다.

앨번에게 밭에 관해 이야기했더니 흔쾌히 오케이 해주었다.

역시 대대로 농가였기도 해서인지 흙을 만지는 일이 매우 좋은 모양이었다.

처음은 안채 앞의 정원에 만들까 생각했는데, 페르와 드라 짱과 스이에게 크게 반대를 당했다.

모두의 놀이터이기는 하지만, 넓으니까 조금쯤은 괜찮을 거라고 생각했는데 아니었나 보다.

그러고서 점찍은 곳이 여기다.

사용인의 집 옆이라고 하는 것도 생각해보면 딱 적당한 장소다.

밭은 농부 출신인 앨번 일가에게 맡길 셈이고, 모두의 식재료가 될 테니 사용인 집에서 가까운 편이 나을 것이다.

다만 장소가 장소라 테니스코트 정도 크기의 밭밖에 안 될 것같다. 농가 출신인 앨번이 보기에는 상당히 작은 밭일지도 모르겠다.

뭐, 그 부분은 텃밭 수준이니 어쩔 수 없지.

그런 연유로 밭 만들기를 시작했는데, 우선은 흙 고르기부터 해야 했다.

괭이로 하면 시간이 걸리는지라 마법으로 할 수 없을까 싶어 시험해보았다.

마법은 이미지. 뭉친 흙이 풀어져 부드럽게 되는 이미지를 떠올려보았더니 어찌어찌 됐다.

단숨에 다 되지는 않았지만.

마력을 담아서 한 번에 사방 3미터 정도려나.

도중에 휴식을 취해가면서, 마력을 담아 지면에 손을 대고 이미지를 머릿속에 떠올리며 흙 마법 쓰기를 스무 번.

"후우~ 이 정도면 되려나? 여기, 이랑 만들기는 맡길게."

그렇게 말하자 대기 중이던 앨번과 올리버와 엘릭, 그리고 토니와 코스티가 괭이를 들고서 흙을 간 밭으로 들어왔다.

모두에게는 내가 마법으로 밭을 가는 사이에 괭이를 사러 다녀오게 했다.

전 농부인 앨번은 물론이고, 집 일을 돕던 올리버와 엘릭도 제법 솜씨가 좋았다.

토니와 코스티도 앨번에게 배워가며 이랑을 만들어나갔다.

"우와아~ 밭이다. 밭이 생겼어!"

장을 보고 돌아온 롯테가 내 옆에서 폴짝폴짝 뛰어올랐다.

"무코다 씨, 이건⋯⋯."

"어머나⋯⋯."

"밭이야⋯⋯."

갑자기 생긴 밭에 테레자도 아이야도 세리야도 놀랐다.

"그게, 전 농부도 있으니까, 밭이 있으면 갓 수확한 채소를 먹을 수 있지 않을까 해서."

모두의 식재료도 될 테니 쓸데없는 짓은 아니겠지.

"저기 있지, 무코다 오빠. 밭에 뭘 키울 거야?"

롯테가 순진무구하게 그렇게 물어왔지만, 그러고 보니 막연하게 채소라고만 생각했지 뭘 키울지까지는 생각하지 않았네.

"롯테네 집에선 뭘 키웠었어?"

"그게, 밭에서는 감자를 많이 키웠어."

감자라.

이쪽에서도 대중적인 채소니까.

"그럼 감자를 키울까?"

"응."

"그 외에는……."

기왕이면 이세계 채소라든가 과일을 키워보는 것도 괜찮을지도.

그런 생각을 하고 있으려니 앨번이 말을 걸어왔다.

"무코다 씨, 끝났습니다."

"오, 고생했어."

앨번 일행이 이랑을 다 만든 모양이었다.

"그럼, 일단락을 지었으니까 휴식 시간을 갖자."

뭔가 새참이라도 먹을까 하고 인터넷 슈퍼를 보니, 메인에 올라온 오늘의 특가 상품 중에 멜론이…….

멜론이라.

이거 씨도 있으니까 마침 딱 좋을지도.

이세계 파워로 잘 자랄지도 모르고

만약 싹이 나지 않는다고 해도, 나중에 앨번에게 다른 채소를 심어달라고 하면 되니까 시험 삼아 시도해보는 것도 괜찮겠지?

그렇다면, 하고 내가 좋아하는 수박도 사보았다.

인터넷 슈퍼에서는 계절에 상관없이 의외로 뭐든 팔고 있으니, 당연하게도 수박도 하나 통째로 팔고 있었다.

내 예상으로는 이 인터넷 슈퍼는 일본과 이어져 있는 것이 아니라, 마법적인 무언가로 인터넷 슈퍼의 시스템이 재현되어 있는 것이 아닐까 싶다.

추측이지만, 내가 이용했던 기간에 팔았던 것이 재현되어 있는 게 아닐까?

그게, 제철인 무엇무엇 같은 게 있는 반면에 전혀 제철이 아닌

것도 당연하다는 듯이 함께 팔고 있기도 하니까.

뭐, 그 부분은 상상일 뿐이라 알 수 없지만 나로서는 계절에 상관없이 다양한 물건을 팔아주니 감사한 일이다.

왜냐면 그건 곧 먹고 싶다고 생각하면 언제든 살 수 있다는 뜻이니까.

그런 건 일단 제쳐두고, 멜론과 수박을 사서 다 함께 새참이다.

낮잠을 자고 있던 페르와 드라 짱과 스이도 어느샌가 나타났다.

"너희도 왔어? 과일 먹을래?"

『물론이다.』

『먹을래, 먹을래.』

『먹을 거야~.』

아이야와 테레자에게 도움을 받아 멜론과 수박을 잘랐다.

그사이에 경비를 선 이들도 모두 불러오라고 아이들에게 부탁했다.

사역마들 몫은 껍질을 벗기고 잘라서 접시에 담아주었다.

"이쪽이 멜론이고 이쪽이 수박이야. 멜론 쪽이 달고, 수박은 달고 수분이 많아."

페르와 드라 짱과 스이가 우걱우걱 먹기 시작했다.

"아, 다들 먹도록 해. 참, 이 수박의 검은 건 씨앗이니까 모아두고. 밭에 뿌려볼 거니까. 앨번, 이 씨앗도 포함해서 밭의 절반에는 이세계 채소라든가 과일을 키워볼까 하는데, 괜찮을까?"

"물론이죠. 저도 흥미가 있습니다."

멜론 씨앗은 이미 따로 빼두었다.

앨번의 허가도 받았으니, 이걸 다 먹고 나서 인터넷 슈퍼를 잠시 살펴보자.

인터넷 슈퍼에는 원예용품이라는 메뉴가 있으니, 아마도 채소 씨앗 같은 것도 팔고 있을 거란 말이지.

"달아~."

롯테가 멜론을 입에 물고 기뻐하며 그렇게 말했다.

"이쪽 빨간 건 단 데다가 수분이 아주 많네요. 이런 과일은 처음입니다."

수박을 먹던 앨번이 눈을 크게 떴다.

응응, 그렇지?

멜론도 수박도 엄밀하게는 채소라고 하는 모양이지만.

다른 모두도 제각기 달다고 말하고 있었다.

그나저나…….

"타바사, 저 두 사람은 왜 울고 있는 거야?"

바보 쌍둥이가 "이 단맛이 배 속에 스며" 같은 말을 하며 울면서 멜론과 수박을 먹고 있었다.

"아니 그게~ 잘 모르겠지만, 아마도 오늘은 고기를 못 먹어서가 아닐까 싶어."

자세한 이야기를 들어보니, 고기를 좋아하는 쌍둥이가 오늘은 아침도 점심도 빵과 달걀밖에 먹지 않았다고 한다.

글쎄 오늘 메뉴는 아이야 씨가 만든 오크 고기와 채소를 듬뿍 넣은 수프였다고 하는데, 바보 쌍둥이는 오크 고기라는 말을 들은 것만으로도 안색이 나빠지며 먹지 않았다고 한다.

"아이야 씨가 만든 수프, 아주 맛있었는데 말이지."

오크 고기라, 왠지 알 것 같네.

어제 오크 놈들과 그렇게나 사투를 벌인 직후니, 오크를 떠올리게 할 법한 건 먹고 싶지 않았던 것이리라.

나도 어제 저녁은 조금 망설였으니까.

결국 록 버드 구이 덮밥으로 했지.

뭐, 오늘 아침은 평범하게 오크 고기를 쓴 소보로 덮밥을 먹었지만.

쌍둥이는 상당히 심하게 당해서 만신창이였으니까, 어제 일을 떠올리고 싶지 않다는 마음이 이해 안 되는 건 아니다.

하지만 조금 더 대담한 성격일 거라고 여겼었는데 의외로 섬세했구나.

웃으면 안 된다고 생각하면서도 좀 웃어버렸다.

휴식이 끝나고, 인터넷 슈퍼에서 씨앗을 구입했다.

생각했던 대로 다양한 씨앗을 팔고 있었다.

일단 눈에 띈 양상추, 오이, 토마토, 가지, 옥수수, 호박 씨앗을 구입.

앨번 일행에게 채소 사진이 들어간 씨앗 패키지를 보여주니, 양상추와 토마토 말고는 본 적이 없다고 한다.

오이, 토마토, 가지, 호박은 사실 모종으로 키워 심는 편이 나은가 본데, 시험 삼아 해보는 것인 만큼 이번에는 씨앗을 그대로 뿌려보았다.

들은 바에 따르면 이 도시는 연중 온난한 기후라고 하니, 지금부터 뿌려도 괜찮으리라.

멜론과 수박을 포함해 각각 한 이랑씩 씨를 뿌려보았는데, 모두 함께하다 보니 금세 끝났다.

씨앗을 다 뿌린 다음은 비료다.

씨앗을 고를 때 액체 비료도 있어서 사두었다.

앨번과 토니에게 줬었던 물뿌리개에 물을 가득 채우고 거기에 액체 비료 원액을 섞었다.

그걸 모두가 교대로 밭에 쏴아 뿌렸다.

"그 달콤한 게 생기면 좋겠다~."

멜론이 무척이나 마음에 들었는지 롯테가 생글생글 웃는 얼굴로 그렇게 말했다.

"그러게. 전부 잘 커줬으면 좋겠는걸."

이세계 파워로 잘 자라줬으면 좋겠는데.

"으아~ 목욕 최고."

『목욕은 몇 번을 해도 기분 좋아~.』

『기분 좋아.』

오늘 밤도 드라 짱과 스이와 함께 목욕을 했다.

밭 만들기로 지친 몸에 온기가 천천히 스몄다.

낮에 시험 삼아 샀던 허브향(캐모마일) 입욕제를 넣어보았다.

조금 달달한 향이지만, 이건 이것대로 나쁘지 않다.

어쩌니저쩌니해도 일본인으로서는 매일 목욕을 할 수 있다는 건 좋은 일이라고, 절절하게 생각했다.

나로서는 이제 이곳에 정착해도 좋겠다 싶지만, 사역마들이 있으니까 무리겠지.

모두 새 던전 이야기도 들었으니 가지 않을 리가 없다.

던전이라며 소란스럽게 굴 날도 멀지 않았다.

하아~ 던전 같은 데 가고 싶지 않아~.

그런 생각을 끝없이 하면서 느긋하게 목욕물에 몸을 담갔다.

"후우~."

『크하~.』

이 목소리는 드라 짱인가.

아저씨 같은 목소리네.

실눈을 뜨고 보자, 정말로 기분 좋은 듯이 둥실둥실 떠 있는 드라 짱.

눈을 감고 둥실둥실 뜬 상태로 배를 북북 긁는 모습은 그야말로 아저씨였다.

그런 모습을 보고 키득 웃으며 다시 눈을 감았다.

너무 기분이 좋아서 눈꺼풀이 감기려 하기 직전에 겨우 목욕을 마쳤다.

욕조에서 좀처럼 나오지 않는 스이에게 말을 걸었다.

"스이, 그만 나가자."

대답도 없이 스이가 둥실둥실 떠 있다.

『어이, 스이 잠든 거 아냐?』

"뭐?"

『Zzzz…….』

"자네."

『그렇지? 정말이지 어쩔 수 없는 녀석이라니까.』

드라 짱을 수건으로 닦아주고, 잠들어 있는 스이도 닦아주었다.

『나도 졸리니까, 스이 데려가서 먼저 잘게.』

"어이, 괜찮겠어?"

『바보야. 나도 스이 정도는 안을 수 있다고.』

그렇게 말하고, 드라 짱은 자기에겐 조금 큰 스이를 안아 들었다.

"오오. 괜찮아 보이는걸? 그럼 부탁할게."

『예예.』

스이를 안아 든 드라 짱이 2층으로 날아갔다.

나는 잠옷 대신 입는 스웨트셔츠로 갈아입은 다음 거실로 향했다.

이대로 얼른 자고 싶은 마음이지만, 약속이니까.

거실 의자에 앉아 약속대로 모두를 호출했다.

"여러분, 계십니까~?"

『있느니라! 목 빠지게 기다리고 있었느니라!』

『있어!』

『여어, 기다렸다고!』

『기다렸어.』

『오옷, 드, 드디어!』

『이제야 왔나!』

모두 이제나저제나 하고 대기하고 있었나 보다.

설마 쭉 기다리고 있었던 건 아니겠지?

『기다렸다! 쭉 기다렸느니라! 이 몸들에게 바칠 공물을 고를 때부터 보고 있었다! 몹시 기대가 되어 어쩔 수가 없었느니라~.』

세, 세상에, 그, 그때부터?

닌릴 님, 그거는 종일 보고 있었다는 뜻 아닌지?

『미안해. 하지만, 우리도 아주 기대하고 있었거든.』

『맞아 맞아. 어찌나 기대가 되던지 참을 수가 없더라고. 너그럽게 좀 봐줘.』

『아이스크림이랑 케이크, 기대하고 있었어.』

『자네가 고른 위스키를 얼른 마셔보고 싶어서 근질근질했다네.』

『맞아. 꽤 다양한 종류를 고른 것 같았으니까 말이야. 맛볼 순간이 어찌나 기대되던지.』

뭐, 듣고 보니 그 마음도 이해가 될 것 같네.

어제 건넨 건 몰수당했던 특별 보너스와 같은 양뿐이었으니까.

그렇게 기대해주고 있었다고 하니, 얼른 전달해볼까요.

"한 달분이라 양이 많아서 종이 상자에 담은 채로 건네드리겠습니다. 그쪽으로 가면 찬찬히 내용물을 확인해봐 주십시오. 그럼, 우선은 닌릴 님부터."

아이템 박스에서 닌릴 님이라고 쓰인 종이 상자를 꺼냈다.

"지켜봤다면 아시겠지만, 도라야키를 중심으로 해서 단것들을 여러 가지 담았으니 부디 받아주십시오."

『고맙다. 으아아아앙, 오, 오랜만의 도라야키니라.』

닌릴 님의 그 말과 함께 종이 상자가 사라져갔다.

그 직후에 북북 종이 상자를 뜯는 소리가 들렸다.

그리고…….

『도라야키이. 맛있느니라아아아.』

…………응, 안 들은 걸로 치자.

"어디 보자, 다음은 키샤르 님입니다. 부디 받아주십시오."

키샤르 님에게 드릴 공물이 담긴 종이 상자를 아이템 박스에서 꺼내 놓았다.

『아, 고마워! 스킨과 크림이 바닥을 보이던 참이었는데. 이제 살았어. 다행이야. 정말 다행이야…….』

진심으로 안심한 듯한 목소리로 그렇게 말하는 키샤르 님.

그리고 키샤르 님의 종이 상자가 사라졌다.

닌릴 님 때와 마찬가지로 바로 종이 상자를 여는 소리가 들렸다.

『스킨과 크림! 드디어, 드디어 내가 원하던 것이 손에 들어왔어!』

키샤르 님, 당신 얼마나 스킨과 크림에 의존하고 있는 겁니까?

"다, 다음은 아그니 님이시네요."

아이템 박스에서 아그니 님 몫을 꺼내서 내려놓자마자 종이 상자가 사라졌다.

『고마워! 크으~, 내 취향을 잘 아네! 어제 받은 맥주 말이야, 엄청나게 맛있어서 벌써 다 마셔버렸거든. 이걸로 또 한동안은 차가운 맥주를 즐길 수 있겠어!』

에엑~ 버, 벌써 다 마셔버린 겁니까?

그것도 상당한 양이었다고 생각하는데…….

그걸 하루 만에 다 마셔버린 아그니 님이 이걸로 충분할까 싶어 조금 불안하지만, 이걸로 한 달은 어떻게든 버텨주셔야만 한다.

『다음은 나. 아이스크림 주세요.』

오오, 루카 님이 미처 기다리지 못하고 나서신 건가?

"어디 보자, 루카 님 몫은 이겁니다."

또다시 종이 상자를 아이템 박스에서 꺼냈더니 바로 사라졌다.

『고마워. 아이스크림, 아이스크림.』

후훗, 아이스크림을 상당히 드시고 싶었나 보네.

『다음은 나일세(냐야)!』

"네네, 알고 있습니다. 이게 헤파이스토스 님과 바하근 님 몫입니다. 영차."

여신님들 것보다 훨씬 큰 종이 상자를 꺼내놓았다.

『오오옷, 기다리고 기다리던 위스키일세!』

『어제 위스키도 물론 맛있었지만, 역시 다양한 위스키를 맛보고 싶거든!』

헤파이스토스 님과 바하근 님의 흥분한 목소리가 들려오더니 동시에 종이 상자가 사라졌다.

그리고 북북 종이 상자를 뜯는 소리.

『오옷, 자네, 역시 뭘 좀 아는군그래.』

『맞아. 우리가 다양한 위스키를 마셔보고 싶어 하는 걸 잘 알았어. 역시야, 역시!』

『이보게, 전쟁의 신. 이것도 이것도 처음 보는 위스키일세!』

『오옷, 정말이네?! 좋았어, 이것부터 마시자고.』

『당연하네!』

『아, 자네, 곤란한 일이 생기면 꼭 말하라고. 반드시 도와줄 테니까.』

『그럼. 나도일세. 도와주겠네.』

"네, 네. 지, 지금은 괜찮습니다……."

……헤파이스토스 님과 바하근 님도 흥이 오르셨는걸.

두 분만 그렇다기보다는, 신들 모두가 그랬지만.

다들 굶주렸었구나.

"뭐, 어찌 됐든 해야 할 일도 끝냈으니, 얼른 자자."

아침 식사를 하고 기분 좋게 있는데 다급하게 나를 부르는 목소리가 들려왔다.

"무, 무코다 씨! 큰일입니다!"

"응? 앨번이잖아? 좋은 아침. 무슨 일인데 그렇게 당황한 거야?"

"바, 밭이, 밭이!"

밭?

어쩔 줄을 몰라 하는 느낌으로 밭이라는 말밖에 하지를 않으니, 상황이 진행되지를 않았다.

"밭에 무슨 일이 생겼다는 거야?"

그렇게 묻자 앨번이 몇 번이나 고개를 끄덕였다.

"그럼, 일단 보러 가볼까?"

사역마들에게 잠깐 보러 다녀오겠다고 말하고 밖으로 나왔다.

앨번을 데리고서 어제 막 만든 밭을 보러 가보니, 나를 부르러 왔던 앨번 이외의 모두가 밭 앞에서 못 박힌 듯 서 있었다.

"다들 여기 모여서 뭐 하는 거야?"

의아하게 여기면서도 나는 밭을 살펴보았다.

그랬더니…….

"이, 이게 뭐야?!"

상상도 못 했던 상황에 나는 내 눈을 의심했다.

글쎄 어제 막 씨앗을 뿌렸을 뿐이건만, 전부 푸릇푸릇하게 잎이 무성한 데다가 자그마한 봉오리를 달고 있는 것이 아닌가?

"아, 앨번, 이 주변 토지는 작물이 엄청나게 빠르게 자란다든가 그런 거야?"

"아, 아뇨, 그런 이야기는 들은 적 없습니다…….."

그렇다고 한다면, 이건 역시 이세계 파워라는 걸까?

하지만…… 이건 너무 지나치잖아.

하룻밤 만에 이렇게나 성장할 줄은 상상도 못 했다고.

이세계 파워로 기대했던 건, 뿌린 씨앗이 보통보다 빠르게 싹이 튼다든가, 보통이라면 자라지 않을 터인 슈퍼에서 산 멜론과 수박 씨앗에서 싹이 튼다는가 하는 거였는데.

아무리 이세계 파워라도 이건 좀 예상외라고.

이세계의 씨앗은 그토록 어마어마한 이세계 파워를 감추고 있었던 거야?

……아니, 잠깐.

원인은 씨앗이 아니라, 혹시 그건가?

어제 밭에 뿌린 액체 비료.

혹시나 싶어서 아이템 박스에서 영양제가 담긴 통을 꺼냈다.

그리고, 그 통을 자세히 살펴보니…….

"커헉…….."

"왜 그러십니까?"

옆에 있던 앨번이 액체 비료 통을 보고 굳어진 내게 말을 걸어왔다.

"어제 뿌린 액체 비료, 너무 진했어……."

10리터에 뚜껑 하나분을 넣었어야 했는데, 1리터에 뚜껑 하나분이라고 생각했었다.

아차차……

열 배 농도였잖아.

4리터 물뿌리개를 썼으니까, 뚜껑 네 개분을 넣었구나.

그것도 좀 더 넉넉히 뿌리기까지 했으니…….

앨번에게 물어보니 이쪽 농업은 의외로 흙에 의지한다고 할까, 땅을 일궈 심고 나면 다음은 조금 솎아내거나 잡초를 뽑거나 하는 정도의 손질만 한다고 한다.

그러니까 흙에 영양을 준다고 말해도 와닿지 않아서, 초보적인 생각으로 영양을 듬뿍 주는 편이 좋으려나 했다고 할까.

"무코다 오빠! 봉오리가 커졌어!"

어떻게 해야 하나 생각하고 있으려니 롯테가 내 손을 잡아당기며 그렇게 말했다.

설마 싶어 보니 확실히 조금 전보다 봉오리가 부풀어 있었다.

"으앗, 어, 어쩌지. 부, 분명 박과인 멜론이랑 수박, 호박은 수분해야 했었지?!"

앨번에게 그렇게 물어본들 알 리가 없다.

그도 그럴 것이 이세계의 과채니까.

"침착해라, 나. 분명 씨앗이 담겨 있던 봉투에 수분 방법이……."

아이템 박스에서 어제 뿌린 씨가 담겨 있던 봉투를 꺼냈다.

"어, 어라? 박과에는 오이도 있었던가?"

오이씨가 들어 있던 봉투에 쓰인 설명서를 확인해보니, 오이는 수분하지 않아도 괜찮다고 한다.

호박 설명서도 확인해봤는데, 이쪽은 역시 수분이 필요한 모양이었다.

"가장 중요한 수분 방법은……."

꽃의 아래쪽이 불룩하게 부풀어 있는 게 암꽃이고 그렇지 않은 게 수꽃.

그 수꽃을 꺾어서 주변의 꽃잎을 잘라내고, 수술만 남긴 다음에 암꽃의 암술에 조심스럽게 톡톡 화분을 붙여주면 수분 종료라고 한다.

참고로 말하자면, 한 포기에 열매는 세 개 정도로 해두면 달달한 호박을 수확할 수 있다고 한다.

멜론과 수박은 씨앗을 산 게 아니라서 모르겠지만, 같은 박과니까 그리 다르지는 않으리라 생각해 호박을 기준으로 삼아 해볼 수밖에 없었다.

어쨌든 하룻밤 만에 이렇게 성장해서 봉오리도 이렇게나 부풀었으니, 오늘 중으로 꽃이 필 것은 확실하다.

수분을 제대로 해주지 않으면 열매를 맺지 않으므로 이건 해둬야만 한다.

"남자들은 잠시 정원 손질하는 일을 쉬고 오늘은 밭일을 해줘야 할 것 같아. 그 외 다른 사람들은 평소대로 부탁해."

내가 그렇게 말하자 롯테가 기운차게 "저요!" 하며 손을 들어 올렸다.

"롯테, 왜 그러니?"

"무코다 오빠, 롯테도 오늘은 밭일을 하고 싶어요!"

어머니인 테레자가 "이 애는 정말이지"라며 곤란한 표정을 짓고 있었다.

"하핫, 밭일이라. 그럼, 아버지 말씀을 잘 들어야 한다."

그렇게 말하자 롯테가 웃으며 "응" 하고 고개를 끄덕였다.

롯테는 어차피 일손에 들지 않으니 남성진에 포함되어도 딱히 문제는 없겠지.

그 후, 여성진은 안채로.

경비 담당들은 문과 저택 순찰을 위해 흩어졌다.

나는 남은 남성진 플러스 롯테에게 수분 방법을 전수했다.

그리고 한 포기에 열매를 세 개 정도 남기고 솎아내라고도 알려주었다.

전 농가 출신인 만큼 바로 이해한 듯 보였으니, 앨번에게 맡겨두면 괜찮으리라.

"이 상태라면 꽃이 피는 것도 금방일 테니까, 잘 관찰하다가 꽃이 피면 수분 작업을 부탁할게."

그렇게 말하자 모두에게서 "알았습니다"라는 대답이 돌아왔다.

"롯테 꽃이 피는 거 잘 보고 있을 거야!"

"그래. 피면 아버지에게 꼭 알려드려."

"알았어~."

그렇게 말한 롯테는 눈싸움을 하듯 호박 꽃봉오리를 빤히 바라보았다.

"그럼, 앨번. 부탁해."

『무슨 일이었나?』

"아니 그게, 어제 뿌린 씨가 말이지……."

밭에서 본 것을 페르에게 이야기해주었다.

『무슨 일인지는 알았다만, 빠르게 자라는 게 뭐가 잘못된 것이냐?』

"잘못됐다는 건 아닌데, 그렇게 빠르게 자란다는 건 보통은 있을 수 없으니까 당연히 놀라지."

『그런 거냐?』

아니 아니, 그런 거냐? 라니. 어제오늘 사이에 꽃봉오리가 생길 만큼 빠르게 자라면 누구라도 놀라지.

"그보다. 그런 말을 한다는 건, 페르는 식물에 전혀 흥미가 없는 거지?"

『그래, 전혀 없다.』

페르도 참. 딱 잘라 말하네.

"어이~ 그럼 왜 물어보는 거냐고!"

『음, 그냥 물어봤다. 그런 것보다, 오늘은 사냥을 가는 거겠지?』

그러고 보니 나중에 데려가겠다고 말했었지.

하지만 오늘은 람베르트 씨 가게와 모험가 길드에 갈 예정이었는데…….

『어이, 설마 또 사냥은 나중이니 하는 말을 꺼내는 건 아닐 테지? 응?』

윽…… 나를 보는 페르의 눈이 날카로워.

"저기, 그게, 그런 건 아닌데, 람베르트 씨네 가게에 상품을 전달하러 갔다가 모험가 길드에도 가야만 하거든……."

나는 페르를 힐끔힐끔 보면서 그렇게 말했다.

『그래도 종일 걸리는 건 아닐 텐데?』

"그, 그야, 그렇긴 한데……."

나로서는 오늘도 가능한 한 느긋하게 보냈으면 좋겠다고 할까.

『우유부단한 남자로군. 서둘러 용건을 마치고 사냥을 간다. 드라, 스이. 외출이다.』

이런, 페르 안에서는 사냥 가는 건 이미 결정된 거구나.

『어이, 간다.』

"잠깐, 가져가야만 하는 게 있으니까 기다려."

『느리다. 서둘러라.』

예예, 정말이지.

여성진에게 부탁해서 옮겨 담은 샴푸와【신약 모발 파워】를 아이템 박스에 넣고, 계단을 올라가자 사역마들이 준비를 마치고 기다리고 있었다.

『그럼 간다. 타라.』

두말하지 못하게 페르가 등에 타라며 재촉했고, 우리는 람베르트 씨네 가게로 향했다.

◇ ◇ ◇ ◇ ◇

람베르트 씨네 가게에 가보니, 아직 이른 시간이기도 해서인지 손님도 적었다.

종업원에게 람베르트 씨를 불러달라고 부탁했다.

"무코다 씨, 안녕하십니까."

"안녕하세요. 말씀드린 물건, 배달하러 왔습니다."

"오오, 그거 잘됐군요! 자, 이쪽으로 오시죠."

람베르트 씨를 따라서 가게 안쪽 방으로 들어갔다.

"그럼, 백작님께 헌상할 것까지 포함해서 200병. 여기 있습니다."

나는 샴푸와【신약 모발 파워】가 담긴 나무 상자를 차례차례 아이템 박스에서 꺼냈다.

샴푸를 함께 쓰는 편이 발모제 효과가 올라가기 때문에, 람베르트 씨는 샴푸와 【신약 모발 파워】를 세트로 구성해 팔 생각인 모양이었다.

"내일쯤 무코다 씨께 한번 연락을 드릴까 생각하던 참이었습니다. 사실대로 말하자면, 백작님께 재촉하는 연락을 받았던지라……."

글쎄, 백작님의 격변은 큰 반향을 불러왔고, 백작님은 귀족들에게 끊임없이 어찌 된 일이냐고 질문 공세를 받고 있다고 한다.

그 질문에 답하기 위해서라도 실물이 있어야만 한다며 람베르트 씨에게 재촉이 온 모양이었다.

그래서 람베르트 씨는 백작님께 발모제를 전달하기 위해 곧 왕도까지 가야 한다고 했다.

"이걸로 며칠 안에 왕도로 떠날 수 있겠군요."

람베르트 씨는 여행 준비를 마치는 대로 왕도로 떠날 모양이었다.

백작님의 소개가 필요하기는 하지만, 사고 싶다고 요청하는 귀족이 몰려들 거라 예상해 백작님에게 헌상할 몫인 50병 외에 판매용으로도 50병을 더 갖고 왕도로 간단다.

한 병에 금화 50닢으로 내 기준으로는 상당히 가격이 높게 책정되었는데, 50병이나 가져가 팔 수 있는 것인지 조금 걱정이 되었다.

하지만 람베르트 씨는 반드시 팔릴 거라며 자신만만했다.

"무엇보다 이렇게나 효과가 좋으니까요. 머리카락을 신경 쓰시는 분들이 안 살 리가 없지요."

그야 그럴 테지만, 그래도 말이지, 따지고 보면 고작 머리카락인데.

머리카락이 있든 없든 생활에 지장이 생기는 것도 아니고.

거기에 금화 50닢을 내겠느냐고 한다면, 글쎄 어떠려나 싶다.

하지만 람베르트 씨가 말하길 "신경 쓰는 분은 큰돈을 내더라도 손에 넣으려 하실 테고, 반대로 말하자면 이 정도 금액으로 고민이 사라지는 것이기에 기꺼이 사실 겁니다"라고 한다.

듣고 보니 그럴지도 모르겠다.

게다가 나는 숱이 적거나 한 것도 아니라서 이런 말을 할 수 있는 거겠지.

아, 그러고 보니 나 대신에 맨 처음【신약 모발 파워】를 시험해준(실험대가 되어준) 길드 마스터에 관한 것을 람베르트 씨에게 전해둬야지.

"람베르트 씨, 실은……."

처음에 협력해준 길드 마스터와의 일을 람베르트 씨에게 이야기했다.

"과연, 모험가 길드의 길드 마스터가."

"그렇습니다. 그래서, 살 수 있게 되면 꼭 좀 부탁한다고 하는데……. 백작님의 소개가 있어야만 한다고 하지만, 모험가 길드의 길드 마스터만은 예외로 부탁드립니다."

람베르트 씨가 말하길, 백작님이 이 발모제를 알게 된 것도 길드 마스터를 통한 것이니 길드 마스터에게 파는 건 괜찮을 거라고 했다.

다행이다.

길드 마스터에게는 부디 잘 부탁한다고 부탁받았으니까.

금화 50닢은 고액이지만, 길드 마스터쯤 되면 급료가 높으니까 괜찮으리라.

그리고, 판매에 관한 것은 람베르트 씨에게 전면적으로 맡기고 있으니 원한다면 노력해주세요.

"그럼 대금을 준비해 올 테니, 잠시만 기다려주십시오."

그렇게 말하고 람베르트 씨가 방을 나갔다.

잠시 기다리자 람베르트 씨가 자루를 손에 들고 방으로 돌아 왔다.

"자, 여기 있습니다. 확인해보시죠."

안을 확인하자, 백금화가 51닢 있었다.

어라?

많은 것 같은데…….

람베르트 씨의 이야기에 따르면 도맷값은 샴푸가 은화 다섯 닢에 발모제가 금화 33닢이었을 텐데.

백작님께 헌상할 몫을 제외한 150병분의 대금이니까, 샴푸가 금화 75닢에 발모제가 금화 4950닢으로 총 금화 5025닢일 터.

백금화 51닢을 금화로 환산하면 금화 5100닢.

금화가 75닢이나 많은 셈이다.

"람베르트 씨, 대금이 많은데요?"

"백작님 몫을 전부 무코다 씨에게 떠넘기는 건 마음 불편해서 요. 그 몫이라고 생각해주십시오. 적어서 면목이 없습니다만."

"아뇨 아뇨, 백작님 몫은 뒷배가 되어주신다고 하는 사정도 있어서 그렇게 된 건데요. 그런 걸 람베르트 씨께 폐를 끼칠 수는 없습니다."

"폐라니 무슨 말씀을요. 무코다 씨에게 받고 있는 비누와 샴푸가 인기 상품이 된 덕분에 저희도 상당히 벌었습니다. 가게에 손님이 늘면서 가죽 제품의 매상도 제법 늘었고요. 게다가 확실하게 팔릴 이 발모제까지 저희에게 넘겨주시기로 하셨잖습니까. 백작님께 전해드릴 몫의 아주 일부밖에 안 되는 돈입니다만, 부디 받아주십시오."

그렇게 말한 람베르트 씨는 싱긋 웃었다.

으음, 이건 돌려드린다고 해도 절대 받지 않겠는걸.

어쩔 수 없지. 이번에는 받기로 하자.

"그럼, 이번에는 감사히 받도록 하겠습니다."

나는 백금화가 담긴 자루를 아이템 박스에 넣었다.

그 뒤로 소소한 이야기를 잠시 나누고서, 그만 자리를 물러나기로 했다.

"그럼 람베르트 씨, 조심해서 다녀오십시오. 백작님께도 잘 전해주세요."

"네, 감사합니다. 왕도에서의 판매 상황에 따라서 또 매입을 부탁드리게 될 거라고 생각되니, 그때도 잘 부탁드립니다."

람베르트 씨와 인사를 나누고 우리는 가게를 뒤로했다.

람베르트 씨에게 왕도까지의 호위를 부탁받았지만, 그건 정중하게 거절했다.

그게, 왕도에 가면 왠지 여러 가지로 성가신 일만 있을 것 같잖
아.

『그래, 끝난 것이냐? 다음으로 간다.』

서둘러 사냥을 가고 싶은 페르에게 재촉을 받아 다음 목적지인
모험가 길드로 향했다.

◇ ◇ ◇ ◇ ◇

모험가 길드에 들어가자, 바로 연락이 갔는지 길드 마스터가
우리 앞에 나타났다.

"오오, 왔는가. 그럼 2층으로 가세."

"아니, 그게······."

『어이, 바로 사냥을 갈 거다. 서둘러 끝내라.』

『맞아. 사냥하러 갈 거라고.』

『사냥.』

"그런 상황입니다."

나와 길드 마스터 둘은 당연하다는 얼굴을 하고 있는 페르와,
페르 위에서 날고 있는 드라 짱과, 페르 위에 오도카니 올라타 있
는 스이를 바라보았다.

길드 마스터에게는 드라 짱과 스이의 목소리가 들리지 않을 테
지만, 모두가 사냥을 가고 싶어 한다는 점은 전해진 모양이었다.

"하핫, 사냥인가. 그건 우리도 은혜를 받을 수 있으니 서둘러
끝내야겠군그래. 그럼 바로 창고로 가세."

길드 마스터와 우리는 함께 창고로 향했다.

"이보게, 요한. 왔네."

그곳에서 기다리고 있던 것은 당연하게도 요한 아저씨였다.

"형씨 왔나. 오크 제너럴과 리더 해체도 끝나서 고기도 준비해 놨어."

나는 오크 제너럴과 오크 리더의 고기를 받아 들었다.

요한 아저씨는 일이 빨라서 큰 도움이 된다.

말은 그렇게 해도, 요한 아저씨는 아직 오크 해체가 남았다며 투덜거리고 있지만.

내가 오크를 가져온 그저께부터 다른 담당 직원과 함께 해체 작업에 애쓰고 있다고 한다.

오크 고기는 아직 가지고 있는 게 제법 남아 있어서, 이번에 잡은 것은 상위종을 제외하고 전부 팔았기 때문이다.

힘들지도 모르지만 힘내서 열심히 해주세요.

"매입 대금 내역 말인데, 오크는 고기와 고환으로 한 마리에 금화 2닢과 은화 2닢이야. 그게 136마리니까 금화 299닢과 은화 2닢. 오크 리더와 오크 제너럴은 고환만이지만, 지금 마침 오크 상위종 고환의 수요가 높아졌거든. 그래서 조금 비싸게 매입해서 오크 리더가 금화 11닢에 오크 제너럴이 금화 12닢이야. 다 해서 금화 322닢과 은화 2닢."

요한 아저씨가 작업대 위에 자루를 올려놓았다.

"이번엔 대금화로 준비해주셨어. 안에 대금화 32닢과 금화 2 닢, 은화 2닢이 들어 있지. 확인해봐."

안을 확인해보았다.

하나, 둘, 셋…………, 응, 틀림없네.

"맞습니다."

"그래, 다음은 토벌 보수라네. 급한 의뢰였기도 해서 말이지, 조금 덤을 붙여서 금화 200닢일세. 이쪽도 대금화로 준비해뒀으니까 확인해보게."

길드 마스터에게 받은 자루 안을 확인해보니 대금화 20닢이 들어 있었다.

"네, 맞습니다."

매입 대금이 담긴 자루와 토벌 보수가 담긴 자루를 아이템 박스에 넣자, 적당한 때를 기다리고 있었던 듯 요한 아저씨가 말을 걸어왔다.

"이보게, 형씨. 혹시 희귀한 걸 또 사냥했나?"

"뭐, 조금은…… 아, 매입해주실 수 있나요?"

지난번 사냥에서 페르 일행이 사냥해 온 기간트 미믹 카멜레온과 가루다.

그거 어떻게 봐도 먹을 수 있을 것 같지 않으니, 아이템 박스에 묵혀두는 것보다는 파는 편이 낫겠다.

"일단 봐야 알겠지. 자네가 가져오는 건 좋은 것들이긴 하지만, 오르트로스니 키마이라니 어스 드래곤(지룡)이니 하는 엉뚱한 것도 있으니 말이야. 우리 같은 규모의 길드로서는 선뜻 손을 댈 수 없는 것까지 태연하게 내놓지 않나?"

그렇게 말한 것은 길드 마스터였다.

엉뚱한 거라고 해도 말이지.

사역마들이 사냥해 가져와 버리는 거라 어쩔 수 없습니다.

"그런 말씀을 하시면 꺼내기 어려운데요. 이것도 S랭크라서……."

"정말이지, S랭크인가. 일단 꺼내보게."

"저기, 그럼……."

창고 안의 넓은 공간에 아이템 박스에서 꺼낸 기간트 미믹 카멜레온과 가루다를 내려놓았다.

……………….

""푸──읍!""

요한 아저씨와 길드 마스터가 뿜었다.

더럽게.

"이, 이건 기간트 미믹 카멜레온인가?"

"이쪽은 가루다네요. 저, 처음으로 실물을 봤습니다. 형씨랑 만난 후로, 책에서만 봤던 마물의 실물을 자주 보게 됐어. 하하핫."

요한 아저씨, 그렇게 메마르게 웃지 마세요.

희귀한 걸 사냥해 왔느냐고 물어본 건 요한 아저씨 쪽이잖아요.

길드 마스터도 그렇게 놀라지 마시고요.

처음부터 S랭크라고 말했다고요.

"그래서, 매입 쪽은……."

"응, 무리일세."

그럴 줄 알았어.

"뭐, 조금 더 지나면 기간트 미믹 카멜레온 정도는 어떻게든 가능할지도 모르지만, 지난번에 키마이라를 매입한 지 얼마 안 되어서 말이야. 아쉽기는 하다네."

길드 마스터의 이야기에 따르면 그 키마이라의 소재 대금이 들어오면 어떻게든 가능할 것 같지만, 현재로서는 무리라고 한다.

이 기간트 미믹 카멜레온은 고기는 식용으로 적당하지 않지만, 그 외에는 가죽과 내장부터 혀와 피까지 소재가 된다고 한다.

게다가 평소엔 숲 깊숙한 곳에서 의태하고 있는 탓에 발견하는 것 자체가 어려운 일이라, 일단 시장에 나오면 비싼 값에 팔리는 건 틀림이 없다고 한다. 매입하지 못하는 것을 길드 마스터도 아쉬워했다.

"뭐, 이번에는 그냥 포기하겠네. 달리 팔 예정이 없다면 다음에 다시 말해주게."

"네."

가루다는 길드 마스터가 말하길 "이걸 팔려면 왕도나 던전 도시의 길드에라도 가야 할 걸세"라고 한다.

이것도 당분간은 아이템 박스에 묵혀둬야겠다.

"그렇지. 길드 마스터, 잠시 좀 괜찮으실까요?"

"뭔가?"

"저기, 예의 그……."

내가 길드 마스터의 머리를 보자 바로 눈치를 챈 모양이었다.

"오오, 그건가."

"네. 람베르트 상회에서 팔기로 정해졌습니다. 그래서, 실은……."

백작님 소개가 없으면 살 수 없다는 것과 길드 마스터만큼은 살 수 있게 해달라고 말해두었다는 것을 전했다.

"하아, 그렇게 되었나. 그나저나 금화 50닢인가. 뭐, 이 효과라면 그 금액도 쌀 정도라고 해야겠지. 이거 쉬는 날에 열심히 해볼 수밖에 없겠군."

"쉬는 날에 열심히 한다니, 뭔가 부업이라도 하시는 건가요?"

"부업이랄까, 모험가 일을 잠깐 다시 해보겠다는 걸세."

길드 마스터가 말하길, 모험가를 은퇴해도 특히 고랭크 모험가의 신분은 그대로 유지되는 일도 많으며, 급하게 돈이 필요해졌을 경우 등에 마물을 사냥해 돈으로 바꾸거나 하는 일도 간혹 있다고 한다.

"나도 원래는 A랭크였으니까."

길드 마스터가 그렇게 말하며 싱긋 웃었다.

그런 거라면 괜찮겠네요.

열심히 벌어서 【신약 모발 파워】를 사주세요.

"그럼, 이만. 사역마들이 안달복달하고 있어서요."

"오오, 이제부터 사냥을 가는 건가? 조심히 다녀오게. 아, 자네들이라면 괜찮을 테지만."

모험가 길드에서 나오자 페르와 드라 짱이 『늦어』라며 불만을 터뜨렸다.

"미안 미안."

『정말이지, 그렇게나 서두르라고 말했건만. 너라는 녀석은.』

『페르 말대로야. 심지어 스이는 잠들어 버렸다고.』

드라 짱 말대로 스이는 어느샌가 가죽 가방 안에서 자고 있었다.

"미안하다니까. 그래도, 그런 말을 들을 만큼 오래 있진 않았잖아. 아직 사냥할 시간은 충분하다고. 서둘러 가자."

『흥, 타라.』

"예예."

나를 등에 태운 페르는 빠른 걸음으로 문을 향해 나아갔다.

『그럼 가볼까.』

『나는 오늘 큰 걸 노릴 거야. 대단한 걸 잡아 올 거라고!』

『주인, 풋풋 해서 맛있는 거 많이 잡아 올게~.』

"그래, 기대하고 있을게."

『그보다, 너도 알고 있을 테지?』

"알고 있다니까. 준비해둘게."

그렇게 말하자 페르가 만족스럽게 고개를 끄덕이고 드라 짱과 스이를 데리고서 숲 안쪽으로 들어갔다.

"준비해두겠다고 말하기는 했지만……."

모험가 길드를 뒤로하고 숲으로 사냥을 나온 우리들.

조금 이른 점심을 먹고 나서 사역마들은 사냥을 가기로 했다.

그 조금 이른 점심 식사 중에 페르가 생각났다는 듯이 화제로 꺼낸 것이…….

『그리고 보니 키마이라 고기를 먹지 못했는데, 그건 어찌 되었지?』

솔직히 움찔했다.

의도적으로 안 내놨던 거니까.

왜냐면 그런 생김새인걸.

사자와 염소와 드래곤이라고 할까, 악어 같은 머리에 독사의 꼬리.

그 흉악한 모습을 본 사람으로서는 식재료로 쓰기 조금 주저된다고.

감정으로는 식용 가능하다고 했고, 극상의 살코기로 어떻게 요리해도 맛있다고도 되어 있었으니 맛있기는 할 테지만.

키마이라 고기를 쓰지 않아도 다른 고기가 풍족하게 있던 것도 한몫 거들어 지금까지 아무래도 손이 가지 않았다.

하지만 페르에게 재촉을 받게 되었으니…….

다른 고기를 내어놓은들 키마이라 고기 맛을 아는 페르한테는 바로 들킬 테고, 이건 단단히 결심을 하고 키마이라 고기를 쓸 수밖에 없는 건가.

나는 아이템 박스에서 키마이라 고기를 꺼냈다.

"고기만 보면, 정말로 깔끔한 살코기란 말이지……."

아마도 이게 키마이라 고기라는 걸 몰랐다면, 나는 기꺼이 식재료로 썼으리라.

"일단, 먹어보지 않으면 아무것도 시작할 수 없겠지."

맛을 확인하기 위해 아주 조금 잘라서 소금 후추를 뿌려 구워보았다.

"오크 고기도 지금은 평범하게 먹고 있잖아. 키마이라도 괜찮아. 응, 괜찮아."

처음은 저항감이 있던 오크 고기도 지금은 평범하게 식재료로 쓰며 맛있게 먹고 있다.

괜찮다고 생각하며 구운 고기 끄트머리를 살짝 깨물었다.

…………맛있, 을지도.

이번에는 구운 고기의 절반 정도까지 깨물어보았다.

천천히 꼭꼭 씹었다.

…………

"맛있어어어어."

감정님의 말씀에 거짓은 없었다.

씹을 때마다 고기의 감칠맛이 입안에 쫙 퍼졌다.

그 맛은 소에 가까운 느낌이었다.

뉴욕 스타일의 드라이 에이징 비프를 내놓는 가게에서 한번 먹어본 일이 있는데, 거기서 먹었던 살코기 맛과 비슷했다.

그때는 살코기가 이렇게나 맛있는 거였구나 하고 감동했었지.

씹을 때마다 흘러넘치는 진한 고기의 감칠맛은 고기를 좋아하는 사람이라면 반드시 매료될 맛이었다.

"확실히 먹어보지도 않고 무작정 싫어했던 거네. 이렇게 맛있으면 키마이라든 뭐든 관계없지. 하핫."

문제는 이렇게 맛있는 고기를 어떻게 요리할까인데.

이렇게나 맛있는 고기를 잘게 자르긴 아깝고, 이왕이면 큼직하게 덥석 먹고 싶은 마음이다.

이 고기의 감칠맛을 맛본다고 하면, 당연히 스테이크겠지.

그것도 소금 후추로만 간해서.

하지만 스테이크뿐인 건 좀 차린 게 없어 보이는데.

뭔가 요리를 하나 더……

푹 끓여도 맛있다고 하니 스튜를 만드는 방법도 있지만, 이걸 부드러워질 때까지 끓이려면 시간이 좀 부족할 것 같다.

으음······ 아, 튀겨보는 건 어떨까?

맛도 소고기에 가까우니, 비프커틀릿처럼 튀겨보는 것도 괜찮을지 모른다.

키마이라 커틀릿(?)이다.

좋아, 그걸로 하자.

그렇게 정하고 나면 인터넷 슈퍼에서 재료 조달이다.

키마이라 커틀릿의 튀김옷에 쓸 밀가루와 달걀과 빵가루.

고기가 좋으니 소스는 심플하게 겨자 간장이 좋겠지.

그렇다면 조금 좋은 겨자와 간장이 필요해진다.

"아, 이거 괜찮겠는데."

천연 양조 생간장이 있었다.

조금 비싼 가격이지만, 이 좋은 고기와 함께 내놓으려면 이 정도의 물건을 고르고 싶다.

겨자는 생 겨자를 하나 통째로 팔고 있기에 그걸 갈아서 쓰기로 했다.

그리고 커틀릿에 어울릴 것 같은 해초 소금도 발견해서 바로 그것도 구입했다.

전에 써본 적이 있는데, 보통 소금보다도 거칠지 않고 부드러운 짠맛이 꽤 맛있었다.

"어디, 우선은 스테이크부터 해볼까."

스테이크는 평소와 마찬가지로 알루미늄 포일을 써서 살코기를 익히는 방법으로 구웠다.

후추는 전에 산 밀이 달린 것으로, 소금은 에이블링에서 새도

워리어(그림자 전사)분들께 받은 엘보라이산의 암염을 써보았다.

분홍색 암염을 강판에 갈아서 써보았는데, 이게 아주 괜찮았다.

간 걸 조금 맛보니 거칠지 않고 부드러운 것이 참 맛있는 소금이었다.

이 암염과 바로 간 흑후추로만 양념한 키마이라 고기 스테이크.

꿀꺽…….

"먼저 맛보는 건 요리한 사람의 특권이지."

그런고로, 일단 시식.

"아~ 맛있어."

씹을 때마다 흘러나오는 감칠맛을 품은 육즙에 나는 지금 맛있는 고기를 먹고 있구나 하는 실감이 엄청났다.

무심코 계속해서 손이 가려는 것을 겨우 억누르고 이번에는 키마이라 커틀릿을 만들기 시작했다.

두툼하게 자른 키마이라 고기의 양면에 조금 전 스테이크에 썼던 소금 후추와 암염을 뿌린다.

고기에 밀가루를 전체적으로 살짝 뿌리고 풀어둔 달걀물에 담근 다음, 빵가루를 꼼꼼하게 묻힌다.

이제 달군 기름에 넣어 노릇노릇해질 때까지 튀기면 완성이다.

노릇하게 튀겨진 키마이라 커틀릿을 화상에 주의하며 자른다.

바삭, 바삭, 바사삭.

자를 때마다 바삭바삭하는 듣기 좋은 소리가 연주되었다.

안은 미디엄 레어로 딱 적당한 상태다.

"후후후, 이것도 맛을 한번……."

잘라둔 키마이라 커틀릿에 강판으로 간 겨자를 살짝 얹고 생간
장을 조금 찍어서 덥석.

"이것도 또 맛있네."

빵가루를 묻힌 표면은 바삭하면서 고소했고, 안의 고기는 부드
럽고 촉촉했다.

바삭, 촉촉한 식감과 넘쳐나오는 고기의 감칠맛이 겨자 간장과
아주 잘 맞는걸.

"이건 못 참겠네."

그만 두 조각 세 조각 먹고 말았다.

"앗, 겨자 간장만 찍어서 먹으면 안 되지. 해초 소금도 찍어
보자."

해초 소금을 살짝 찍어서 먹어보았다.

"오오~ 이것도 제법 괜찮은걸."

해초 소금 쪽도 부드러운 짠맛이 고기의 맛을 북돋우어 또 맛
있었다.

무심코 이것도 한 조각 추가해서 먹고 말았다.

"안 되지, 안 돼. 맛있어서 그만 자꾸 손이 가고 말아. 그나저
나, 이건 드래곤에도 필적할 만큼 맛있는데?"

키마이라가 어찌나 맛있는지 누구에게라고 할 것 없이 혼잣말
을 해버렸다.

키마이라는 드래곤만큼 크지 않아서 고기도 적다.

이번에 쓰면 고작해야 앞으로 두 번 더 먹을 수 있을까 말까 하
는 정도려나?

결국 드래곤도 어스 드래곤(지룡) 고기는 이제 거의 없고……

써야 할 곳을 잘 생각해가며 써야 한다.

맛있는 고기는 사라지는 것도 빠르다.

뭐, 이 세계에는 맛있는 고기가 그 외에도 아직 더 있을 것 같으니 앞으로 손에 들어오기를 기대하는 바다.

『다녀왔다.』

"아, 어서 와."

페르와 드라 짱과 스이가 사냥을 마치고 돌아왔다.

『배고프다~.』

『스이도 배고파~.』

"밥은 준비해놨어. 그보다, 오늘은 어땠어?"

『그게 말이지. 맞지? 페르?』

『그래. 오늘은 운이 나빴다.』

『오늘은 별로 풋풋 못했어.』

페르가 갖고 있던 매직 백 내용물을 확인해보았다.

레드 보아×3, 코카트리스×4랑…….

"이건 상당히 큰데, 염소인가?"

보통 염소보다도 두 배쯤 커다란 검정 염소가 나왔다.

굵고 굽은 뿔에 근육질 몸집이었다.

『그건 블랙 고트라는 마물이다. 고기는 조금 냄새가 나서 나는

229

그다지 좋아하지 않지만 말이다. 눈에 띄어서 잡아 왔다.』

감정해보니 B랭크 마물로 식육은 가능하지만, 누린내가 나는 육질이라고 쓰여 있었다.

페르의 말대로 냄새가 나는 모양이다.

그러고 보니 염소 고기는 먹어본 적이 없는데, 누린내가 난다는 말은 들어본 적이 있다.

이건 그대로 파는 편이 나을지도 모르겠다.

『오늘은 그것뿐이야.』

드라 짱이 아쉬워하며 그렇게 말했다.

"뭐, 이런 날도 있는 거지. 이 정도만 해도 대단해. 게다가 레드 보아랑 코카트리스라면, 여차할 때 내가 해체할 수 있는 마물이니까 있어서 손해 볼 건 없어."

『그렇게 말한들 말이지.』

『스이, 더 풋풋 해서 쓰러뜨리고 싶었는데.』

『할 수 없다. 오늘은 내가 포착할 수 있는 커다란 사냥감의 기척이 근처에 없었다.』

"자자, 다음이 있잖아. 그보다 다들 배고프지? 밥 먹자."

『그래. 고기 쪽은…….』

"물론 요청한 대로 키마이라 고기야."

모두의 앞에 먼저 스테이크를 담은 접시를 꺼내놓았다.

"고기가 아주 맛있어서 단순하게 소금 후추만으로 양념해봤어."

페르와 드라 짱과 스이가 바로 고기에 달려들었다.

『음. 맛있구나.』

『키마이라는 처음 먹어보는데, 맛있는 고기잖아!』

『맛있어!』

"생김새는 그런데 맛있더라. 키마이라."

모두 맛있는 키마이라 고기에 푹 빠져 정신없이 우걱우걱 먹고
있다.

맛을 보면서 상당한 양을 먹은 나도 그만 손이 자꾸 가고 만다.

"소금 후추가 맛있기는 하지만, 스테이크 소스도 괜찮겠는데.
뿌릴래?"

스테이크 소스를 좋아하는 페르에게 물어보자 당연하다는 듯
이 『그래』하고 끄덕였다.

페르가 제일 좋아하는 마늘 풍미 스테이크 소스를 뿌려서 내주
었다.

『맛있다. 소금 후추도 나쁘지는 않지만, 나는 역시 이쪽이구나.
이 풍미가 고기의 감칠맛을 더욱 끌어내 준다.』

그렇게 말하고 만족스럽게 우걱우걱 먹는다.

『아, 나도 그거 뿌려줘.』

『스이도.』

페르가 맛있게 먹는 모습에 자극을 받았는지 드라 짱도 스이도
스테이크 소스를 요청했다.

드라 짱과 스이한테도 내어주자 『이것도 맛있는데?』『이것도
맛있어』하고 실로 맛있게 먹었다.

모두에게 이끌려 나도 스테이크 소스를 뿌려보았다.

마늘 풍미가 입맛을 돋운다고 할까, 쑥쑥 들어간다.

"이런, 벌써 다 먹었네. 마늘 풍미 위험한걸."

과식 주의다.

말은 그렇게 했지만, 요리가 하나 더 남았다.

"요리를 하나 더 만들었어. 키마이라 고기를 기름에 튀겨봤지. 이건 겨자 간장이나 해초 소금이랑 먹으려고 해. 그래서, 이 겨자라는 건 살짝 매운데 스이는 없는 편이 좋을까?"

『우웅, 매운 건 잘 못 먹지만, 조금 먹어볼래.』

모두에게 겨자와 섞은 간장을 뿌린 것과 해초 소금을 뿌린 것을 내주었다.

스이에게 줄 겨자 간장을 뿌린 쪽은 한번 맛을 보라는 의미로 절반으로 잘라서 내주었다.

『이건 맛있구나. 특히 이쪽이 맛있다.』

페르는 겨자 간장이 아주 마음에 든 모양이다.

해초 소금도 나쁘지는 않지만, 겨자 간장의 찡한 매운맛이 고기와 잘 어울린다고 한다.

『나는 이쪽 해초 소금이라는 게 더 마음에 들었어.』

드라 짱은 해초 소금을 뿌린 쪽이 취향인가 보다.

겨자 간장도 찡한 매운맛이 고기의 감칠맛을 북돋아 주어 나쁘지 않지만, 해초 소금 쪽이 고기의 감칠맛을 확실하게 느낄 수 있게 해주기 때문에 이쪽이 좋다고 한다.

"스이는 어때?"

『우웅, 이 찌릿하고 매운 건 맛없어. 이쪽 소금은 맛있어.』

어린아이 입맛인 스이한테는 역시 겨자는 일렀나 보다.

해초 소금은 맛있다고 하지만, 커틀릿이라고 하면 어린아이 입맛인 스이가 더 좋아할 것 같은 게 있지.

"스이가 좋아할 만한 맛이 있으니까, 이거 먹으면서 잠깐만 기다려봐."

스이에게 소금을 뿌린 키마이라 커틀릿을 내주고, 곧바로 만들기 시작했다.

인터넷 슈퍼에서 데미글라스 소스 캔을 구입하고 그것을 프라이팬에 데운 다음 거기에 케첩과 우스터소스, 그리고 설탕 조금과 버터를 넣고서 맛을 확인.

"응, 좋은 느낌이야."

키마이라 커틀릿에 방금 완성한 데미글라스 소스를 뿌리고…….

"자, 스이. 먹어봐."

『와아~ 맛있는 냄새.』

데미글라스 소스를 뿌린 키마이라 커틀릿을 스이가 삼켜갔다.

『맛있어~. 스이, 이 맛 좋아.』

어린아이 입맛인 스이한테는 데미글라스 소스가 딱 맞았나 보다.

데미글라스 소스를 뿌린 게 무척이나 마음에 들었는지 왕성한 기세로 먹고 있다.

『음, 그건 뭐냐? 맛있어 보이는구나. 나도 다오.』

『나도 먹고 싶어.』

재빠르게 발견한 페르와 드라 짱이 먹고 싶다는 말을 꺼냈다.

"뭐야, 페르랑 드라 짱도? 잠깐 기다려."

페르와 드라 짱에게도 데미글라스 소스를 뿌린 커틀릿을 내주었다.

『음, 이건 이것대로 맛있구나.』

『맞아. 꽤 맛있어.』

페르도 드라 짱도 데미글라스 소스가 의외로 마음에 드는가 보다.

『더 줘.』

"벌써? 잠깐만 기다려봐."

『나도 추가다. 스테이크와 그 커틀릿이라는 것 둘 다.』

『나도 더 줘. 해초 소금 뿌린 걸로.』

"너희도야?"

나는 모두에게 음식을 더 내어줄 준비를 했다.

이런 느낌으로 우리는 주변이 어두컴컴해질 때까지 키마이라 고기를 마음껏 즐겼다.

페르와 드라 짱과 스이가 잠든 후, 나는 홀로 거실에 있었다.

"어디 보자. 해야 할 일이 남았지. 데미우르고스 님께 바칠 공물을……."

아이템 박스에서 데미우르고스 님 몫의 종이 상자를 꺼냈다.

어제 닌릴 님을 비롯한 여러 신들에게는 보냈지만, 함께 보내는 건 아닌 듯하여 하루 차이를 두었다.

어제와 마찬가지로 상자는 열지 않고 그대로 해보았다.

"데미우르고스 님, 부디 받아주십시오."

『오오, 늘 고맙네~. 음? 오늘은 상자째인가?』

"네. 그편이 뭐가 들어 있는지 두근두근한 느낌이 들까 싶어서요."

『확실히 그렇구나. 그럼 바로 받아 가겠다.』

데미우르고스 님의 말과 함께 종이 상자가 사라졌다.

부스럭부스럭 종이 상자를 여는 소리가 들려왔다.

『오오, 이건 전에 받았던 일본 술이구나.』

"네. 그건 그러니까, 세 병이 같은 상표의 술입니다. 순미 대음양, 음양주, 특별 본양조로 같은 상표의 술을 비교해가며 마셔보라는 취지의 물건입니다."

『그 순미 대음양, 음양주, 특별 본양조라는 것은 무엇이 다른 것인가? 같은 상표라면 맛도 그다지 다르지 않을 터인데.』

"그게 그러니까, 순미 대음양, 음양주, 특별 본양조라는 건, 요컨대 일본 술을 만드는 방식에 따라 구분한 겁니다. 원료인 쌀의 정미(精米) 비율이나, 누룩의 비율, 알코올 첨가량, 발효시키는 온도 등, 그런 것들이 다르기 때문에 같은 상표라고 해도 맛에 상당한 변화가 있다고 합니다. 이 세트는 그런 걸 즐기기 위한 것입니다."

『그런가. 일본 술이라는 것은 깊이가 깊구나. 바로 내일 밤에라도 맛을 보며 비교해 볼까.』

"평소의 통조림 안주도 들어 있으니, 함께 즐겨주십시오."

『그래, 그래. 그게 참으로 술과 잘 맞는다네. 기대되는군. 후후훗.』

데미우르고스 님의 너글너글한 웃음소리가 들려왔다.

『그나저나, 녀석들은 어땠는가?』

아아, 그분들 말씀인가요.

"그분들이라면, 그저께 연락이 왔습니다."

데미우르고스 님에게 그저께부터 어제까지의 일들을 이야기했다.

『그런가. 그 녀석들, 기분이 대단히 좋았던 건 그런 이유였는가.』

"다들 그렇게나 기분 좋아 보이셨나요?"

『그래. 닌릴 같은 경우엔 콧노래를 부르면서 폴짝폴짝 뛰어다녔다네.』

닌릴 님…….

고대하고 고대하던 단맛이 손에 들어왔다고는 해도, 콧노래를 부르며 뛰어다니는 건 지나치게 들뜬 거 아닌가요?

『그래도, 이야기를 들어보니 제법 반성은 한 모양이군.』

"네. 많이 참았나 봅니다. 다들 사과했고, 닌릴 님은 심지어 울기까지 하셨습니다."

닌릴 님, 오열했었지.

다른 신들도 초췌한 느낌의 목소리였고.

다들 줄곧 애타게 바라던 것이 손에 들어와서 지금은 신나 있는 모양이지만, 어제와 그제는 조신한 태도였지.

『그런가, 그런가. 그 녀석들도 조금은 나아진 모양이군.』

살짝 안심한 듯한 데미우르고스 님의 목소리가 들렸다.

데미우르고스 님으로서는 조금 오만해졌던 신들에게 반성을 촉구하는 의미도 있었을 테지.

『우리는 신이니 말이야, 누군가에게 사과한다는 일 자체가 없네. 하나 폐를 끼쳤다면 신이라 해도 사과해야만 하는 법.』

뭐, 폐라고 할 정도의 일은 아니었지만, 신들이 제멋대로 굴었다는 건 부정할 수 없겠지.

『녀석들도 반성은 한 모양이니, 미안하지만 조금 더 함께 어울려주게나.』

"네. 앞으로는 공물도 한 달에 한 번으로 해주셨으니, 괜찮습니다."

한 달에 한 번이고, 어느 정도는 내게 맡기기로 했으니까 그 점은 전보다 편해졌다.

『녀석들이 다시 제멋대로 굴며 자네에게 폐를 끼치거나 하면 바로 말하게나.』

"하하핫. 그때는 사양하지 않고 보고드리겠습니다."

『그래. 그럼 또 보세나.』

"네, 또 뵙겠습니다."

뚝 하고 신과의 통신이 끊어졌다.

역시 창조신이 내 편이라고 생각하면 마음 든든하다.

뭐, 그 신들도 반성은 한 모양이니 그렇게 문제 될 행동은 벌이지 않으리라고 본다.

"그럼, 데미우르고스 님에게 공물을 드리는 것도 마쳤으니까.

그만 자자."

나는 페르와 드라 짱과 스이가 기다리는 메인 침실로 향했다.

◇ ◇ ◇ ◇ ◇

아침 식사를 마친 후, 나는 밭으로 향했다.

"다들, 잘 잤어?"

밭에서는 토니 일가와 앨번 일가, 그리고 경비 담당들까지 전부 나서서 크게 열매 맺은 멜론과 수박과 오이 등을 수확하고 있었다.

"안녕하십니까. 무코다 씨."

"안녕하십니까."

일가의 가장인 토니와 앨번이 인사하자 차례차례 "안녕하세요" 하는 인사가 돌아왔다.

"무코다 오빠, 안녕! 이것 봐봐. 이렇게 커다래!"

롯테가 자기가 딴 둥글고 커다랗게 열매 맺은 새빨간 토마토를 들어 올리며 그렇게 말했다.

"오오, 크게 열매 맺었네?"

"그렇지? 다른 것도 있지, 아주 커다래! 여기 여기."

롯테에게 손을 잡혀 밭 안으로 발을 들였다.

"무코다 씨, 멋대로 수확해서 죄송합니다. 성장이 빨라서, 이 이상 두면 썩어버리겠다 싶었습니다."

가지를 수확하고 있던 앨번이 내 쪽을 향해 죄송스러워하며 그렇게 말했다.

"아니, 좋은 판단이었다고 생각해. 모처럼 이렇게 잘 자랐는데 썩게 두면 아깝잖아."

멜론, 수박, 양상추, 오이, 토마토, 가지, 옥수수, 호박.

밭에 뿌린 씨는 하나같이 전부 더할 나위 없이 잘 자랐다.

아니, 보통보다 1.5배 정도 크다.

크면 속에 구멍이 숭숭 나거나 하기도 하는데, 하고 생각하면서 근처에 있던 옥수수를 하나 따 보았다.

"응, 크네. 수염뿌리도 풍성하고, 무게도 제법 묵직해."

껍질을 벗겨 보니, 탱글탱글하고 살짝 하얀 알갱이가 가득 차 있었다.

"분명 옥수수는 희끄무레한 편이 달지."

생으로도 먹을 수 있으니 살짝 깨물어보았다.

"달아! 이거 뭐야? 달아!"

탱글탱글한 열매는 한 알 한 알 수분감이 있었고, 놀랄 만큼 달았다.

"어라? 옥수수가 이렇게 달았던가? 지금까지 먹었던 옥수수랑 전혀 다른데?"

혹시나 싶어 감정을 해보니…….

【옥수수】

이세계 채소 옥수수. 풍부한 영양과 이세계에는 없는 마소를 접하면서 최고 품질로 자랐다. 열매를 맺는 것은 한 번뿐.

역시 그 영양제가 영향을 끼친 건가?

그리고 마소.

이것도 영향을 준 모양이다.

확실히 지구에는 마소 같은 건 없었으니까.

아니, 그런 거라면 옥수수 이외의 것들도 이런 느낌이라는 건가?

그렇게 생각하며 다른 채소류도 감정해보니 옥수수와 같은 감정 결과가 나왔다.

어찌 됐든 맛있게 자라주기만 하면 불만은 없다.

하지만 전부 '열매를 맺는 것은 한 번뿐'이라고 한다.

그렇다는 건, 여기에서 자란 열매의 씨앗을 뿌린들 자라지 않는다는 뜻인가.

아쉽기는 하지만, 씨라면 내 인터넷 슈퍼에서 얼마든지 살 수 있으니 특별히 문제 될 것 없으려나.

"무코다 씨, 수확이 끝났습니다."

그렇게 말한 앨번의 손에는 생활용품으로 지급한 자루가.

안에는 한눈에 봐도 신선한 짙은 녹색을 띤 오이가 넘칠 듯이 담겨 있었다.

다른 이들이 손에 든 자루에도 방금 딴 채소류가 그득하게 담겼다.

"생각했던 것보다 열매가 많이 열렸었네."

"네. 게다가 전부 본 적 없을 만큼 잘 컸습니다."

이 밭에서 난 채소류는 농부 출신인 앨번도 깜짝 놀랄 만큼 잘 자랐다고 한다.

"좋아, 그럼 바로 맛을 보기로 할까?"

"와! 롯테 지난번에 먹었던 단 게 좋아!"

"멜론이랑 수박 말이지?"

모두 아침은 먹었을 테고, 롯테의 요청이기도 하니 디저트로 멜론과 수박을 먹어볼까.

"그럼, 페르랑 애들을 불러올 테니까 기다려줘."

모두를 잠시 기다리게 하고 나는 페르 일행을 부르러 안채로 돌아갔다.

슬라임인 스이는 별개로 치더라도, 다들 나 없이는 아무래도 페르(커다란 늑대)와 드라 짱(작지만 드래곤)을 마주하기 무서운 모양이었다.

자유분방한 느낌인 롯테도 앨번과 테레자한테 자주 잔소리를 듣는지 함부로 그쪽에 접근하지 않는다.

흥미는 있는 것 같지만 말이지.

그런 상황이라 내가 직접 부르러 갔다.

페르 일행을 데리고 돌아온 다음, 아이야와 테레자의 도움을 받아 멜론과 수박을 잘랐다.

전과 마찬가지로 사역마들 몫은 껍질을 벗기고 잘라서 접시에 담았다.

"좋아, 다들 시식해봐."

멜론과 수박을 입에 넣은 순간, 모두 "달아!" 하고 입을 모아 말했다.

롯데도 입 주변에 잔뜩 묻혀가며 정신없이 먹고 있었다.

단 걸 좋아하는 스이도『이거 전에 먹었던 것보다 달고 맛있어』라며 만족스러워했다.

페르와 드라 짱도 마음에 들었는지 말없이 덥석덥석 볼이 미어지게 먹고 있었다.

"어디, 나도 먹어볼까. 우선은 멜론부터."

멜론의 달콤한 향에 이끌려 나도 멜론을 먼저 먹었다.

잘 익어 수분 가득하고 단 멜론의 과육이 입 안에서 녹듯이 사라졌다.

"엄청나게 달아. 이거 확실히 지난번보다 맛있네."

스이 말대로 인터넷 슈퍼에서 산 것보다도 달고 맛있다.

수박도 먹어보니, 이쪽도 수분이 가득하고 달았다.

나를 포함한 모두가 최고로 단 멜론과 수박에 대만족했다.

하지만, 이렇게나 잘 자랐으니 다른 것도 먹어보고 싶은데.

흐음…… 이건 그게 나설 차례겠지?

"좋아, 다들 오늘 일은 끝이야. 바비큐 하자!"

『음, 바비큐란 건 숯불로 구운 고기였지? 그건 맛있다. 고기를 잔뜩 구워라.』

『숯불로 구운 고기라. 그거 고소한 게 맛있지.』

『고소한 고기! 스이, 많이 먹을래!』

바비큐가 맛있다는 걸 아는 사역마들은 신이 났다.

아니, 고기만 먹을 거 아니거든.

이번에는 채소를 먹기 위한 바비큐라고.

"아, 저기, 일이 끝이라니······."

그렇게 말하며 당황한 얼굴을 한 것은 토니였다.

다른 모두도 마찬가지로 당황한 표정이다.

"모두 열심히 해준 덕분에 정원도 깔끔하게 손질되었고, 안채도 깨끗하니까. 오늘 하루 정도는 쉬어도 괜찮아."

내가 그렇게 말하자 토니 일가와 앨번 일가의 사람들이 기쁜 표정을 지었다.

"경비도, 대낮부터 습격해 올 바보는 없을 거고."

내가 그렇게 말하자 타바사가 "무코다 씨 덕분에 성가신 녀석들 문제도 해결되었으니까"라고 말했다.

"애초에 S랭크 모험가의 저택을 습격하는 건 웬만한 바보가 아니면 안 하지. 심지어 그 S랭크가 집에 있는데도 불구하고 습격해 오는 녀석은, 구제할 길 없는 바보 중의 바보일 걸세."

바르텔이 그렇게 말하자 다른 경비 담당들도 "그건 그렇지"라며 동의했다.

"그런고로 오늘은 쉬어도 문제없어. 테레자와 아이야, 그리고 세리야는 바비큐 준비를 도와줘."

페르와 드라 짱과 스이에 더해 모두가 먹을 양이라고 하면, 고기와 채소를 자르는 것뿐이라고 해도 대량으로 준비해야만 하니까.

"저기, 저는 밭 쪽을······."

그렇게 사양하듯 말한 것은 앨번이었다.

"그러면 수확하고 남은 대를 뽑아줄 수 있을까?"

"예."

그거라면 자신들도 돕겠다며 토니와 경비 담당도 대를 뽑으러 갔다.

금세 밭은 아무것도 없는 상태가 되어버렸다.

"무코다 씨, 밭에 감자를 심어도 괜찮을까요?"

앨번이 말하길 사두었던 감자 중에 싹이 나버려서 식용에는 적당하지 않은 것이 몇 개 있다고 한다.

"물론이지. 밭의 책임자는 앨번이니까 자유롭게 쓰도록 해. 아, 그리고 이것도 미리 줄게."

내가 건넨 것은 남은 양상추와 오이 등의 씨앗과 영양제였다.

"바, 받아도 됩니까?"

"그럼. 하지만, 이 씨를 키워서 얻은 씨앗은 다음에 다시 심어도 자라지 않으니까, 그 부분은 조심해줘. 그리고 영양제 말인데……."

영양제는 너무 많이 주지 않도록 주의.

여기에 있는 물뿌리개라면 뚜껑 절반 조금 안 되는 정도가 적당하다고 가르쳐주었다.

"그럼 우리는 바비큐 준비를 하자. 아이야, 테레자, 세리야. 가자."

나는 세 사람과 사역마들을 데리고서 안채로 돌아갔다.

분담해서 바비큐 준비를 시작했다.

아이야, 테레자, 세리야에게는 채소를 잘라달라고 부탁했다.

양상추, 오이, 토마토는 신선하게 생으로 먹는 것이 제일이니 샐러드로.

가지는 껍질째 구워서 구운 가지를 만들고, 옥수수도 껍질째 찔 예정이므로 그대로 두었다.

호박은 크고 껍질이 딱딱해서 내가 잘랐다.

예전이라면 호박을 자르는 데 고생을 했을 테지만, 레벨이 올라서인지 힘을 들이지 않아도 썩둑 잘렸다.

호박은 씨앗을 제거하고 얇게 썰어서 껍질째 먹는다.

색도 진하고 달 것 같아서 맛보는 게 기대된다.

다음은 중요한 고기다.

"다들, 이 블루 불과 오크 고기를 이런 느낌으로 잘라줄 수 있을까?"

사역마들이 있는 데다 인원수도 많으니까 말이지.

세 사람에게는 대량의 고기를 잘라달라고 부탁했다.

나는 그사이에 또 하나의 고기를 준비하기로 한다.

"록 버드 고기로 그걸 만들자!"

남은 록 버드 고기를 전부 써서 만들기로 한 것은, 자메이카의 향토 요리인 저크 치킨이다.

맛있다는 소문을 듣고 인터넷으로 조사해 만들어보았는데, 이게 맛있었단 말이지.

오랜만에 먹고 싶어지기도 했고, 숯불로 구우면 더욱 맛있어질 것 같으니까.

지금은 좋은 것이 나와서 만드는 것도 간단하다.

우선은 재료를 인터넷 슈퍼에서 구입한다.

레몬, 양파, 당근, 그리고 맛의 결정적인 한 수가 되어주는 저크 치킨 시즈닝을 구입.

이 저크 치킨 시즈닝에는 분말형과 병에 담긴 걸쭉한 액체형이 있는데, 양념이 잘 밸 병에 담긴 쪽이 좋겠지?

그리고 사는 김에 블루 불과 오크 고기에 바를 스테디셀러로 익숙한 불고기 양념과 바비큐 그릴에 쓸 목탄도 함께 구입했다.

"그럼, 저크 치킨을 만들어볼까. 그다지 할 건 없지만."

우선은 록 버드 고기를 포크로 푹푹 찔러서 구멍을 낸 다음 레몬즙을 고기에 뿌려 배이게 한다.

다음은 간 양파와 마늘과 저크 치킨 시즈닝, 그리고 가지고 있던 꿀을 조금 넣어서 섞은 것을 비닐봉지에 넣고, 거기에 록 버드 고기를 투입해서 양념이 배도록 조금 주무른 다음 재워두면 준비 완료다.

"좋아, 모두가 있는 곳으로 가자."

대량의 식재료를 아이템 박스에 넣고 모두가 기다리는 곳으로 향했다.

"좋아, 다들 소스는 받았지?"

찍어 먹을 소스가 담긴 그릇과 포크는 각자 지참하게 했다.

"이쪽에 있는 고기는 익었으니까, 자유롭게 가져가서 소스에

찍어서 먹으면 돼. 그리고 이 호박도 먹어도 돼. 방금 살짝 맛을 봤는데, 달아서 이대로 먹어도 될 것 같아."

페르와 드라 짱과 스이 몫의 고기를 접시에 담으면서 모두에게 그렇게 말했다.

"자, 먹어."

사역마들 앞에 소스를 뿌린 고기를 내어주자 신나서 먹기 시작했다.

『으음, 맛있다.』

『역시 숯불로 구운 고기는 맛있네.』

『맛있어.』

숯불로 구운 고기는 역시 또 다른 맛이 있지.

"맛있어!"

"살짝 고소하게 구워져서 맛있는걸."

"이 소스를 찍으니까 진짜 맛있네."

토니 일가와 앨번 일가는 화기애애한 느낌으로 고기를 조금씩 먹고 있었다.

경비진으로 말하자면, 응. 말 한마디 없이 고기를 우걱우걱 먹고 있네.

어이어이, 그렇게 급하게 먹지 않아도 아직 많이 있다고.

아, 자세히 보니 약 두 명이 울고 있는데.

"어이, 고기는 역시 맛있어……."

"응, 고기는 좋아……."

블루 불 고기를 입 안 가득 넣고서 바보 둘이 감동하고 있었다.

그렇게 울 만큼 고기를 좋아하는데도, 두 사람은 역시 오크 고기에는 손을 대지 않았다.

지난번의 일이 큰 트라우마가 되었나 보다.

뭐, 지금은 안 돼도 조만간 먹을 수 있게 되겠지.

"아, 고기만 먹지 말고 다들 이 샐러드도 먹어봐. 드레싱도 여러 가지 준비했으니까."

"무코다 씨, 이 생채소에는 드레싱이라는 걸 뿌려서 먹는 겁니까?"

"맞아, 앨번. 이게 참깨 드레싱이고, 이쪽이 오리엔탈 드레싱, 이건 프렌치 드레싱이야. 내가 추천하는 건 참깨려나? 고소한 풍미가 좋아."

"그렇군요. 그렇다면 참깨라는 걸 뿌려보겠습니다."

그렇게 말한 앨번은 참깨 드레싱을 뿌린 샐러드를 맛보았다.

상당히 맛있었는지 부인인 테레자와 아이들에게도 먹게 했다.

역시 채소 하면 샐러드지.

나도 나중에 먹어야지.

하지만 우선은 고기부터 먹고 싶다.

이 냄새를 맡고 고기를 안 먹을 수는 없다고.

나는 다음 고기를 망에 올리고, 한쪽에 두었던 익은 고기를 입에 넣었다.

"응, 맛있어. 역시 소스는 이게 제일 딱 맞아."

『어이, 고기다.』

『나도!』

『스이도.』

"네네, 잠깐 기다려."

사역마들에게 추가로 고기를 그득하게 담아 내어주었다.

오, 가지가 다 익은 건가?

적당히 익었다.

구운 가지를 만들려면 껍질이 탈 정도로 익히는 게 좋다.

"아이야, 여기 좀 부탁해. 다들 고기를 잘 먹으니까 계속해서 구워줘."

고기 굽기를 아이야에게 맡기고, 아이템 박스에서 볼을 꺼낸 다음 페르에게 말을 걸었다.

"페르, 이 볼 안에 얼음을 만들어줄래? 자잘한 걸 조금만."

『먹는 중인데 성가시구나.』

"미안 미안. 구운 가지 껍질을 벗기는 데 필요해."

『어쩔 수 없지. 여기 있다.』

차르르르 하고 볼에서 얼음이 넘쳐났다.

"으앗, 너무 많아!"

아까운지라 남는 얼음은 다른 볼에 옮겨 담아서 아이템 박스에 넣었다.

그리고 볼에 물을 더해서 얼음물을 만들고, 그 안에 구운 가지를 30초 정도 담갔다가 꺼냈다.

미리 가지 꼭지 주변에 칼집을 넣어둔지라, 꼭지 쪽부터 껍질을 벗기자 스윽 깔끔하게 벗겨졌다.

그걸 적당한 크기로 잘라서 접시에 담고, 가다랑어포와 간장을 뿌리면……

"구운 가지 완성."

모두에게 내어주자, 아이들과 경비 담당들은 "으음" 하는 반응이었다. 하지만 토니와 아이야, 앨번과 테레자의 입에는 딱 맞았는지 "맛있습니다"라며 잘 먹어주었다.

물론 나도 맛있게 먹었다.

구운 가지 맛있는데 말이지.

이러저러하는 사이에 옥수수도 적당히 쪄진 모양이었다.

이건 달고 맛있어서 아이들에게 대인기였다.

코스티와 세리야, 올리버, 엘릭, 롯테. 모두 정신없이 덥석덥석 먹고 있다.

의외로 단 음식을 좋아하는 모양인 페이터도 두 번째 옥수수를 확보해가면서 베어 물고 있었다.

옥수수는 나도 좋아하는지라 추가로 더 올려두었다.

그나저나…….

"바비큐 하면 술이 마시고 싶어진단 말이지."

"뭐라? 술이라고?!"

술이라는 말에 드워프인 바르텔이 반응했다.

"이, 있는 겐가? 술!"

"마시고 싶어?"

"당연하지 않은가. 이곳 생활은 모험가 시절보다 몇 배나 좋지만, 한 가지 불만이 있다네. 바로 술을 충분히 마실 수 없다는 점이지."

"어라? 바르텔은 종종 술을 사러 나가지 않았던가?"

바르텔은 쉬는 날이면 술을 사러 번화가까지 나간다고 들었는데.

"그건 그렇지만, 가끔은 실컷 마시고 싶어지는 법일세."

드워프니까.

"좋아, 오늘은 마음 놓고 마셔. 다들 마셔볼까?"

그렇게 말하자 어른들(특히 전 모험가인 경비 담당들)에게서 환호성이 일었다.

바로 인터넷 슈퍼에서 캔 맥주와 어린이들을 위한 주스를 샀다.

"아이들은 이쪽 페트병에 담긴 주스야. 이렇게 비틀면 뚜껑이 열려. 어른들은 이쪽의 캔 맥주. 이 부분을 위로 올려서 밀면 마실 수 있는 구멍이 열려."

모두에게 따는 법을 보여주었다.

"그럼, 다들 받았지? 건배."

"""""건배!"""""

꿀꺽꿀꺽, 크하.

맥주 맛있어!

"카하, 맛있어! 차가운 술이 이렇게 맛있다니. 이건 고기가 술술 들어가는군."

"정말이야, 맛있네! 이 차가운 술이 목을 꿀떡 넘어가는 느낌이 최고야."

"맛있는 술에 맛있는 고기. 최고야!"

후후후, 그렇지? 그렇지?

하지마안, 맥주에 더 잘 맞는 고기가 있지.

이제 슬슬 양념도 배서 딱 적당해졌을 그거다.

"좋았어, 지금부터 맥주랑 맞는 고기를 구울게."

흙 마법으로 만든 테이블 위에 놓여 있던 비닐봉지를 열었다.

그리고 그 안에 있던 록 버드 고기를 그릴 위로.

그 순간 매콤한 향기가 주변에 충만해졌다.

"뭐, 뭐지? 이 맛있는 냄새는…….."

"참으로 식욕을 돋우는 냄새인걸."

다들 저크 치킨에 시선이 못 박혔다.

겉을 굽고, 안을 굽고.

좋아, 잘 구워졌네.

"드세요."

사역마들 몫을 접시에 담으며 모두에게 그렇게 말하자 다들 기뻐하며 저크 치킨을 베어 물었다.

"자, 먹어봐."

페르와 드라 짱과 스이 앞에 저크 치킨을 고봉으로 담은 접시를 내놓았다.

『오호, 다양한 냄새가 나는 요리구나. 어디…… 흐음, 상당히 맛있구나. 조금 더 찌릿해도 괜찮을 것 같다.』

『오, 살짝 찌릿하지만 그게 좋은 느낌을 주는 양념이네.』

『정말이다. 찌릿하지만 맛있어!』

저크 치킨은 페르와 드라 짱과 스이에게도 호평이었다.

"호오, 이거 못 참겠군! 이 차가운 술과 아주 잘 어울려!"

바르텔이 꿀꺽꿀꺽 맥주를 마신 후에 그렇게 말했다.

아니, 방금 페르가 만들어준 얼음을 넣은 볼 안에 캔 맥주를 넣어서 차게 해두고 있는데, 그 차게 해둔 캔 맥주를 연거푸 따는 모양새가 바르텔 혼자서 다 마실 기세다.

"아니, 바르텔. 너 혼자서 너무 많이 마시고 있잖아!"

"맞아 맞아!"

바보 쌍둥이에게서 항의가 들어왔지만, 바르텔은 전혀 개의치 않았다.

"이런 건 빠른 사람이 임자인 게 당연하잖아."

그렇게 말하면서 푸슉 하고 또 하나를 땄다.

"우왓, 또."

"하하하, 여기 추가 캔 맥주야. 오늘은 마음껏 즐기라고 말했잖아. 마셔 마셔."

그렇게 말하며 추가 캔 맥주를 보충해주고 나도 두 개째 맥주를 땄다.

"오옷, 무코다 씨, 최고!"

"여어, 역시 무코다 씨!"

"정말이지, 너희 요령이 너무 좋잖아. 하하핫."

『어이, 더 다오!』

『나도 더 줘!』

『스이도 더 먹을래!』

"그래, 기다려."

고봉으로 담은 저크 치킨을 사역마들 앞에.

"많이 먹어."

"우리도 먹자고!"

"당연하지!"

모두 맥주를 한 손에 들고 매콤한 저크 치킨에 몰려들었다.

역시 바비큐는 여럿이서 하는 게 즐겁다니까.

『이제 그만 던전에 가자.』

다 함께 바비큐를 한 다음 날, 페르가 성을 내며 말한 한마디.

그 말에 드라 짱도 스이도 당연히 반응했고, 떠밀리듯이 던전행이 결정되었다.

3 대 1이니 내 쪽이 압도적으로 불리하잖아.

모두 던전을 좋아하니까.

페르와 드라 짱과 스이에게는 재미있는 놀이공원 같은 곳일 테지.

모험가에게는 목숨을 건 일인데 말이야.

그런고로 던전행이 결정되었는데, 어디에 있는 던전으로 가느냐 하는 이야기가 되었을 때 페르가 가장 먼저 가고 싶어 했던 것이 브릭스트의 던전이었다.

이곳 레온하르트 왕국의 이웃 나라인 엘만 왕국에 있는 난관이라 불리는 던전.

『전에 만났던 모험가가 말했던, 이웃 나라에 있다고 하는 어려운 던전이 좋다. 녀석들에게 전이석이라는 걸 받았었지?』

페르는 이것저것 다 잊지 않고 기억하고 있잖아.

에이블링 던전에서 만났던 A랭크 모험가 파티인 '아크(방주)' 멤버들에게 받은 30계층 전이석.

이건 반복해서 사용할 수 있는 타입으로, 30층까지는 어느 계

255

층이든 자유롭게 오갈 수 있다고 하는 귀한 물건이었다.

그런 일도 있어, 페르는 가장 먼저 브릭스트의 던전 이름을 댔다.

난관이라고 하는 점도 페르의 의욕을 자극한 것이 틀림없으리라.

하지만, 거절한다!

난관 던전 같은 데 일부러 가고 싶지 않다고.

들은 바에 따르면 드랭의 던전이나 에이블링의 던전보다 훨씬 어렵다고 한다.

그런 곳은 나로서는 당연히 피하고 싶은바.

그런고로 나로서는 다른 하나의 던전을 맹렬하게 추천했다.

로센달의 던전.

일명 '고기 던전'.

12계층으로 되어 있으며 난도도 낮지만 드롭 아이템이 대부분 고기라고 하는, 우리에게 있어서는 매우 바람직한 던전이다.

들은 이야기에 따르면 로센달이라는 도시는 이 던전 덕분에 매우 번성한 모양이고, 드롭 아이템이 고기라는 것도 있어서 맛있는 식당도 많다고 한다.

게다가 심지어 이 던전에서만 구할 수 있는 고기도 있다는 모양이다.

고기를 아주 좋아하는 면면들만 모여 있는 우리로서는 더할 나위 없을 만큼 딱인 던전이라고 본다.

그러한 점을 친절하게 공들여 프레젠테이션했더니 드라 짱과 스이가 흥미진진해하며 고기 던전 쪽으로 마음을 돌렸다.

그리고 페르도 『난도가 낮은 건 재미 없지만, 그 던전에서만 먹을 수 있는 고기라는 것은 한번 먹어보고 싶다』라고 하면서, 겨우 다음 던전은 고기 던전으로 결정되었다.

이곳 카레리나에서는 상당히 먼 모양이지만, 우리의 경우엔 사역마들도 있으니 평범하게 마차를 이용하는 것보다는 훨씬 빠르게 도착할 수 있을 터다.

그렇다고 하면 우선은 우리 집에서 일하는 모두에게 설명을 해야겠지.

모두를 부르고 고기 던전에 가는 취지를 설명했다.

토니 일가와 앨번 일가가 조금 불안해했지만, 식량과 생필품 등은 넉넉하게 지급하고 보수는 선불로 3개월분을 주겠다고 이야기했더니 조금은 안심한 듯했다.

그리고 토니의 아들 코스티에게 일을 하나 맡겼다.

코스티는 이전에 교회에서 운영하던 무료 학교에 다녔고, 읽고 쓰기는 물론이고 간단한 계산이라면 할 수 있다고 했다.

그래서 비누와 샴푸 등의 재고 관리와 람베르트 씨네 가게에 판매한 수량 관리를 부탁했다.

처음에는 듣고 깜짝 놀랐지만 "힘들겠지만, 네가 적임이라서 부탁하는 거야. 열심히 해줘"라고 말해주자 힘차게 고개를 끄덕였다.

재고 관리를 위해서는 필기도구가 필요할 거라고 생각해서 사용법을 가르쳐주고 연필과 지우개와 노트 등의 필기도구 한 벌을 코스티에게 주었더니 매우 기뻐했다.

그것을 본 세리야와 앨번 일가의 아이들이 부러워하는 모습에 어떤 생각을 떠올렸다.

"타바사는 분명 읽고 쓰기랑 간단한 셈은 할 수 있었지?"

"뭐, 일단은. 근데 갑자기 뭐야? 무코다 씨."

"아니 그게, 아이들한테 읽고 쓰기와 셈을 가르쳐줬으면 해서."

"에엑? 내, 내가 말이야?"

"그래. 타바사는 남을 잘 돌보니까, 선생님에 딱 맞는다고 생각하는데."

"내, 내가, 선생님……."

"보수는 별도로 지급할게. 꼭 좀 부탁해. 읽고 쓰기랑 셈을 할 수 있게 되면, 아이들의 장래에도 도움이 될 거야."

"아이들의 장래에 도움이라……. 그런 거라면 받아들여야지. 잘 가르칠 수 있을지는 모르겠지만."

그 보좌를 코스티에게 부탁했다.

재고 관리도 부탁했으니 여러 가지로 힘들지도 모르지만, 재고 관리분까지 포함해서 보수를 주겠다고 했더니 더욱 의욕을 보였다.

"저, 저기, 부탁이 있어……."

평소 조용한 페이터가 말을 꺼냈다.

이야기를 들어보니, 자신도 읽고 쓰기와 셈을 배우고 싶다고 했다.

"읽고 쓰기, 셈 같은 걸 배우지 않은 채로 모험가가 되었거든…….

하지만, 그걸 못 하면 불편한 일이 많아서……."

의뢰서 같은 것도 읽어달라고 부탁하고, 무언가를 쓸 때도 대필을 부탁하거나 해야 한다. 특히 곤란한 것이 물건을 사고 잔돈을 떼어먹히는 일이라고 한다.

혼자서는 바로 눈치채지 못하고, 나중에 깨닫고 불만을 말해도 가게는 시치미를 떼며 모르쇠로 일관할 뿐.

그때는 이미 시간도 지났고, 증거도 없어서 결국 흐지부지 끝나버린다고 한다.

그런 가게가 있는 건가? 싶어서 물어보니, 그게 상당히 많단다.

"사람 얼굴을 보고 배움이 없어 보인다 싶으면 태연하게 속이는 녀석이 있다니까."

루크가 얼굴을 찌푸리며 그렇게 말했다.

"맞아 맞아. 그 자리에서 눈치채고 잘못됐다고 말해도 결국에는 『실수했습니다. 죄송합니다』하고 끝이야. 절대 고의가 아니라고 주장한다고."

어빙이 루크와 마찬가지로 얼굴을 찌푸리며 이어서 말했다.

"아아, 너희도 셈 공부 때는 코스티와 함께 조수를 맡아서 해야 해. 그리고, 읽고 쓰기 때는 함께 공부하도록 해."

"뭐어?!"

"어째서?!"

타바사의 폭탄 발언에 루크와 어빙이 동요했다.

"그게, 너희들 돈 계산은 되어도 읽고 쓰기는 제대로 못 하잖아. 특히 너희가 쓰는 글자! 지저분해서 아무도 못 읽는다고. 어른이 된 후에도 공부할 기회가 주어진 거니까, 투덜대지 말고 감사하게 생각해."

루크도 어빙도 자각은 있었는지 타바사에게 '글씨가 지저분하다'라는 말을 듣고 "우으으" 하고 신음했다.

"저, 저기……."

목소리를 낸 것은 토니였다.

"저, 저희도 그, 읽고 쓰기와 셈을 배울 수 있겠습니까?"

"응? 너희들도?"

"네, 저희는 읽고 쓰기도 셈도 못 하는지라, 배울 수 있다면 꼭 좀 배우고 싶습니다."

이야기를 들어보니 토니와 아이야는 자신들의 이름 정도는 쓸 수 있지만, 그 이외엔 읽고 쓰기도 셈도 못 한다고 한다.

애초에 그러한 것들을 배운 일 자체가 없는 모양이었다…….

제대로 된 학교는 귀족과 돈이 있는 상인 집안의 아이들이 가는 곳이다. 지금이야 교회의 무료 학교가 도시에는 하나둘 생기고 있지만, 토니와 아이야가 어릴 때는 그런 것이 없었다고 한다.

게다가 교회의 무료 학교라는 것도 이야기를 들어보면 일주일에 몇 시간 읽고 쓰기와 셈을 가르쳐주는 정도라고 하니, 공부방에 가까운가 보다.

그런 느낌으로, 문맹률이 높아서 토니와 아이야처럼 읽고 쓰기와 셈을 못 하는 사람도 드물지 않으리라.

토니와 아이야는 읽고 쓰기와 셈을 못 해서 곤란했던 일이나 손해 보는 일도 많았기 때문에 아들인 코스티를 무료 학교에 보냈다고 한다.

사실은 세리야도 무료 학교에 보내고 싶었지만, 아이야가 병에 걸려 그럴 만한 상황이 안 됐다는 모양이다.

"저기, 저희도 부탁드립니다!"

이번에는 앨번과 테레자가 그런 말을 꺼냈다.

시골에서 태어나 시골에서 자란 두 사람에게 배움의 기회 같은 건 없었고, 읽고 쓰기도 셈도 못 했다.

시골에서 읽고 쓰기와 셈을 할 수 있었던 건 촌장과 촌장의 아들뿐이었다고 한다.

돈을 주고받는 일이나 큰 계약에 서면이 필요할 때는 마을 사람들 모두 그 둘에게 의지했지만, 앨번과 테레자 안에서는 그것이 정말로 맞을까 싶은 마음이 언제나 있었단다.

촌장과 촌장 아들을 믿지 않았던 것은 아니지만, 아무래도 그 의혹은 사라지지 않았다고 한다.

그야 역시 직접 확인한 게 아니니까.

그런고로 앨번과 테레자도 배울 기회가 있다면 꼭 읽고 쓰기와 셈을 배우고 싶다고 했다.

"나이에 상관없이 배우고 싶은 사람은 모두 배워도 돼. 타바사, 인원이 많아서 힘들지도 모르겠지만, 잘 부탁해."

"물론이지. 토니 부부한테도 앨번 부부한테도 신세를 지고 있으니까."

읽고 쓰기와 셈을 배울 수 있게 되었다는 사실에 토니도 아이야도 앨번도 테레자도 기뻐했다.

"거기서 모르는 척하고 있는 바르텔. 당신도 도와줘야 해! 연공으로 읽고 쓰기와 셈은 당신도 완벽하게 할 수 있다는 걸 알고 있으니까 말이지!"

"어, 어째서 내가? 나는 남에게 뭘 가르쳐본 적이 없네!"

갑자기 화살이 돌아오자 바르텔이 당황했다.

"나도 그런 거 해본 적 없어. 그래도 하는 거라고!"

"무리라고!"

……드워프를 상대할 때는 이게 아주 효과적이겠지.

그렇게 생각하며 인터넷 슈퍼에서 재빠르게 그것을 구입.

"바르텔. 이거 받아."

바르텔에게 갈색 액체가 담긴 잔을 건넸다.

"술인가. 뭔가? 갑자기 술 같은 걸. 받은 술은 당연히 마시겠지만."

잔에 담긴 술을 단숨에 비우는 바르텔.

그리고 바르텔은…… 눈을 크게 부릅떴다.

"뭐, 뭔가? 이 술은 대체?!"

으하하하하하, 그건 대(對)드워프용 비밀 병기입니다.

바비큐 그릴을 주문 제작했을 때도 한몫을 했던, 인터넷 슈퍼에서 적당한 가격에 산 일본 제조사의 사각형 병에 담긴 위스키.

"바르텔에게 줄 보수는 돈보다 이쪽이 좋겠지?"

내가 그렇게 말하자 바르텔이 눈빛을 바꾸었다.

"이, 이 맛있는 술을 받을 수 있는 겐가? 하겠네! 그런 거라면 조수든 뭐든 하겠어!"

네, 드워프 함락되었습니다.

"저기, 그 술이 그렇게 맛있어?"

루크와 어빙이 흥미진진해했다.

"두 사람 다 마셔볼래?"

그렇게 묻자 끄덕끄덕 몇 번이나 고개를 끄덕였다.

잔에 위스키를 따라서 두 사람에게 건넸다.

꿀꺽——.

"푸엑, 뭐, 뭐야 이거? 목이 타는 것 같아!"

"크윽, 이, 이거 술이 너무 세잖아."

루크도 어빙도 강한 알코올에 얼굴을 찡그렸다.

"헷, 이 술은 도수가 높은 게 좋은 거라고. 게다가 독특한 향과 맛도 있어. 내가 지금까지 마셔본 술 중에서는 제일이야."

"이런 건 드워프밖에 못 마실 거라고."

"맞아 맞아."

"하핫, 상관없어. 이런 맛있는 술은 나 혼자서 마실 테니."

말싸움을 시작한 세 사람을 달랬다.

"자자. 그럼 바르텔의 보수는 이 술이면 되는 거지?"

"그래. 이 술이 좋네."

"한 달에 두 병이면 될까?"

"조금 더 쓰게."

"그럼, 세 병."

"무코다 씨, 좀 더 부탁하네."

"더는 안 돼. 한 달에 세 병. 다른 사람들의 보수와 형평성도 있으니까."

그렇게 말하자 바르텔은 조금 실망했지만, 그 후에는 맛있는 술을 마실 수 있게 되었다는 사실에 싱글벙글했다.

"앗! 무코다 씨, 지금 생각난 건데. 다들 공부하고 있을 때 경비 쪽은 어떻게 하지? 결국 모두 함께 공부하게 되는 거잖아? 일주일에 두세 번이라고는 해도, 그사이에는 순찰하는 사람이 아무도 없게 되는데."

"아아, 그 부분에 관한 건 괜찮아."

사실대로 말하면, 전부터 경비 강화를 위해 마도구를 설치해야 겠다고 생각했었다.

길드 마스터를 통해 그 마도구에 관한 정보를 얻었으니, 우리가 여행에 나서기 전에 설치해두려고 한다.

그러한 생각을 이야기하자 타바사도 안심한 모양이었다.

"그럼 그렇게 알아둬. 여행 준비 같은 것도 해야 하니, 아마도 사흘 정도 후에 로센달로 가게 될 거야. 잘 부탁할게."

마지막으로 코스티에게 주었던 것과 같은 필기도구를 모두에게 한 벌씩 주었더니 다들 매우 기뻐했다.

집안사람들에게 던전에 간다는 사실을 알린 다음부터는 이것저것 바빴다.

우선은 경비 강화를 위한 마도구를 설치했다.

무려 간이 결계를 응용한 마도구로, 요컨대 경보 장치 같은 것
이었다.

설치도 포함하여 총 금화 850닢이 들었지만, 필요한 거였으
니까.

그다음은 람베르트에게 알리기 위해 가게로 가보니 람베르트
씨는 이미 왕도로 출발한 다음이었다.

아내인 마리 씨의 이야기로는, 호위 모험가를 평소보다 두 배
로 붙이고 의기양양하게 왕도로 향했다고 한다.

"남편에게 들었습니다만, 이번 사업은 가게를 크게 키울 기회
이기도 하다며 의욕으로 넘치더군요."

마리 씨가 웃는 얼굴로 그렇게 말했다.

뭐, 백작님 소개로 다른 유력 귀족에게 【신약 모발 파워】를 파
는 거니까, 상인으로서는 큰 기회려나.

판매 쪽은 람베르트 씨에게 전면적으로 맡겼으니 부디 열심히
해주길 바라는 바다.

마리 씨에게는 로센달의 던전으로 간다는 소식을 전하고, 코스
티를 소개해두었다.

코스티에게는 비누와 샴푸 등에 관한 일을 전부 맡겨두었으니,
가게 상품이 부족해졌을 때는 그에게 말해달라고 부탁했다.

대금 쪽은 상품을 넘길 때마다 내가 람베르트 씨 가게에서 와
이번 망토를 제작 주문했을 때 받았던 것과 같은 나무판을 발행
하고, 내가 마을로 돌아왔을 때 정산하는 것으로 이야기를 마무
리 지었다.

그다음엔 모험가 길드에도 들러 길드 마스터에게 보고했다.

길드 마스터는 "이곳에서 조금 더 느긋하게 있어도 되지 않나?"라며 만류했지만, 사역마들이 던전에 가고 싶어 모드가 되어 버렸으니 할 수 없다.

던전행은 결정 사항이며 길어도 3개월 이내에는 돌아올 거라고 전하자 "그럼 어쩔 수 없지" 하고 투덜거렸다.

그리고 요한 아저씨에게는 죄송하지만, 가능한 한 고기를 확보해두고 싶은 마음에 초특급으로 해체를 부탁드렸다.

가지고 있던 것 중에 오크×5, 블루 불×5 코카트리스×5, 블러디 혼 불×1, 록 버드×1을 집안사람들에게 식량으로 내주었다.

조금 더 주어도 괜찮았는데, 아이야와 테레자가 말렸다.

나도 3개월 이내에는 돌아올 셈이지만 그 시간 동안의 소중한 식량이기도 하고 적은 것보다는 많은 편이 좋으리라고 생각했는데, 두 사람으로서는 "지나치게 많습니다!"였던 것 같다.

매직 백도 빌려주었으니 썩을 일도 없고 괜찮을 거라고 생각하는데.

아무튼 그렇게 고기가 줄어들기도 해서, 요한 아저씨에게 애써 주시길 부탁했다.

요한 아저씨한테는 고기 던전에서 구한 고기라도 선물로 가져다드릴까 생각 중이다.

아이야와 테레자한테는 고기 외에 조미료와 빵과 달걀과 우유 등도 넉넉하게 주었고, 밀가루와 채소류 등도 함께 장을 보러 가서 많이 확보했다.

부족해질 경우를 생각해서 식비로 돈도 조금 주었으니, 이걸로 굶을 걱정은 없으리라.

생활하는 데 있어 무엇이 가장 힘드냐 하면, 바로 배고픈 것일 테니까.

그러한 일이 생기지 않도록 최대한 배려했다.

그 외에도 모두에게는 3개월분의 생필품도 주었고, 보수도 선불로 건네두었으니 괜찮을 거라고 본다.

로센달은 여기에서 제법 멀다고 하니, 여행하는 동안 먹을 밥도 넉넉하게 많이 준비하고…….

데미우르고스 님에게도 보고를 드리고, 미리 공물을 보내두었다.

이번에는 2주 분량이라서 전에 헌상했던 일본 수상이 미국 대통령에게 보낸 야마구치현 술 비교하며 마시기 세 병 세트와 외국에서 가장 주목을 받는 일본 술이라고 하는 아이치현의 술 비교하며 마시기 세 병 세트 및 브랜디를 보냈다.

와인, 럼이라고 하면 다음은 브랜디라고 생각했기 때문이다.

브랜디의 기본이라고 할 수 있는 술 중에 부드러운 맛으로 초심자라도 비교적 마시기 편한 브랜디를 골라보았다.

그것과 이번에도 당연히 프리미엄 통조림 안주다.

그런 느낌으로 서둘러 여행 준비를 하고, 던전행이 정해진 지 사흘. 드디어 준비가 끝났다.

집안사람들이 전부 모여서 우리를 배웅해주었다.

"무코다 씨네면 걱정할 것 없으리라고 생각하지만, 조심해."

"타바사도 잘 부탁할게. 이 중에서 가장 의지할 수 있는 건 타바사니까."

"알고 있어. 무코다 씨가 없는 동안은 맡겨두라고."

타바사에게 맡겨두면 무슨 일이 있어도 괜찮으리라.

"고기 던전이랬지? 고기, 기대하고 있을게."

"그 던전 고기, 맛있거든."

쌍둥이는 싱글벙글하며 그런 말을 했다.

"맛있는 고기! 고기 좋아! 롯테도 먹고 싶어!"

쌍둥이의 말에 반응한 롯테가 폴짝폴짝 뛰어올랐다.

"하하하, 선물 가지고 올게."

고기를 좋아하는 육식계 여자아이를 위해서도 선물을 많이 가지고 돌아오겠습니다.

"그럼 다들, 다녀올게."

"""""조심히 다녀오십시오."""""

"페르, 드라 짱, 스이, 로센달로 출발하자!"

『그래..』

『좋아.』

『던전!』

우리 일행은 로센달, 통칭 '고기 던전'을 향해 출발했다.

"후우~ 기분 좋다."

『그러게.』

『기분 좋아.』

드라 짱과 스이와 함께 집에 있는 욕조에 몸을 담그고 느긋하게 시간을 보냈다.

욕조에 등을 기대고, 팔다리를 편안하게 뻗고 눈을 감는 나.

드라 짱과 스이도 기분 좋은 듯 둥실둥실 떠 있었다.

참고로 오늘 고른 것은 인터넷 슈퍼에서 발견한 온천 입욕제.

유백색에 살짝 유황 냄새가 나고 피부를 촉촉하게 감싸는 뜨끈한 물이 되었다.

집 욕실에서도 간단히 온천 기분을 느낄 수 있구나.

하지만 말이지…….

"이것도 나쁘지는 않지만, 제대로 된 온천에 들어가면 훨씬 기분 좋을 텐데."

무심코 그렇게 중얼거리자 둥실둥실 떠 있던 드라 짱과 스이가 내 쪽으로 헤엄쳐 다가왔다.

『온천?』

『주인, 온천이 뭐야?』

"온천이라는 건 말이지, 땅에서 따뜻한 물이 솟아 나오는 천연 목욕탕이야."

『와아~ 그런 목욕탕이 있는 거야? 스이, 가보고 싶어.』

"이쪽에도 있으려나? 드라 짱, 들어본 적 있어?"

『지면에서 솟아 나오는 따뜻한 물이라. 흐음…….』

내 어깨를 붙들고서 눈을 감으며 생각에 잠기는 드라 짱.

『……아! 그러고 보니 옛날에 가끔 만났던 동족한테서 그런 곳이 있었다고 들어봤던 것 같은데.』

번쩍 눈을 뜬 드라 짱이 무언가 떠오른 것처럼 말했다.

"뭐? 이쪽에도 온천이 있어?! 어딘데? 어디?"

갑자기 흥미가 생긴 나는 흥분한 기색으로 그렇게 물으면서 드라 짱의 팔 아래에 손을 넣어서 들어 올렸다.

『어디였더라~ 으음…………..』

기억해내려고 다시 생각에 잠긴 드라 짱.

그러나…….

『틀렸어. 생각이 안 나!』

드라 짱이 그렇게 딱 잘라 말했다.

"너무해~."

이쪽 세계에서도 온천에 들어갈 수 있는 건가 하고 기대했는데. 풀썩.

『그런 말을 한들 어쩔 수 없잖아. 생각이 안 나니까. 애초에 그 동족과 만난 것도 오래전 이야기라고.』

그렇게 말하며 토라지는 드라 짱.

"하핫, 미안 미안. 뭐, 꼭 가야만 하는 것도 아니고, 있으면 좋겠다 정도야. 온천은 기분 좋으니까."

『그렇게나 기분 좋아?』

"그럼. 역시 천연 온천은 집 욕실과는 다르다고."

『그런 거야? 네가 그렇게까지 말하는 온천이라는 거 궁금한걸. 우으~ 어째서 떠올리지 못하는 거냐고. 나.』

그렇게 말하며 콩콩 자신의 머리를 두드리는 드라 짱.

"자자, 생각 안 나는 건 어쩔 수 없지 뭐. 그리고 말이야, 이런 건 우리 중에서 제일 장수한 분께 묻는 편이 좋겠지?"

『장수~?』

"그래. 천 살 넘게 장수한 분이 가까이에 있잖아."

나의 그 말을 듣고 깨달은 듯 드라 짱이 『아아~』하고 크게 고개를 끄덕였다.

『페르 아저씨~.』

스이도 눈치챈 모양이다.

"그래. 목욕을 마치고 나면 페르한테 물어보자."

모르는 건, 이 세계에서 오래 살며 천 살을 넘은 페르에게 묻는 것이 제일이다.

『그게 제일인가. 네 말대로, 확실히 페르라면 알 것 같네.』

"그렇다니까."

『페르 아저씨가 알면 좋겠다~.』

"그러게, 스이."

그렇게 정리하고 우리는 다시 느긋하게 목욕을 즐겼다.

"아~, 기분 좋았다."

『기분 좋았지.』

『기분 좋았어~.』

느긋하게 목욕을 만끽한 나와 드라 짱과 스이.

드라 짱과 스이는 목욕을 마친 후의 습관이 되어가고 있는 과일 우유를 꿀꺽꿀꺽 마셨다.

목욕을 하지는 않았지만, 페르도 함께 과일 우유를 즐기고 있었다.

나로 말할 것 같으면, 최근 목욕을 한 다음에는 생수라고 정해두고 있었다.

꿀꺽꿀꺽 생수를 다 마시고 한숨을 돌렸다.

"그렇지. 페르한테 물어보고 싶은 게 있는데. 온천이라고 혹시 알아? 땅에서 따뜻한 물이 솟아 나오는 그런 곳인데."

『따뜻한 물이 솟아 나오는 곳이라고? 어째서 그런 곳을 알고 싶은 거냐?』

"그런 곳을 온천이라고 하는데, 그 따뜻한 물에는 다양한 효과가 있거든. 솟아 나오는 따뜻한 물에 따라 효과는 다른데, 피로를 풀어준다든가 상처나 피부염 등에 효과가 있다든가 해. 무엇보다 들어가면 기분이 좋기도 하고."

『들어가다니, 요컨대 목욕이냐?』

"뭐 그렇지. 그런 곳, 몰라?"

『흐음…….』

과일 우유를 다 마신 뒤 할짝 입 주변을 핥고서 생각에 잠기는 페르.

『흠, 그러고 보니 산기슭에 그런 곳이 있었지.』

『오오~ 네 말대로 역시 장수한 분은 알고 있었네.』

『장수~.』

"얘, 얘들아."

드라 짱도 스이도 페르 앞에서는 그 말 하면 안 돼.

『어이, 장수라니 무슨 말이냐.』

미심쩍어하는 시선을 내게 보내는 페르.

"아니, 그게, 페르는 천 살이 넘었잖아? 그러니까 장수라는 것도 꼭 틀린 말은 아니잖아……."

『내가 노인네라고 말하고 싶은 것이냐?』

"아, 아니, 딱히 그런 건 아니고."

『그런 게 아니라면 뭐냐? 으응?』

그렇게 무시무시한 기세로 페르가 내게 얼굴을 가져다 댔다.

『자아 자아 자아 자아. 그쯤 해둬. 그보다도, 온천 이야기를 하자고.』

『온천~. 스이, 온천 들어가고 싶어~.』

『흥, 나를 노인네 취급하다니. 나는 결코 노인네 같은 게 아니다!』

"하, 하핫, 안다니까. 드라 짱이 말한 대로, 온천 이야기를 계속하자고."

『따뜻한 물이 솟아 나오는 곳이었지. 아까 말한 대로 산기슭에 그런 곳이 있는 걸 몇 번인가 본 적이 있다.』

역시라고 할까, 과연 오래 살아온 만큼 페르가 아는 것이 많다는 건 틀림이 없다.

"그래 그래, 그거 그거. 온천이란 건 산 가까운 데서 솟아 나오는 경우가 많거든."

『흐음. 하지만 네가 말한 것 같은 목욕탕처럼 들어갈 수 있는 곳이라고 한다면 서쪽에 있는 산기슭이나 동쪽에 있는 산기슭에 있는 것, 둘 중 하나겠구나.』

페르가 말하기로는 다른 곳은 물의 양이 적거나, 그 주변 초목이 전부 메마르는 등 명백하게 위험한 느낌이라고 한다.

"서쪽이냐 동쪽이냐인가."

모험가에게 바가지를 썼던 쓰라린 추억이 남아 있는 그리운 지도.

그걸 아이템 박스에서 꺼내서 펼쳤다.

"서쪽이라고 하면……. 커헉, 설마 르바노프 신성 왕국이나 가이슬러 제국은 아니겠지?"

지도를 보면서 얼굴을 찌푸리며 그렇게 말하자, 페르가 들여다보았다.

『어느 나라인지는 모르지만, 바다에서 그리 멀지 않았다.』

"바다에서 그리 멀지 않다고 하면, 바다에 면하고 있는 가이슬러 제국 같은데. 마르베일 왕국일지도 모르겠지만……."

『그건 아니다. 네가 보고 있는 그것에 따르면 마르베일 왕국이라는 건 마족이 있는 곳에 면해 있지 않으냐?』

"맞아."

『그쪽에서는 상당히 먼 곳이었을 거다.』

"그럼 그 서쪽 산기슭의 온천이란 건, 가이슬러 제국이 틀림없어 보이네. 그렇다면 서쪽은 각하야."

딱딱한 독재 군사 국가 같은 데 가고 싶지 않으니까.

"그렇게 되면 선택지는 동쪽 하나네. 페르, 동쪽 산기슭의 온천은 어디쯤이야?"

『그쪽도 바다에서 그다지 멀지 않았을 터다. 다음 날에는 바다로 나와서 시 서펜트를 먹었던 기억이 있으니까. 그건 아주 맛있었다.』

페르는 눈을 감으면서 시 서펜트의 맛을 떠올리고 있는 모양이었다.

아니, 침이 떨어지려고 하잖아. 페르.

"동쪽에서 바다와 가까운 곳이라고 하면, 여기 레온하르트 왕국이나 엘만 왕국이겠네. 응응, 좋네."

이 나라라면 안정되어 있어 안심이고, 엘만 왕국도 이 나라의 동맹국으로 역시나 안정 안심인 나라.

"좋아, 그 동쪽 산기슭에 있는 온천으로 가자."

『좋았어, 온천이다! 기대되네~.』

『온천, 스이도 기대돼~.』

『음? 가는 것이냐? 나는 그런 것보다 바다에서 맛있는 걸 먹고 싶다만.』

"아, 네네. 바다도 가까웠지. 온천에 들어간 다음이라면 좋아."

『음, 그쪽이 먼저인가. 뭐 됐다. 그 대신에 바다에 가면 맛있는 걸 먹게 해주어야 한다.』

"알았어. 해산물을 만끽해보자고."

중앙보다 국경에 가까운 이 카레리나에서는 조금 멀 것 같기는 하지만, 서둘러야 하는 여행도 아니니 느긋하게 경치를 즐기면서 가는 것도 정취가 있을지도.

온천에 해산물이라, 좋은 여행이 될 것 같다.

◇ ◇ ◇ ◇ ◇

드디어 페르가 멈추었다.

『도착했다.』

주르륵 페르의 등에서 내린 나는 그 자리에 주저앉았다.

"겨, 겨우 도착했어……."

『너도 이제 그만 익숙해져라.』

『그렇다니까. 페르 등에 탄 게 몇 번이냐고.』

『주인, 괜찮아～?』

우으으, 걱정해주는 건 스이뿐이구나.

그리고 있지, 이래 봬도 상당히 익숙해진 거라고.

하지만, 하지만 말이야…….

"페르는 달리는 게 언제나 너무 빠르다고～……."

『무슨 소리냐. 언제나 네가 불만을 늘어놓으니, 그래도 네게 맞춘 것이다. 원래대로라면 사흘만 있어도 충분히 도착할 수 있는데 엿새나 걸리고 말았다.』

참으로 마음에 들지 않는다는 느낌으로 그렇게 말하는 페르.

277

"그러니까 처음부터 그게 잘못된 거라고. 내가 말했잖아. 서둘러야 하는 여행도 아니니까, 경치라도 즐기며 천천히 가자고."

『흥, 경치 따위 봐서 뭘 어쩌겠다는 것이냐.』

"어쩌겠냐니, 예쁘구나라든가 이것저것 느끼는 바가 있겠지."

『없다. 드라는 어떠냐?』

『그것참~ 그 감각은 모르겠는데.』

하아, 정말이지 감정이 메마른 녀석들이라니까~.

아무튼…….

영차 하고 일어섰다.

그곳은 울퉁불퉁한 바위들이 펼쳐져 있었고, 그 앞에는 산이 우뚝 솟아 있었다.

그리고 조금 앞쪽에서 하얀 연기가 피어오르고 있는 것이 보였다.

"저건가?"

흰 연기가 보이는 쪽으로 다가갔다.

"오오~ 분위기 나는데."

땅 위로 드러난 바위에 둘러싸인 움푹 팬 땅에서 흘러나오는 따뜻한 물은 무색투명한 맑은 빛을 띠고 있었다.

콸콸 솟아 나오는 온천 때문에 자연히 땅이 파이고 물이 고이게 된 것이리라.

그곳에서 넘쳐흐른 온천은 아래쪽으로 흘러가 작은 시내를 만들고 있었다.

『저기 저기, 주인. 이게 온천이야?』

"맞아."

"와아, 들어갈래 들어갈래~."

온천이 기분 좋은 것이라고 들었던 스이는 그렇게 말하더니 갑자기 온천으로 뛰어들었다.

"잠깐, 스이! 온도 확인부터 해야지!"

내 말은 한발 늦었고, 스이는 온천 속으로.

첨벙——.

『후아~ 기분 좋아.』

스이는 기분 좋은 듯 온천에 둥실둥실 떠 있었다.

"저기, 뜨겁지 않아?"

『딱 좋아~.』

『뭐? 나도 들어가겠어! 에잇.』

"잠깐 잠깐 잠깐, 드라 짱까지?!"

첨벙——.

스이의 말을 듣고 드라 짱이 솟아 나오는 온천에 뛰어들었다.

『흐아아~ 이거 최고네~.』

스이와 마찬가지로 기분 좋은 듯 온천에 둥실둥실 떠 있는 드라 짱.

"저기, 괜찮아?"

드라 짱과 스이의 실로 기분 좋아 보이는 모습을 보고 조심조심 손을 온천에 담가 보았다.

"……조금 뜨거운 편이지만, 이 정도라면 전혀 문제없겠어. 뭐야, 괜찮네."

그렇다는 사실을 알았으니, 나도 들어갈 수밖에 없잖아.

후다닥 옷을 벗고 간단히 개어둔 다음엔 당연히…….

첨벙——.

"흐아~, 좋다~."

천연 온천에 몸을 담그자 뭉쳐 있던 근육이 풀리는 것이 느껴졌다.

"이세계 온천도 좋구나~."

『기분 좋아~. 주인.』

『이 온천이란 거, 네가 말했던 대로 엄청나게 기분 좋네~.』

"『ㄲ흐아아~.』"

온천을 만끽하는 나와 드라 짱과 스이.

문득, 그러고 보니 이세계 온천은 어떤 효능이 있을까 하는 흥미가 일었고 감정을 해보았다.

그러자…….

【자바딜의 탕】

자바딜산의 기슭에서 솟아 나오는 온천. 마력 수소 온천. 무색 투명. 식용 가능.

효능: 피로 회복, 근육통, 어깨 결림, 위염, 자상, 화상, 피부병, 마력 회복(약간)

"으응? 마력 수소 온천?"

역시 마법이 있는 세계의 온천이다.

마력이 나오는 거냐.

효능도 피로 회복이나 근육통, 어깨 결림, 위염, 자상, 화상, 피부병은 평범하지만, 마력 회복(약간)이라니.

어느 정도 효과가 있는지는 수수께끼지만.

뭐, 기분 좋으니까 상관없다.

"그렇지, 페르도 들어오는 게 어때? 온천 같은 건 좀처럼 들어갈 기회가 없으니까."

『온천 기분 좋다고~.』

『페르 아저씨, 기분 좋아.』

나에게 동의하듯이 드라 짱과 스이도 기분 좋다고 권했지만, 정작 페르는 싫은 듯 얼굴을 찌푸리고 있었다.

『안 들어간다. 너희들만 들어가면 되지 않느냐.』

"에이, 이 온천은 마력 수소 온천이라고 하는데, 마력도 회복된대. 효과는 (약간)이지만."

『흥, 그런 데 잠기는 것보다, 자는 편이 더 회복된다. 게다가 회복해야 할 만큼 마력을 쓰지도 않았다.』

그렇게 말한 페르는 피난하듯이 온천에서 조금 떨어진 곳에 엎드려 누워버렸다.

『온천, 기분 좋은데~.』

『그러게~.』

『그치~.』

"『흐아아~.』"

나와 드라 짱과 스이는 힘을 쭉 빼고서 그대로 온천에 몸을 맡겼다.

◇ ◇ ◇ ◇ ◇

"좋은 물이었어~."

『온천, 최고야!』

『아주 기분 좋았어~.』

여유롭게 온천을 만끽하고, 그래도 아쉬워하면서 물에서 나온 나와 드라 짱과 스이.

몸 안쪽부터 데워져 따끈따끈했다.

『목욕하고 나오면 늘 마시는 그거 줘.』

『스이도 마실래!』

"네네, 과일 우유 말이지."

『어이, 나도 마시겠다.』

어느샌가 다가온 페르도 빈틈없이 과일 우유를 요구했다.

"예예, 페르도 줄게."

평소처럼 인터넷 슈퍼를 열고 과일 우유를 구입했다.

그리고…….

"흐음, 오늘은 생수가 아니라 그걸로 갈까. 대낮이지만, 가끔은 괜찮겠지. 살짝은."

계산을 마치자 평소처럼 종이 상자가 나타났다.

"좋아, 왔다 왔어."

바로 종이 상자를 열어서 안에 담긴 물건을 꺼냈다.

"과일 우유랑 내가 마실 맥주~. 양쪽 다 마시기 좋게 시원하네."

아이템 박스에서 페르와 드라 짱과 스이의 바닥 깊은 접시를 꺼내서 과일 우유를 따랐다.

"여기."

제각기 내어주자 맛있게 마시기 시작했다.

『크으~ 시원하고 맛있어! 역시 목욕을 마친 후엔 이거라니까~.』

『차갑고 맛있어~.』

『목욕 같은 거 안 해도 그냥 맛있다만.』

페르, 쓸데없는 한마디였어.

따뜻한 물에 몸을 담갔다가 나왔을 때, 이런 건 훨씬 맛있게 느껴진다고.

물론 내 맥주도 마찬가지고.

그런고로 나도.

푸슉, 꿀꺽꿀꺽꿀꺽꿀꺽——.

"푸하~, 맛있어! 목욕 후의 맥주는 어쩜 이렇게 맛있을까~."

내가 고른 것은 짜릿한 맥주라고 하면 이거다! 하는 맥주.

목욕 직후라서 짜릿하면서도 산뜻한 맛으로 정평이 난 이 맥주로 골라보았는데…….

"이 맥주로 한 게 정답이었어~. 목욕 후에는 최고야!"

꿀꺽꿀꺽하고 바로 한 캔을 다 비워버렸다.

"한 캔 더 마시고 싶은 바이지만, 아직 해가 중천이니까 조금 부족한 정도에서 멈추는 게 잘하는 거겠지."

자칫 캔 하나를 더 꺼내 들고 말 것 같은 스스로에게 그렇게 들려주었다.

『어이, 이제 배가 고프다. 어서 밥을 만들어라.』

"슬슬 그 말을 할 때가 됐다고 생각했지. 점심때가 이미 지났으니까."

『온천에 푹 빠져서 몰랐는데, 그러고 보니 그러네. 생각했더니 배고파졌어.』

『스이도 배 꼬르륵~.』

『그러니 빨리 식사를 하자.』

그렇게 말하는 페르의 배에서 나를 재촉하듯이 '꼬르륵' 하는 소리가 들려왔다.

"하핫. 나도 배가 고프니까 바로 만들게. 게다가 오늘은 좋은 걸 준비해 왔거든."

그렇게 말하고 나는 아이템 박스를 뒤져 드랭에서 주문 제작한 특제 바비큐 그릴을 꺼냈다.

산기슭에 있는 온천이라고 듣고서 아웃도어 느낌 가득한 장소이리라고 짐작했다.

그렇다면 바비큐를 할 수밖에 없다고 생각했고, 확실하게 준비를 해 왔다.

고기도 만반의 준비를 했다.

채소는 거의 나만 먹으니까, 내가 먹고 싶은 것도 적당히.

우선은 숯에 불을 붙이고 화력을 안정시켜서 적당한 상태가 되면…….

"좋아, 준비 다 됐다."

특제 양념에 재워두었던 고기를 아이템 박스에서 꺼냈다.

첫 번째는 오크 고기를 적당한 크기로 자르고(아주 조금 두툼한 게 좋다), 간장, 설탕, 술, 다진 마늘, 다진 생강, 고추장, 깨, 참기름에 맛을 더하기 위해 사과 주스를 섞은 양념에 재워두었던 것.

두 번째는 코카트리스 고기를 적당한 크기로 자르고, 케첩, 우스터소스, 간장, 꿀, 다진 마늘, 홀 그레인 머스터드를 섞은 양념에 재워둔 것.

세 번째는 블러디 혼 불 갈비다. 생강을 함께 넣고 한 번 삶아서 고기가 부드럽게 떨어지게 해두었다. 사역마들은 뼈째 우둑우둑 먹기 때문에 주로 나를 위한 것이라 하겠다.

그렇게 뼈 하나하나 잘라 나누고 칼집을 낸 다음에 미리 한 번 삶은 갈비를 마멀레이드, 케첩, 간장, 식초, 다진 마늘을 섞은 양념에 재워둔 것까지.

모두 커다란 봉지에 넣어서 재워뒀고, 고기를 아주 좋아하는 먹보 트리오를 생각해서 몇 개나 준비했다.

각각의 고기를 재워두었던 봉지에서 꺼내 굽기 시작했다.

그릴 위에 얹자 촤아악 하는 고기 익는 소리가 났다.

그리고 고소한 고기 냄새가 퍼져나갔다.

『아, 아직이냐?』

『더는 못 참겠어.』

『주인, 고기 아직이야?』

고기 굽는 소리와 냄새에 더는 못 참아 상태가 된 먹보 트리오.

"지금 막 굽기 시작했으니까, 조금만 더 기다려."

고기가 다 구워지기를 이제나저제나 하고 기다리며 바비큐 그릴 위의 고기를 응시하고 있다.

조금만 더 조금만 더.

익은 정도를 살피며 집게를 써서 휙 뒤집었다.

그리고 잠시 더 구우면…….

"좋아, 이 오크 고기와 블러디 혼 불 갈비는 다 익었어."

그렇게 말하면서 모두의 접시에 고기를 그득히 덜어 담았다.

고대하고 있던 먹보 트리오는 더는 못 기다리겠다는 듯이 우걱우걱 먹기 시작했다.

오크 고기와 블러디 혼 불 갈비를 추가로 그릴 위에 올린 다음, 나도 블러디 혼 불 갈비를 베어 물었다.

"맛있어~. 달짝지근한 양념에, 이 눌어붙은 부분이 맛있네. 게다가 미리 한 번 삶은 게 정답이었어. 뼈에서 쑥쑥 떨어지고, 미리 삶아 익혀놔서 굽는 데도 시간이 별로 안 걸리잖아."

날름, 갈빗대 하나를 다 먹었다.

"오크 고기는 어떠려나?"

일본식 바비큐 양념에 재워둔 오크 고기를 덥석.

"이쪽도 맛있네~."

간장 베이스의 일본풍 양념에 재운 고기가 맛없을 리 없다.

"아~ 맥주가 당기네."

맥주를 마시고 싶어지는 맛의 연속이라 무심코 소리 내 말했다.

『어이, 그렇게 마시고 싶으면 마시면 되지 않느냐. 그런 것보다, 다음 고기다.』

내 혼잣말을 들었는지 페르가 딴죽과 함께 고기를 재촉했다.

조금 전에 한 캔 마셔서 참고 있는 건데.

우으으으.

『어이, 고기.』

"예예, 알았습니다."

페르 접시에 구운 코카트리스 고기, 그리고 추가로 더 구운 오크 고기와 블러디 혼 불 갈비를 산처럼 담아주었다.

그걸 본 페르는 만족스러운 얼굴로 바로 다시 고기를 먹기 시작했다.

『어이, 나도 고기 더 줘!』

『스이도!』

페르의 뒤를 잇듯이 드라 짱과 스이도 더 달라고 요구했다.

쓴웃음을 지으며 드라 짱과 스이 접시에도 페르와 마찬가지로 고기를 고봉으로 담아주었다.

"바비큐를 하면 다들 더 잘 먹는다니까."

뭐, 숯불에 구운 고기의 고소한 냄새와 맛을 생각하면 그렇게 되는 것도 이해하지만.

그렇게 생각하며 나도 구운 코카트리스 고기를 입에 넣었다.

"이것도 맛있네~."

맥주가 생각나지만, 지금은 참자.

라고 생각했지만…….

"대낮에 알코올을 마신다고 생각하니까 죄악감이 든단 말이지. 그렇다면, 무알코올 맥주로 하면 되잖아."

그런고로, 무알코올 맥주를 마시면서 바비큐를 즐기는 나.

『어이, 다음 고기다.』

『나도!』

『스이도 고기 더!』

"예예."

나, 그리고 페르와 드라 짱과 스이 먹보 트리오는 대량으로 재워둔 고기가 다 없어질 때까지 마음껏 바비큐를 즐겼다.

◇ ◇ ◇ ◇ ◇

온천이 매우 마음에 든 나와 드라 짱과 스이의 희망으로, 결국 그 자리에서 2박.

그 후에 페르가 기대하던 바다로 왔는데…….

"거치네……."

험한 날씨에 해안에도 접근할 수 없는 상태였다.

페르의 결계로 우리는 전혀 젖지 않고 있지만, 저기에 다가가는 건 봐줬으면 한다.

『나한테는 문제없다.』

"아니 아니 아니, 페르는 괜찮아도 내가 안 괜찮다고."

『나도, 이런 날씨에는 그만두는 편이 좋다고 봐.』

사나운 날씨에 드라 짱도 지원 사격을 해주었다.

"봐, 드라 짱도 이렇게 말하잖아."

『흐음, 시 서펜트는 어찌 되는 것이냐.』

"다음에 또 바다에 왔을 때 잡으면 되잖아. 돌아가자. 응?"

『크으으음, 이번 여행은 너희만 즐긴 것이 되지 않느냐.』

"그렇게 말하면 그런데. 그래도 온천에서 바비큐 같은 건 페르도 즐겼잖아?"

『음, 뭐 그건 나쁘지 않았다.』

"그렇지? 그 온천 마음에 들었으니까, 또 오고 싶기도 하고. 해산물은 그때를 위한 즐거움으로 두자."

『스이도 온천 또 들어가고 싶어! 그리고 있지, 또 고기 많이 먹을 거야~.』

"하하, 그러자. 스이."

『흥, 약속한 거다. 또 여기 오는 거다.』

"예예, 알겠습니다."

후기

에구치 렌입니다. 『터무니없는 스킬로 이세계 방랑밥 8 화덕 피자×생명의 신약』을 구매해주셔서 정말로 고맙습니다!

8권입니다, 8권. 오버랩에서 1권을 2016년 11월에 발매해주신 후로 드디어 8권까지 왔습니다. 이 시리즈가 여기까지 올 수 있었던 것도 읽어주신 독자 여러분 덕분입니다. 정말로 감사합니다.

8권은 7권에 이어 카레리나에서의 이야기가 메인이 되었습니다만, 무코다가 즉흥적으로 터무니없는 것을 만들어버린 에피소드가 가득 담겼습니다.

작가로서 쓰면서 즐거웠던 만큼, 여러분도 즐겨주시면 좋겠습니다.

그리고 또, 8권에서는 무려 드라마 CD 포함 특별판이 발매됩니다! 5권에 이어서 드라마 CD 제2탄입니다!

이번에도 드라마 CD를 위해 새로운 이야기를 썼습니다. 부디 꼭 드라마 CD 포함 특별판 쪽도 잘 부탁드립니다.

지난번에 이어 호화 성우분들에 드라 짱 역할의 성우님도 더해져 더욱 듣기에 부족함 없이 완성되었으니, 이쪽도 부디 즐겨주시길 바랍니다.

그리고 본편 코믹스 5권과 스이가 주역인 외전 『스이의 대모험』 3권도 동시 발매되었습니다!

양쪽 모두 매우 호평이라 원작자로서도 기쁘기 그지없습니다. 이쪽도 부디 읽어봐 주십시오.

일러스트를 그려주시는 마사 선생님, 본편 코믹스를 담당해주시는 아카기시 K 선생님, 그리고 외전 코믹스를 담당해주시는 후타바 모모 선생님, 드라마 CD에 참가해주신 성우진 여러분, 담당인 I님, 오버랩사의 여러분, 정말로 고맙습니다.

마지막으로, 여러분 앞으로도 느긋하고 따스한 이세계 모험담 『터무니없는 스킬로 이세계 방랑밥』 WEB판, 서적판, 코믹스 모두 잘 부탁드리겠습니다.

그럼 9권에서 다시 만날 수 있기를 바라겠습니다.

Tondemo Skill de Isekai Hourou Meshi 8

ⓒ2020 Ren Eguchi
First published in Japan in 2020 by OVERLAP, Inc.
Korean translation rights reserved by Somy Media, Inc.
Under the license from OVERLAP, Inc., Tokyo JAPAN

터무니없는 스킬로 이세계 방랑 밥 8

화덕 피자X생명의 신약

2024년 9월 1일 1판 3쇄 발행

저　　　　자	에구치 렌
일 러 스 트	마사
옮 긴 이	이신
발 행 인	유재욱
담 당 편 집	박치우

이　　　　사	조병권
출판본부장	박광운
편 집 1 팀	박광운
편 집 2 팀	정영길 조찬희 박치우 정지원
편 집 3 팀	오준영 이소의 권진영
디자인랩팀	김보라
디지털사업팀	박상섭 김지연 윤희진
라이츠사업팀	김정미 맹미영 이윤서
영업마케팅팀	최원석 박수진 이다은
물 류 팀	허석용 백철기
경영지원팀	최정연
발 행 처	(주)소미미디어
인쇄제작처	코리아피앤피
등　　　　록	제2015-000008호
주　　　　소	서울시 마포구 토정로 222, 502호(신수동, 한국출판콘텐츠센터)
판　　　　매	(주)소미미디어
전　　　　화	편집부 (070)4164-3962, 3963 기획실 (02)567-3388
	판매 및 마케팅 (070)8822-2301, Fax (02)322-7665

ISBN 979-11-384-0677-2
ISBN 979-11-6190-011-7 (세트)